삼십세

잉게보르크 바흐만 단편선

삼십세

잉게보르크 바흐만 지음 | 차경아 옮김

문예출판사

Das Dreissigste Jahr

Ingeborg Bachmann

차 례

- 본문의 각주는 모두 옮긴이 주다.

삼십세

30세에 접어들었다고 해서 어느 누구도 그를 보고 더 이상 젊지 않다고 말하지는 않으리라. 하지만 그 자신은 일신상에 아무런 변화를 찾아낼 수 없다 하더라도, 무엇인가 불안정하다고 느낀다. 스스로를 젊다고 내세우는 게 어색해진다.

그러던 어느 날, 아마도 곧 잊어버리게 될 어느 날 아침, 그는 잠에서 깨어난다. 그러나 몸을 일으키지 못하고 그 자리에 그대로 누워 있는다. 잔인한 햇빛을 받으며, 새로운 날을 위한 무기와 용기를 몽땅 빼앗긴 채. 자신을 가다듬으려고 눈을 감으면, 살아온 모든 순간과 함께, 그는 다시금 가라앉아 허탈의 경지로 떠내려간다. 그는 가라앉고 또 가라앉는다. 고함을 쳐도 소리가 되어 나오지 않는다 (고함 역시 빼앗긴 것이다. 일체를 그는 빼앗긴 것이다!). 그러고는 바닥 없는 심연으로 굴러 떨어진다. 마침내 그의 감각은 사라지고 그가 자신이라고 믿었던 모든 것이 해체되고 소멸되어 무(無)로 환원해 버린다.

다시금 의식을 되찾아 전율하면서 정신을 가다듬고, 벌떡 일어나 낮의 세계로 뛰쳐나가야만 하는 인간의 모습으로 되돌아갔을 때, 그는 자신의 내면에서 불가사의한 새로운 능력을 발견하게 된다. 기억해내는 능력을. 지금까지 그랬듯이 예기치 않게 또는 자진해서 이런저런 것을 기억해내는 게 아니라, 일종의 고통스러운 압박을 느끼면서, 지나간 모든 세월을, 경솔하고 심각했던 시절을, 그리고 그 세월 동안 자신이 차지했던 모든 공간을 기억해낸다. 그는 기억의 그물을 던진다. 자신을 향해 그물을 덮어씌워 스스로를 끌어올린다. 어부인 동시에 어획물이 되어 그는 과거의 자신이 무엇이었던가를, 자신이 무엇이 되어 있었나를 보기 위해, 시간의 문턱, 장소의 문턱에다 그물을 던진다. 하기야 지금껏 그는 이 날에서 저 날로 건너가며 별생각 없이 살아왔다. 날마다 조금씩 다른 일을 계획하며 아무런 악의 없이. 그는 자신을 위한 숱한 가능성을 보아왔고, 이를테면 자신은 무엇이든 될 수 있다고 믿었다 — 위대한 남자. 등대의 한 줄기 빛. 철학적인 정신의 소유자.

아니면 활동적이고 유능한 사나이 — 그는 자신이 작업복을 입고 교량 설치나 도로 건설 현장에 있는 모습을 보았다. 야외에서 땀을 흘리며 분주히 돌아다니는 모습을, 토지를 측량하는 모습을, 양철 식기에서 걸쭉한 수프를 떠내는 모습을, 묵묵히 일꾼들과 어울려서 술을 마시는 자신의 모습을 보았다. 마땅히 그는 과묵한 편이었다.

또는 사회의 썩어빠진 목재 바닥에 불을 지르는 혁명가 — 그는 불같이 뜨거운 열변을 토하며 어떠한 모험이든 사양하지 않는 자신의 모습을 보았다. 그는 선동적이며, 감옥에 갇히기도 했고, 번민하고 좌절에 빠졌다가, 마침내 최초의 승리를 쟁취한다.

혹은 향락을 추구하며 본질을 꿰뚫어볼 줄 아는 방랑아 ― 기둥에 기댄 채 음악에서, 책에서, 고사본(古史本)에서, 먼 이국에서, 오로지 향락만을 추구하는 방랑아. 그는 다만 주어진 하나의 생을 살고, 주어진 하나의 자아를 소모시키기만 하면 되었다. 행복과 아름다움을 열망하고 광휘를 갈망하는, 오직 행복을 위해 창조된 하나의 자아를 말이다!

이렇듯, 그는 몇 해 동안 가장 극단적인 사상과 공상에 찬 계획들에 몰두했다. 그리고 바로 자신이야말로 젊음과 건강을 누리고 있으니 아직 얼마든지 시간이 있다고 여겼고, 닥치는 모든 일을 긍정적으로 대했다. 김이 오르는 한끼의 식사를 위해 학생들의 공부를 돌봐주었고, 신문을 팔았고, 한 시간에 5실링을 받으면서 눈을 치웠으며, 그러는 틈틈이 소크라테스 이전의 그리스 철학자들을 연구했다. 이것저것 가릴 여지가 없었기 때문에 그는 고학생으로서 한 회사에 취직을 했다가, 어느 신문사에 입사함과 동시에 그곳을 사직했다. 신문사에서는 그에게 새로이 발명된 치아 송곳에 관해, 쌍둥이 연구에 관해, 슈테판 성당의 돔 복구 공사에 관해 기사를 쓰게 했다. 그러던 어느 날, 그는 무전 여행을 떠났다. 도중에 자동차들을 세워 탔고, 자신도 잘 모르는 친구가 적어준 제삼자의 주소를 써먹으며, 이곳저곳에서 발길을 멈추었다가 다시 여행을 계속했다. 이렇게 그는 유럽을 누비며 방랑을 하다가 갑자기 굳힌 결심을 좇아 돌아왔다. 그러고는 자신에게 딱 맞는 직업이라고 여겨지진 않았지만, 어떻든 쓸모 있는 듯한 직업을 얻기 위해 시험 준비를 해서 합격을 했다. 어떠한 기회에 부딪쳐도 그는 긍정했던 것이다. 우정에도, 사랑에도, 무리한 요구에도. 하지만 이 모두는 항상 일종의 실험이었으며 또한 몇 번이고 거듭될 수 있는 것이었다. 그에겐 세계라는 것이 취소가 가능한 것으로 보였고, 자기 자신까지 취소가 가능한 존재로 여겨졌다.

그는 지금처럼 자신에게 30세가 되는 해의 막이 오르리라고는, 판에 박힌 문구가 자신에게도 적용되리라고는, 또한 어느 날엔가는 자신도 무엇을 진정 생각하고, 무엇을 진정 할 수 있는가를 보여주어야 하리라는 것을, 그리고 자신에게 진실로 중요한 게 무엇인가를 고백하지 않으면 안 된다는 것을 한순간도 걱정해본 적이 없었다. 천한 가지의 가능성 중 천의 가능성은 이미 사라지고 시기를 놓쳤다는 — 혹은 자기 것이라고 할 수 있는 가능성은 단 하나뿐이고 나머지 천은 놓칠 수밖에 없다는 사실을 한 번도 생각해보지 않았다.

나는 이제껏 한 번도 의혹에 빠져본 적이 없었다……

그는 이제껏 무엇 하나 겁내본 적이 없었다.

지금에야 그는 자신도 함정에 빠져 있음을 깨닫는 것이다.

이 1년*이 시작된 것은 비가 많이 내리는 6월이었다. 이전에 그는

---

* 만 29세의 생일날에서 만 30세의 생일날까지 1년간.

자신이 태어난 이 6월에, 이 초여름에, 자신의 운명의 별에, 약속된 더위와 별자리의 길조에 홀딱 반해 있었다.

그는 지금 이미 자신의 별에 반해 있지 않다.

곧 더운 7월이 온다.

불안이 그를 엄습한다. 그는 짐을 챙기고 자신의 방과 주변, 자신의 과거와 결별하지 않으면 안 된다. 여행을 한다기보다, 떠나버려야만 하는 것이다. 이 해를 맞아 그는 자유로워져야만 한다. 모든 것을 버려야만 한다. 장소를, 사방의 벽을, 인간들을 바꾸지 않으면 안 된다. 묵은 계산서를 청산하고, 후원자며 경찰이며 식당의 단골 친구들에게 퇴거를 신고해야만 한다. 모든 것에서 벗어나 자유로워지기 위해서. 그는 로마로 가야만 한다. 자신이 가장 자유롭게 지냈던 곳, 몇 해 전 자신의 도덕과 척도, 기쁨과 시선의 깨어남을 체험했던 로마로.

그의 방은 이미 말끔히 치워지고, 어떤 운명을 겪을지 그 자신도 짐작할 수 없는 몇 가지 물건이 흐트러져 있다. 책들, 그림, 해안 풍경이 있는 그림. 시내 지도, 그리고 어디서 구했는지 기억할 수 없는 조그만 복제화. 퓨비 드 사반느의 그 그림은 '희망'이라는 제목을 달고 있다. 화면에는 희망이 조심조심 싹트는 초록빛 나뭇가지를 들고, 순결하게 네모진 모습으로 흰빛 옷감 위에 앉아 있다. 배경에는 ― 몇 개의 검은 십자가가 가벼운 붓칠로 그려져 있고, 아득히 멀리 ― 입체적으로 고정된 폐허의 풍경. 희망의 위에는 ― 장밋빛으로 저물어가는 한 폭의 하늘. 저녁인 것이다. 이제 저물어 밤이 내리고 있다. 그림 안에 그려져 있지는 않지만 곧 밤이 오리라! 희망의 그림 위로, 어린아이 같은 희망 위로 밤이 선뜻 다가와 저 나뭇가지를 어둡게, 그리고 메마르게 하리라.

그러나 그것은 한 폭의 그림에 지나지 않는다. 그는 그 그림을 던져버린다.

귀퉁이가 찢어진 고급 비단 머플러가 먼지 냄새를 풍기며 거기 놓여 있다. 또 몇 개의 조개 껍데기. 여행길에 주워온 돌. 그때 그는 혼자가 아니었지. 그리고 되돌려보내지 않은 장미 한 송이. 싱싱하던 그 꽃이 지금은 말라버렸다. '사랑하는 이에게', '나의 사랑하는 이에게', '그대, 나의 그대'라는 문구로 시작되는 몇 통의 편지. 불꽃이 "아아" 하는 급한 한숨을 내뿜으며 그 편지를 삼켜서 엷은 재 껍질로 오그라뜨리더니 곧 뿔뿔이 흩어버린다. 그는 편지를 모두 불태운다.

그는 자기 주변을 에워싼 인간들에게 결별을 고하리라. 그리고 가능하면 새로운 인간들에게도 접근하지 않으리라. 그는 이제 사람들 틈바구니에서 살 수가 없다. 인간들은 그를 마비시키고 그들 나름대로 자기네에게 유리하게만 그를 해석했다. 얼마 동안 한 장소에서 살다보면 사람들은 너무나 여러 모습으로, 소문 속의 모습으로 배회하게 되고 자기 자신을 주장할 권리는 갈수록 줄어들고 만다. 그러므로 이제부터, 뿐만 아니라 영원히 자신의 참모습을 드러내놓고 싶은 마음인 것이다. 여기서는, 그가 오래 전부터 붙박고 살아왔던 이곳에서는 그러한 생활을 시작할 도리가 없다. 하지만 자유로워질 수 있는 로마에서라면 시도해볼 수 있으리라.

그는 로마에 도착한다. 그리고 일찍이 타인들의 마음에 남겨두었던 자신의 과거 모습에 부딪힌다. 그 모습은 정신병자에게 입히는 구속복같이 그를 억누른다. 그는 화가 나서 날뛰며 저항하고 닥치는 대로 덤비다가는 끝내 스스로를 납득시키고 마음을 가라앉힌다. 사람들은 그에게 자유를 허용하지 않는다. 그가 한결 젊었을 적에 지금과는 전혀 다른 인간으로 제멋대로 했던 행동이 그 원인이다. 그는 어디를 가나 영원히 자유스러울 수 없으리라. 처음부터 다시 시작할 수 없으리라. 아니 그럴 수는 없다. 그는 기다린다.

그는 몰과 재회한다. 항상 그가 도와주어야만 했던 몰. 그렇지 않으면 인간을 의심하던 몰. 친구들이 항상 진실하게 대하기를 요구하던 몰. 오래 전, 그가 자기의 돈을 몽땅 빌려주었던 몰. 그와 더불어 엘레나를 알고 지낸 몰…… 지금은 행복에 잠겨 있는 몰은 그에게 돈을 갚지 않는다. 따라서 그 때문에 만나는 것이 거북스럽고 약간 모욕을 당한 듯한 느낌이 든다. 그 당시 몰은 도움이 절박한 형편이었기 때문에 그는 몰을 여러 친구들에게 소개해주고 모든 문을 열어주었다. 바로 몰이 그사이에 도처에 보금자리를 만들고 그럴듯하게 조제된 하찮은 뜬소문과 주워 모아 조금씩 위조한 험담으로 그를 악평 속에 몰아넣었다. 몰은 날마다 전화를 걸고 그가 가는 곳마다 나타난다. 몰은 그를 보살펴주면서 그의 입에서 고백을 긁어내어 그것을 닥치는 대로 만나는 이에게 전파한다. 그러고도 그의 친구임을 자처하는 것이다. 몰이 없는 곳에는 몰의 그림자가 있다. 그것은 물론 사념과 환상 속에 머무는 것이지만, 한층 거대하고 위협적이다. 끝이 없는 몰. 몰의 위협, 하지만 몰 자신은 그림자보다도 한결 작은 존재로서, 자신이 그에게 빚을 지고 있다는 사실에 대해 놀랍고도 교묘하게 보복을 하는 것이다.

금년은 시작부터가 좋지 않았다. 그는 비열함이라는 것이 있을 수 있으며, 그 비열함이 자신을 사로잡으리라는 것을, 아니 벌써 그의 신변에 육박하고 있음을 느끼고 있다. 이번에는 그 비열함이 강압적으로 그에게 덤벼들어 그를 질식시키려 한다. 이 비열함에는 긴 역사가 있고, 그것이 증대하여 그의 생활을 관통하리라고 그는 불현듯 확신한다. 그가 그것에 대한 마음의 준비를 잊고 방심할 때에, 비열함의 신맛이 그를 거듭 부식시켜 소멸케 하리라. 몰에 대해서 그는 마음의 준비를 해본 적이 없었다.

여러 사람의 몰에 대해 그는 거듭 대비해야 하리라. 그는 여기저기에 이들 숱한 몰을 너무나 많이 알고 있다. 하지만 이제 와서야 비로소 그는 이 단 한 사람의 몰에게 부딪침으로 해서, 세상에는 몰이 단 한 사람뿐이 아님을 이해하게 되었던 것이다.

올해에 들어서면서 그는 방황을 하게 되었고, 자신에게 지금껏 친구가 있었던가, 자신이 한 번이라도 사랑을 받아본 적이 있었던가 알 수가 없게 되었다. 그런데 한 줄기 섬광이 그가 지닌 모든 연관, 주변의 모든 형편을, 이별을 조명해준다. 그래서 그는 자신이 기만당하고, 배반당하고 있었음을 깨닫는다.

그는 엘레나와 재회한다. 그를 용서했다고 이해시켜준 엘레나. 그는 감사한 마음을 가지려고 애를 쓴다. 그녀가 그를 향해 공갈을 치고 협박을 한 것, 화가 난 나머지 분별을 잃고 그의 생활을 엉망으로 뒤엎으려 했던 일 — 불과 2, 3년 전의 일인데 — 그 일을 그녀는 어느 틈에 거의 실감하지 못하고 있다. 그녀는 상냥하게 우정으로 대하려는 데다가 총명하게 말을 건네며, 너그럽고 수심에 잠겨 보였다. 이미 그녀는 결혼을 한 몸이다. 그 당시 그는 잠시 동안 그녀와 떨어져 있으면서, 그도 자인하지만, 지극히 어리석은 방법으로 그녀를 기만했다. 그 이외의 사정들을 그는 내키지 않는 마음으로 회상해본다―그녀의 보복을, 그의 도피를, 그가 잃은 것을, 보상 행위를, 수치감을, 그리고 또 후회와 새로운 구애를.

지금 그녀에게는 아기가 있다. 그가 별생각 없이 질문했을 때, 그녀는 우리가 헤어져 있던 바로 그 기간에 임신했다는 사실을 웃음 띤 얼굴로 머뭇머뭇 인정했다. 그녀는 잠시 침울해 보이지만 오래 가지는 않는다. 그는 그녀의 침착성과 냉정함이 놀라울 뿐이다. 그러니까 그 당시 그녀가 보였던 분노는 거짓이었으며 정당함을 자처했던 그녀의 태도에는 타당성이 없었다는 것, 그 당시엔 그가 자기에게만 책임이 있다고 믿었기 때문에 감수했지만, 그녀에겐 공갈을 할 아무런 권리도 없었다는 것을 그는 무감각하게 아무런 동요도 없이 생각한다(지금껏 그는 자기가 떠나버린 뒤에 아마도 잊기 위해 그녀가 다른 남자에게 간 것이라고 생각하고 있었다).

그 사건 이후 그는 줄곧 자신에게 잘못이 있다고 믿었고, 그녀 역시 그로 하여금 책임이 일방적으로 그에게 있다고 믿게 했다. 그는 소리 없이 그리고 단호하게 죄의식을 토해버리고 생각한다―나는 절망 속에서 그릇된 조언을 받고 있었던 것이다. 하지만 지금 나는 분명한 통찰 덕으로 한층 그릇된 조언을 받고 있다. 나는 으스스 추위를 느낀다. 차라리 죄를 계속 짊어지고 있는 편이 한층 좋았을 것을.

파국이 진행되고 있다. 만약 이 해가 나를 파멸 속에 몰아넣지만 않는다면 나는 행운아라고 말할 수 있으리라. 그렇게만 된다면 에트루리아*의 묘지를 찾든가, 캄파니아**로 잠시 여행을 하든가, 이곳저곳을 배회할 수 있으리라.

로마는 위대하다. 로마는 아름답다. 하지만 여기서 다시 살 수는 없다. 어디라도 마찬가지지만 이곳에도 친구들 가운데는 거짓 친구들이 섞여들어 있어, 그대의 친구 몰이 다른 친구 몰을 견뎌내지 못하며, 더욱 이 두 사람의 몰은 모두 그대의 제삼의 친구인 몰에 대해 너그럽지 못하다. 그대는 벽 안쪽에서 보호해주었으면 하고 바라지만, 벽은 사면으로 압박을 받고 있다. 이따금 그대가 욕망과 필요의 대상이 되기도 하고, 그대 자신이 애착을 갖고 다른 이들을 필요로 한다 해도, 그 모든 몸짓은 까다롭기 그지없다. 그대는 어느 틈에 두 통을 안고 돌아다닐 수도 없다. 그러한 몸짓들이야말로 곧 모멸스런 불쾌감으로 해석된다. 그대는 한 통의 편지에도 답장을 않고는 배겨날 수 없으리라. 그렇게 하면 그대는 거만하고 무심하다고 트집을 잡히리라. 그대는 이제 어떠한 약속에도 늦을 수 없으리라. 늦는다면 반드시 분노를 살 것이다.

그런데 이것은 도대체 어떻게 해서 시작된 것인가? 몇 년인가 전, 그가 사회의 다발 속에 얽혀들게 된 직후부터, 어느덧 억압과 감시

---

* 중부 이탈리아의 옛 이름.

** 이탈리아 남부 해안.

가 우애와 적의의 그물을 뚫고 침투해 들어온 것이 아닌가? 그는 의기소침한 가운데서도, 어쨌든 간에 다시 한번 살아보기 위해서 그 이래로 이중 생활을, 아니 한결 여러 겹의 생활을 수련해오지 않았던가? 그에겐 타고난 체질이, 우정과 신뢰의 소질이 있었다. 뿐만 아니라 그에겐 그럴듯한 동정이, 곧 생활의 요철과 지고한 이성 및 통찰에 대한 맹목적인 갈망이 자리잡고 있었다. 이에 덧붙여 그가 체득한 것은, 여러 인간들이 한 인간에 대해 과오를 범한다는 것, 인간이란 모름지기 인간들에게 잘못을 저지르게 되어 있다는 것, 그리고 인간에겐 상처를 받아 우울해지는 순간이 있다는 것 — 누구나가 타인에 의해 죽고 싶도록 상처를 받을 수 있다는 것, 그러한 체험뿐이었다. 또한 바로 그 자체가 인생이라고도 할 수 있는 무시무시한 상심으로부터 인간을 구제해줄 수 있는 것은 죽음뿐임에도, 누구나 죽음을 두려워한다는 사실에 대한 체험이었다.

8월! 찌는 듯한 나날이었다. 대장간에서 달구어진 쇠붙이 같은 나날. 시간은 신음했다.

해안은 포위되어 있었다. 바다는 그 파도의 군세를 이제는 해변에 몰아붙이지 않고 기진맥진한 형상이었다. 깊고 푸르게.

모래에 묻혀 석쇠에 올려져 구워지고 불태워지는 — 쉬 썩는 인간의 고깃덩이. 바다를 앞에 둔, 모래 언덕 위에 자리한 고깃덩이.

여름이 이렇듯 스스로를 낭비하는 데 그는 두려움을 느꼈다. 그것은 곧 가을이 온다는 의미였기 때문에 8월은 공포로 가득했다. 손을 내밀어 잡으라고, 순간적으로 살라고 하는 강요에 가득 차 있었다.

모래 언덕들 사이에서 모든 여인들은 품에 안기었다. 바위 뒤쪽
에서, 선실 안에서, 소나무 그늘에 세워둔 자동차 안에서. 심지어는
거리에서도, 오후의 내려진 페르시아식 창문 뒤에서도 여인들은 몽
롱하게 잠에 취한 상태로 몸을 내맡긴다. 그런가 하면 그로부터 한
시간 뒤에는 바람이 잠들어 정적에 싸인 거리에서 그들의 높은 발
뒤꿈치를 물렁해진 아스팔트에 디디고 서서, 의지할 것을 구하느
라, 스치며 지나가는 누군가의 팔을 부여잡는다.

이 여름에는 한마디의 말도 입 밖에 나오지 않았다. 어느 누구의
이름도 불리지 않았다.

그는 바다와 도심의 거리를 시계추처럼 왕복했다. 투명한 육체와
침침한 육체 사이를, 하나의 순간적 욕망에서 또 다른 욕망으로, 끓
어오르는 태양과 밤의 해변 사이를, 여름이라는 계절에 의해 머리
끝부터 발끝까지 휘어잡힌 채 왕복한 것이다. 태양은 아침마다 점
점 일찍 떠오르고 아쉬워하는 눈길을 남긴 채 점점 서둘러 바닷속
으로 떨어져갔다.

그는 이처럼 무시무시하게 그의 현재를 내리누르는 대지와 바다
와 태양을 사랑했다. 멜론이 익었고 그는 그것을 터뜨렸다. 갈증으
로 숨이 끊어지는 듯했다.

그는 10억의 여자를 사랑했다. 모든 여인을 동시에 똑같이 사랑
했다.

이 금빛의 9월, 타인이 나에 대해 품고 있는 모든 환상을 털어내

버린다면, 나는 도대체 누구란 말인가? 구름이 저처럼 흐르는 것이라면 나는 대체 누구일까!

내 육신에 기거하고 있는 정신은 그것의 거짓 주인보다 한결 위대한 사기꾼이다. 정신에 정면으로 마주치는 일을 나는 무엇보다 두려워하지 않을 수 없다. 내가 생각하는 것은 그 어느 것이나 나 자신과 상관없기 때문이다. 개개의 사상이란 한결같이 낯선 데서 얻어 온 씨앗이 발아하는 것에 지나지 않는다. 나를 감동시킨 그 어느 것에 대해서도 나는 생각할 능력이 없다. 그런가 하면 감동하지도 않았던 유의 사물들에 관해서나 나는 생각하는 것이다.

나는 정치적이고 사회적인 생각을 한다. 또한 여전히 혼자서 아무런 목표도 없이, 이것저것 몇 가지 카테고리를 생각한다. 하지만 나는 여전히 기존의 유희의 법칙을 좇아 유희로서 생각을 한다. 그리고 아마도 한번쯤은 그 규칙을 바꿔보겠다고 생각한다. 하지만 유희란 바뀌지 않는다. 결코 변경될 수 없는 것이다.

나, 온갖 무의식적인 반응과 단련된 의지로 이루어진 한 다발의 묶음인 나, 충동과 본능의 부스러기와 역사의 찌꺼기에 의해 길러지는 나, 한 발을 황야에 두고 다른 한 발로는 영원한 문명의 중심가를 밟고 있는 나. 도저히 관통할 수 없는 나, 각종 소재가 혼합되어 머리칼처럼 뒤엉켜 풀 수 없는, 그런데도 뒤통수의 일격으로 영원히 소멸되어버릴 수도 있는 나, 침묵으로부터 생성되고 침묵을 강요당하는 나…… 왜 나는 이 한여름 내내 도취 속에서 파괴를 추구해왔던가? 아니면 도취 속에서 승화를 갈구해왔던가 ― 그것도 나자신이 하나의 버림받은 악기였음을, 벌써 오래 전에 누구인가 몇 개의 음을 튕겨본 적이 있을 뿐인 버림받은 악기였음을 스스로 외면하기 위해서 말이다. 나는 그 음을 어쩔 줄 몰라하며 변주하고, 분노에 떨며 나의 흔적을 지닌 한 가락의 음을 만들어내려고 애를 쓰는 것이다. 나의 흔적이라니! 흡사 그 무엇이든 간에 나의 흔적을 지니는 것이 무슨 대단히 중요한 문제이기라도 한 것처럼 말이다! 번갯불은 계속 나무 사이를 투사하며 나무들을 쪼개었다. 광기가 인간에게 덮쳤고 인간을 내부에서 갈가리 토막내어버렸다. 메뚜기 떼가 들판에 내려앉아 먹어치운 흔적을 남겨놓았다. 바닷물이 언덕까지 범람했고 들판을 흐르는 시내가 비탈을 침범했다. 지진이 그칠 줄을 몰랐다. 그것이 흔적이다. 유일한 흔적인 것이다!

내가 책 속에 빠져들지 않았더라면, 역사와 전설, 신문과 뉴스에 빠져들지 않았더라면, 전달할 수 있는 일체의 것이 내 안에서 싹트지 않았으리라. 나는 한낱 무(無)로, 풀어버릴 수 없는 현존의 묶음으로 머물렀으리라(그것이 어쩌면 좋았을는지 모른다. 그렇게 되었다면 내게 어떤 새로운 것이 떠올랐을는지도 모르리라!).

내게 볼 수 있는 능력이 주어졌다는 것, 들을 수 있는 능력이 주어졌다는 것, 그런 점에 관해 나는 별로 떳떳한 가치를 지니지 못했다. 하지만 감정에 관해서라면 나는 실로 부끄럽잖은 자격을 갖추고 있다. 하얀 바닷가를 나는 왜가리이며, 밤마다 헤매는 방랑아이며 또한 내 심장을 거리로 끌어내는 굶주린 배가본드인 감정에 관해서라면, 나는 그들이 지닌 단 하나의 두뇌와 그들이 지닌 사상의 확고한 가치를 믿고 있는 모든 인간들에게 이렇게 말을 건네기를 염원했다 — 얼마든지 신념을 가져라! 하지만 그대들의 쩔렁거리는 그 동전은 이미 유통되지 않는데도, 그대들은 아직 깨닫지 못하는구나.

죽은 자의 머리와 독수리 모형과 함께 화폐들을 유통해서 뽑아버려라. 그리스나 붓다의 시대는 이미 끝났음을, 계몽주의나 연금술의 시대는 이미 지나갔음을 인정하라. 그대들은 그대들의 연장자들에 의해 가구가 배치된 나라에 사는 데 지나지 않는다는 것을, 그대들의 의견은 빌려온 것이며 그대들 세계의 형상도 임차한 것에 불과하다는 사실을 인정하라. 그대들이 그대들의 생명을 걸고 참된 지불을 하는 마당에서도, 이미 잠긴 빗장 저편에서 지불하는 데 지나지 않는다는 것을, 그대들에게 그토록 소중한 모든 것으로부터, 착륙지에서든 비행기지에서든 이별을 고할 때에도 — 실상은 그곳으로부터 그대 자신의 길이 내딛게 된다는 것을, 비행이 시작되는 것임을 인정하라. 도착과는 아무런 인연이 없는 공상의 공항에서 또 다른 공상의 공항을 향한 비행이 시작되는 것임을, 영원한 나그네들이여, 인정하라!

비행의 시험! 새로운 사랑의 시험! 그대의 절망 앞에는 불가해하고 끝없는 세계가 제공되어 있으니 — 멀리 떠나라!

그림자의 잠! 심연 위에 걸린 날개 돋친 명쾌함.

한 편이 다른 편을 휘어감지 않고 그저 말없이 자기 혼자만의 길을 걷는다면, 인간이라는 해파리가 그 촉수를 거두어들여서 가장 가까운 이웃을 삼켜버리지 않는다면…… 인간성도 — 간격을 유지할 수 있으리라.

나에게서 간격을 지켜라. 그렇지 않으면 나는 죽어가리라. 아니면 내가 살해를 하든가 나 스스로를 죽이리라. 신에게 맹세코, 간격을 지켜라!

나는 시작도 끝도 알 수 없는 분노에 휩싸여 있다. 태고의 빙하기에서 유래된, 하지만 지금은 얼음의 시대에 반역하는 나의 분노…… 세계가 종말을 향해 간다면 ― 누구나가 그렇게 말한다. 신앙을 가진 사람도 미신을 믿는 사람도, 과학자도 예언자도, 세계에는 언젠가 종말이 온다고 일컫는다 ― 그렇다면 왜 회전이 다하기 전에, 폭발하기 전에, 아니면 최후의 심판이 있기 전에 스스로 끝을 고하지 않는가? 왜 통찰과 분노에서 우러난 행동을 하지 않는가? 왜 도대체 인간이라는 종족은 타당성 있는 행동을 하여 종지부를 찍을 수 없는가? 성자들의 종말, 불모지에서 수확을 거둔 자들과 진실로 사랑하는 자들의 종말, 이것에 관해서는 섣불리 아무런 반론을 내세우지 못하리라.

그는 점점 아침에 깨어나는 일이 괴로워졌다. 희미한 햇살에 눈을 껌벅이며 몸을 뒤척이고는 베개에 얼굴을 파묻었다. 그는 잠을 조금 더 청했다. 오라, 아름다운 가을이여. 10월이라는 마지막 장미의 달에……

누구에게선가 들은 얘기지만 에게 해에는 오직 꽃과 바위의 사자(獅子)들만이 존재하는 섬이 하나 있다. 우리네 나라에서는 잠깐 피었다 지고 말아 별로 눈에 띄지 않는 똑같은 꽃들이, 그곳에서는 한 해에 두 번씩이나 크고 화려하게 만발한다. 옹색한 대지와 준엄한 바위가 오히려 개화를 자극한다는 것이다. 결핍이 꽃을 아름다움의 꿈 안으로 몰아넣어주었다.

그는 대개 오후 늦게까지 잠을 자고 이런저런 기분에 맞는 일을 하며 그럭저럭 저녁을 지낸다. 이렇듯 푸근하게 수면을 취함으로써, 그는 점점 불쾌감을 덜어버리고 힘을 회복했다. 불현듯 그에겐 시간이 소중하게 느껴지지 않는다. 이미 이용할 수 없는 것으로 여겨졌다. 또한 만족의 상태에 있으려면 그는 어떠한 정해진 일도 해서는 안 되었고, 생(生)에 머물기 위해서는 아무런 소망이나 욕구도 충족시켜서는 안 되었다.

이 퇴장의 해(年)의 특징이라면 빛을 아끼는 일이었다. 화창하게 밝은 날에도 잿빛이 실려 있었다.

이제 그는 늘 조그만 광장이나 게토, 트라스테베레*에 있는 마부들의 카페에 간다. 그리고 그곳에서 매일처럼 같은 시간에 그가 좋아하는 칵테일 캄파리를 천천히 마신다. 이렇듯 그는 여러 습관에 젖었고, 아무리 작은 것이라도 그 버릇을 드러내곤 했다. 화석처럼 고정되어가는 자신을 그는 만족스럽게 바라보았던 것이다. 전화통에 대고 그는 흔히 이렇게 말했다 ― 이 친구들아, 유감이지만 오늘은 안 되겠어. 아마 다음 주에는 되겠지 ― 그리고 바로 다음 주에 그는 수화기를 내려놓았다. 편지에도 그는 이제 어떠한 약속도 고백도 털어놓지 않게 되었다. 지금껏 그는 너무나 많은 시간을 타인들과 어울려 허비했다. 그리고 이제 와서 그는 시간을 이용하지는 않더라도 그것을 자기 편으로 구부려놓고는 시간의 향내를 맡았다. 그는 시간을 즐기게 된 것이다. 시간의 맛은 순수하고 좋았다. 그는

* 로마의 티벳 강 서부.

완전히 자기 자신에게만 몰입하고 싶었다. 하지만 어느 누구도 그 것을 깨닫지 못했고, 또는 인정하려 들지 않았다. 같은 시대 사람들 이 지닌 각종 관념의 틈바구니를 그는 유감없이 헤매면서 여전히 앞장서기를 좋아했다. 그리고 때로는 거리에서 구름 같은 자신의 과거의 모습과 마주쳐서 머뭇거리며 인사를 했다. 하기는 애초부 터 알고 있던 모습이었으니까. 오늘의 그는 전혀 다른 사람이다. 그 는 혼자인 채로 기분이 유쾌하다. 그래서 아무것도 탐내지 않으며 소망의 건물을 허물고 희망을 포기하고는 날로 단순해져갔다. 그는 이 세상에 대해 겸허하게 생각하기 시작한 것이다. 하나의 의무를 찾고 봉사를 자청했다.

한 그루의 나무를 심는 것. 어린애를 만드는 것.

이것으로 충분히 겸허해진 것일까? 충분히 단순하다고 할 수 있 을까?

한 조각의 땅, 한 사람의 아내를 찾는다면 — 지극히 겸손하게 그 렇게 실천한 사람들을 그는 알고 있다 — 그는 일찌감치 8시면 집에 서 나가 일에 몰두하고 활동하는 기관의 한몫을 차지하고는, 할부 로 산 가구나 국가의 육아 보조 기금을 이용할 것이다. 그렇게 된다 면, 그도 학습을 한 바이지만, 달마다 감사한 마음으로 지폐를 바라 보며, 자신과 가족의 안락한 주말을 즐기기 위해 그 지폐를 써버리 리라. 그는 쳇바퀴에 물려들어 같이 돌아갈 수 있으리라.

그것은 아마 그의 마음에 들는지 모른다. 특히 나무를 심는 일은. 그는 사계절을 통해 나무를 관찰하고 나이테가 굵어지는 것을 바라 보며 그의 아이들이 기어오르게 내버려 두리라. 수확하는 일을 그는 좋아할 것이다. 사과의 수확. 사과를 그다지 즐겨 먹지 않으면서도 그는 사과나무에 애착을 갖는다. 그리고 아들을 하나 갖는 일. 어린애를 볼 때면 남자애든 여자애든 아무런 상관이 없다고 여기지만 그래도 역시 아들 쪽이 그의 기분에 맞을 것이다. 그 아들은 또 어린아이를 가지리라, 아들들을.

하지만 결실이란 얼마나 아득한가. 완벽한 타인들이 차지하고 있을 정원 안에서 이미 그는 살아 있지도 않을 시간에 여물어갈 결실! 이 얼마나 전율할 일인가! 더욱이 이 지상은 온통 나무와 아이들로 가득 차 있다. 그것도 옴에 걸린 불구의 나무와 굶주린 아이들로 가득하다. 그런데도 그들을 도와 합당한 생활로 이끌어줄 구원의 손길은 턱없이 부족하다. 야생의 나무를 기르라. 이들 어린아이들을 받아들이라. 할 수만 있으면 그렇게 하는 것이 좋다. 단 한 그루의 나무라도 쓰러져버리는 운명에서 보호하라. 그러고 나서 말을 계속하라!

희망이라면, 내가 갈망하는 어떠한 것도 이 세상에 출현하지 않기를 나는 희망한다. 설혹 나무와 어린아이가 내게 주어질 운명이라면, 나는 하나하나의 모든 희망이 그리고 모든 겸허함이 내게서 사라진 이후의 시간에 그 일이 실현되기를 희망한다. 그때라면 나 역시 나무와 어린아이 모두와 자신 있게 순조롭게 어울릴 수 있으리라. 그리고 나의 죽음의 시간에 그들을 훌쩍 떠날 수 있으리라.

하지만 나는 살고 있다. 살아 있는 것이다! 그 사실을 움직일 수는 없다.

언젠가 채 스무 살이 될까 말까 하던 때에, 그는 빈의 국립도서관에서 모든 사물의 궁극까지 탐닉하고 나서 비로소 자신이 살아 있음을 깨달은 적이 있었다. 그는 마치 익사한 사람처럼 책더미 위에 누워서 생각에 잠겼다. 조그만 초록빛 램프가 빛나고 있었고, 책을 읽는 사람들은 흡사 책의 표지에 보금자리를 튼 유령들이 깨어날까봐 겁난다는 듯이, 살금살금 소리없이 걸으며, 숨을 죽여 기침을 하고 살그머니 책장을 넘겼다. 그는 생각에 잠겼다― 이렇듯 생각에 잠겼다는 것의 의미를 누구든 알아준다면! 그는 어떤 인식의 자취를 추적하던 때, 온갖 개념들이 그의 머릿속에서 풀어져 알맞는 모습으로 자리잡던 순간의 일을 지금도 정확히 기억하고 있다. 생각에 잠기고 또 생각에 잠겼을 때, 그네를 탄 것처럼 높이, 그러면서도 현기증을 느끼지 않고 더 높이 날았을 때, 그리하여 이윽고 가장 장려한 도약에 자신을 맡겼을 때, 그는 자신이 계속 꿰뚫고 더 높이 비상하지 않으면 안 되는 어떤 천장을 향해 날고 있는 느낌이 들었다. 지금껏 한 번도 느껴보지 못한 행복감이 그를 사로잡았다. 그 순간 그는 모든 것에, 그리고 궁극으로 이어지는 그 어떤 것에 접했기 때문이었다.

곧 이어지는 사상으로 그는 천장을 꿰뚫을 수 있으리라! 그러더니 과연 그 같은 일이 일어났다. 머리의 안쪽에서 어떤 타격이 적중해 그를 뒤흔든 것이다. 고통이 머리를 들고 그에게 떠나라고 명령했다. 그는 사색의 속도를 늦추고는 어리둥절하여 그네에서 뛰어내렸다. 자신의 사고가 감내할 수 있는 양을 넘어선 것이었다. 아니면 그가 머물던 사고의 지점에서 어떤 다른 사람도 생각을 계속 진행시킬 수 없었을 것이다. 그의 머릿속, 천장 근처에서 무엇인가 딸깍하는 소리가 나더니, 그 딸깍거림은 불안스런 울림으로 몇 초 동안 그치지를 않았다. 그는 미치는 게 아닌가 싶어 책을 손아귀에 움켜잡았다. 머리를 내려뜨리고, 완전한 의식을 지닌 채로 기절을 해서 눈을 감았다.

그는 궁극에 접하고 있었다.

그는 여인과 나란히 누워 있을 때보다도, 두뇌 속에 모든 도관들이 한순간 중단되었을 때보다도, 또한 자기 인격의 파기를 기대했을 때보다도, 종속의 왕국에 발을 들여놓았음을 자각했을 때보다도 한층 가까이 종국에 접하고 있었다. 실상 이곳, 커다란 낡은 홀 안 초록빛 조그만 램프 아래서 엄숙하게 문자를 탐식하는 적막 속에서 완전히 절멸된 존재는 너무나 높이 날아간 한낱 피조물이었다. 여명의 통로를 지나 빛의 근원을 더듬는 날개 달린 존재. 엄밀히 말한다면 이미 창조의 대상으로서가 아닌, 창조할 능력이 있는 관련자로서의 한 인간이었던 것이다. 능력 있는 관련자로서 그는 절멸당했다. 이제부터 그는 다시는 이같이 높이 비상하지 않을 것이다. 세계를 걸고 있는 논리 그 자체에는 부딪치지 않으리라.

그는 자신이 소외당하고 있으며 무능하다는 사실을 깨달았다. 그 시간부터 학문이란 그에게 일종의 공포의 근원이 되었다. 그것은, 그가 학문 안에서 그릇된 길로 접어들어 너무나 멀리까지 걸어가서 그 끝에서 파국을 맞았기 때문이었다. 그가 할 수 있는 일이란 이러저런 일을 조금씩 배워서 막벌이꾼이 되는 것, 분별을 그럭저럭 유지하는 정도밖에 없었지만, 실상 그런 것에도 그는 하등 흥미가 없었다. 될 수만 있으면 그는 그런 세계의 바깥에 서서 경계선 저편을 넘겨보다가는 그곳에서부터 다시금 자신과 세계와 언어와 낱낱의 제약으로 되돌아가고 싶었다. 체험한 비밀을 표현하기 위해 쓸모 있는 새로운 언어들을 지니고 싶었다.

하지만 이렇게 해서 그는 모든 것을 잃어버렸다. 그는 살았다. 그렇다. 살아 있었다. 그 점을 그는 최초로 느꼈다. 하지만 그는 자신이 감옥 안에서 살고 있음을, 그 속에서 새로이 세계를 장만해야 함을, 또한 곧 분노에 차게 될 것임을, 이렇듯 소외당하지 않기 위해서는 단 한 가지 적응력 있는 사기꾼의 언어를 어울려 지껄이지 않으면 안 된다는 것을 깨달았다. 그는 자기 몫의 수프를 떠먹어야 하리라. 그리고 최후의 날에는 뽐내든가 겁쟁이가 되어 침묵하든가 경멸하리라. 아니면 그가 이 세상에서는 만날 수 없었고, 그를 저 세상에 입장시켜주지 않았던 신(神)을 향해 화가 나서 말하리라. 하기는 이곳 세계와 이곳의 언어와 관련을 가졌다면, 그는 신이 아닐 것이다. 신은 이러한 광기 속에는 존재할 수가 없다. 그의 내면에 존재할 수가 없다. 신은 오로지, 이와 같이 광기가 존재한다는 것, 여기에 이 광기가 있으며, 광기에는 끝이 없다는 사실과 관련을 가질 수 있다.

바로 그해 겨울, 그는 레니와 함께 팍스* 산으로 주말 여행을 떠났다. 그렇다. 그 일을 그는 지금도 생생히 기억하고 있다. 이제야 비

---

* 오스트리아 동부의 산.

로소 정확하게 깨닫는다. 그들은 추위에 떨며 불안에 쫓겨 꽉 부둥
켜안고는 폭풍의 밤을 맞았다. 얇고 남루한 이불을 그들은 서로 밀
어붙이다가는 잠결에 끌어 잡아당기고는 했다. 그보다 앞서 그는
몰을 방문했고, 그에게 모든 일을 털어놓았다. 그 모든 일에 대해 알
지도 못하고, 알고 지내는 의사도 없어서 어떻게 해야 할는지 알 수
가 없었고, 자신이나 레니에 대해서, 도대체 여자라는 것에 대해 어
떻게 해야 할지 어림할 수가 없었기 때문에 그는 몰에게 달려간 것
이다.

　레니는 아직 젊었고 그도 젊었다. 그가 레니 앞에서 짐짓 아는 체
한 것도 실상은 몰에게 배운 것이다. 몰은 그 방면에 정통했다. 적어
도 정통하다고 자처하고 있었다. 몰은 알약을 구해주었고, 그는 알
약을 그 밤에, 스키 타는 이들이 모이는 오두막에서 레니에게 먹도
록 강요했다. 그는 모든 것을 몰과 상의했다. 사실 그는 퍽이나 처참
한 기분이었는데도, 몰은 그를 부러워했고, 그는 그러도록 내버려
두었다.

　(처녀라면, 이 도시에선 처녀가 내 방에서 잔 일은 지금껏 없었어. 털어놓
고 말해! 우린 오랜 친구잖아.)

　그는 몰과 술을 마셔 취했고, 술기운에 몰의 의견을 흡수해버
렸다.

　(적당한 때에 결말을 내야 해. 방법은 하나밖에 없어. 사건에 휘말려서는
안 되는 거야. 앞날을 생각해라. 목에 매단 돌덩이같이 되는 거야.)

　하지만 저 눈 내리던 날 밤, 그는 자신이, 몰이, 그리고 레니가 두려
워졌다. 레니에게 닥쳐올 일을 의식하자 그는 다시는 그녀를 건드리

고 싶지 않은 기분이 되었다. 깡마르고 김빠진 몸뚱이, 아무런 향기도 없는 이 어린애 같은 여자에 대해서는 도저히 내키지가 않았다. 그래서 그는 한밤중에 일어나 다시금 식당으로 내려가 빈 테이블에 앉아 스스로를 불쌍하게 여기고 있었던 것이다. 그러다 어느 틈엔가 스키를 타러 온 금발의 여인이 그의 테이블에 합석하여 그는 결국 혼자가 아니게 되었다. 그는 곤드레가 되어 마치 판결이라도 받으러 가는 사람 모양으로 일어서서 올라갔다. 레니는 잠이 깨어 누워 울고 있던가, 아니면 잠들어서 잠결에 울던가 할 바로 같은 층으로.

두 여자와 같은 방에서 어울리며 터뜨리는 자신의 웃음소리를 들으니 그에겐 만사가 아주 간단하고 쉽게 여겨졌다. 그 모든 일은 지금껏 그를 위해 존재했고, 그로서는 모든 것을 요청할 수 있었다. 너무나 쉬운 일이었다. 그는 지금껏 올바른 각도로 생각지 못했을 뿐이었다. 하지만 이제 그는 바른 견해를 지닐 수 있을 것이다. 당장이라도, 그리고 이제부터 언제까지라도. 그는 자신이 용이함과 당연함, 그리고 악의 없는 무모함의 비결에 도통한 인물처럼 느껴졌다. 한 여인과 입맞춤을 하기도 전에 레니는 이미 희생물이 되어 있었다. 저항과 수치의 찌꺼기를 극복하고 타인의 머리칼을 쓰다듬기도 전에 불안은 사라지고 없었다. 하지만 그는 대가를 지불했다. 실상그의 귀는 날카로운 말소리와 두서 없이 더듬던 헛소리의 포위망에서 벗어날 수가 없었다. 이제 와서 물러설 수도 없고 눈을 감아버릴 도리도 없었다. 그는 전에도, 훗날에도 등불이 밝혀진 밤마다 그에게 선사된 모든 광경에 대하여 자신의 눈으로 보상해야만 했다.

다음날 아침 레니는 사라지고 없었다. 빈에 돌아와서 그는 며칠 동안 틀어박혀 있었다. 레니의 집에 가지 않았을뿐더러 그 이후 영원히 그는 레니를 찾은 적도 레니의 소문을 들은 적도 없었다. 몇 년인가 지나서 그는 제3구의 레니가 살던 집에 들른 적이 있었다. 하지만 그녀는 이미 그 집에 없었다. 그때 그는 감히 그녀의 행방을 추적할 생각을 못했다. 설사 그녀가 그곳에 그대로 살고 있었다 해도 그는 떠나왔을 것이다. 도망쳤을 것이다. 이따금 그는 한밤중에 그녀의 모습을 보았다. 부석부석한 얼굴로 도나우 강가를 서성거리는, 아니면 유모차에 어린애를 태우고 시립 공원 쪽으로 밀고 가는 모습을(그런 날이면 그는 시립 공원을 피해 다녔다). 또한 어린애가 이미 살 수가 없게 되어, 아이를 잃은 그녀가 어느 상점의 여점원이 되어 그와 시선이 마주치기도 전에 무슨 물건이 필요하냐고 물어오는 모습을. 그는 또 그녀가 시골의 외무사원 따위와 행복한 결혼 생활을 하고 있는 모습을 보았다. 하지만 현실로는 그녀와 영원히 두 번 다시 만나지 못했다.

그는 너무나도 자신의 내면에 몰입하고 있었기 때문에, 눈 오는 밤의 광경을, 폭풍이 몰아치던 광경을 떠올린 적이 퍽 드물었다. 오두막의 조그만 창문에까지 들이치던 눈, 세 사람의 엉겨붙은 육체와 소리 없는 웃음, 마녀의 웃음, 그리고 금발의 여인들, 이 모든 것을 비추며 타고 있던 등불. 이러한 광경을 떠올린 적이 없었던 것이다.

마을의 교회를 무사하게 둔다면*, 타인을 겨누어서 판 함정에 자

---

* 마을 교회를 버리지 않고 둔다는 격언이 있음. 과장하지 않는다는 뜻.

신이 빠지는 것이라면, 격언 따위가 들어맞고 달의 차고 이지러짐이나 태양의 운행에 대한 모든 예언이 그래도 역시 옳다면, 한마디로 말해 예측했던 바에 대해서 우선적으로 해답이 나와서 우주 안을 날고 있다고 일컬어지는 일체의 것이 과연 실제로 날고 있다면, 그는 머리를 흔들며 자신이 어떠한 시대에 살고 있는가를 생각해야만 한다.

누구나 그렇지만 그 역시 충분한 태세를 갖추고 있지 않다. 그가 아는 것이라고는 극히 사소한 부분에 지나지 않으며, 모름지기 모든 사람들이 진행시키고 있는 사물 중에서 극히 조그만 부분밖에 알지 못한다.

실수하는 일이 없는 로봇이 있다는 것을 그는 우연히 알게 되었다. 또한 그는 언젠가 단 한 번 발차 시간과 우선 순위 통행권을 어긴 적이 있다는 시내 전차 차장을 안다. 아마 별이나 유성이라도 너무나 잡다한 것이 개입한다면, 이를테면 그것들의 광채를 놓고 옛부터 쏟아져 나온 시적(詩的)인 어투가 원인이 되어, 산만해지고 지쳐버린 나머지 상궤를 벗어나게 될는지 모른다.

그에게 높은 곳에 있고 싶은 마음은 없다. 하지만 높은 곳이나 낮은 곳이나 매양 한가지이므로 높은 곳에서 일이 진행된다는 것, 요컨대 방어를 할 도리가 없음으로 해서 주변 전체에서 일이 진행되고 있다는 것이 그에게 나쁘지는 않다. 어느 누구라도 그것을 막을 수 없다. 사상을 억류할 수도 없고 사상을 연장시켜주는 도구를 막아낼 도리도 없다. 공간 속을 오른편으로 날든가 왼편으로 날든가 그런 건 아무래도 상관없다. 어차피 모든 것은 당연히 날고 있으니까. 지구 자체가 날고 있으니까. 또한 비상(飛翔) 가운데서의 비상이라면, 비상을 하고 회전을 하는 일은 그만큼 더욱 좋은 일이다. 그렇게 하여서 사람들은 모든 것이 어떻게 회전하는가를, 또한 그 어느 곳에도 거점이란 없음을, 그대의 머리 위의 별 하늘에도 거점이란 없음을 알게 되는 것이니까…….*

하지만 그대의 가슴속에서 역시 그대는 제대로 뻗어나가지 못하고, 다른 이들과 더불어 비상하지 못한다. 그야말로 아무런 거점도 없는, 비상이나 발사 기지와는 무관한, 낡은 의문의 찐득찐득한 점액질만이 고여 있는 그대의 가슴속, 그대가 그저 기분 내키는 대로 거의 무의식적으로나 키를 돌릴 수 있는 그대의 가슴속, 사실 역사 그 자체 안에야 아무런 도덕이 없으니까 역사 전체에 대한 도덕을 만들어내는 곳, 그대가 도덕 중의 도덕을 추구하는데도 의도한 바가 풀리지 않는 그대의 가슴속에서는.

함정을 파면 그것을 판 장본인이 빠지는 장소. 그대가 달라붙어서 몸부림치고 역시 달라붙은 채 한 발자국도 나아가지 못하는 곳.

그대에게 한 줄기 깨달음의 빛도 떠오르지 않는 까닭이다(빛의 속도에 관해 모든 것을 안다 한들 그것이 그대에게 무슨 도움이 되랴?). 세계와 그대, 전생명과 비생명과 죽음에 관해 깨달음의 빛이 떠오르지 않는 까닭이다. 이곳 지상에는 고문만이 존재하며 그대는 협잡꾼의 말 속에서 올바른 말을 찾지 못하며, 세계라는 수수께끼를 풀 수 없

---

* 칸트의 명언 "내 머리 위의 별이 빛나는 하늘과 나의 가슴속의 도덕률"을 비유한 것임.

는 까닭이다.

그대는 오로지 방정식을 풀 따름이다. 세계란 어쨌든 풀리는 방정식이다. 그리고 그것이 풀리고 나면, 금은 금으로서, 오물은 오물로서 제 위치를 찾는다.

하지만 그대의 가슴속과 같은 것, 그대 가슴속의 세계와 비길 것은 아무것도 없다.

만약 그대가 그것을 포기하고, 그대가 길들어 있는 선악의 제약에서 벗어날 수만 있다면, 그래서 묵은 의문의 점액질 속에서 더 이상 허우적대지 않는다면, 그대가 진보 속으로 나설 용기를 가지고 있다면.

가스등에서 전등불로의 진보, 풍선에서 로켓으로의 진보에만 그치지 않는 그러한 진보 속으로(그것들은 종속적 진보에 불과하다).

그대가 만약 인간을, 옛 인간을 포기하고 새로운 인간을 받아들인다면 그때에는,

세계가 어느 틈에 지금과는 달리 남자와 여자, 진실과 허위, 바로 지금의 진실과 지금의 허위 사이를 계속해 가지 않고 정지해버린다면 그때에는,

그 모든 것이 악마에게로 떨어져버린다면,

그대가 가치를 두는 점에 계산을 새로이 하고 그것을 염두에 둔다면, 만약 그대가 비행사로서 억지를 부리지 않고 그대의 항로를 지키며 난다면, 그대가 오로지 소식만을, 정보만을 전달하고, 모든 것에 대한 이야기, 그대와 타인의 이야기나 또는 제삼의 존재에 대한 이야기를 하지 않는다면,

그대가 이제는 상처도 입지 않고 모욕도 받지 않은 건강한 모습으로 순수함과 보복을 탐하지 않는다면 그때에는,

그대가 이제는 동화를 믿지 않고, 어둠 속에서 무서워하지 않는다면,

이제는 모험을 하지 않고, 이기거나 질 필요도 없이, 저 위대한 질서 속에서,

요령을 터득한다면, 질서 속에서 생각한다면, 그대가 질서 속에, 계산 속에 머물면서 밝은 질서와 융합한다면,

'주어진 테두리 안에서'의 보다 나은 진보가 있기를 이제는 염두에 두지 않는다면, 부유한 자는 더 이상 부유하지 않고 가난한 자는 더 이상 가난한 대로 있어서는 안 되며, 무고한 자가 다시는 처벌을 받지 않고 죄지은 자는 마땅히 처벌을 받아야만 한다는 관념을 더 이상 고집하지 않는다면 그때에는,

그대가 이제는 타인을 위로하지 않고 선행을 원치 않으며, 그대 자신이 어떠한 위안이나 구원을 요청하지 않는다면, 동정과 고뇌 따위는 악마에게나 떨어져버리고, 악마 역시 파멸해버린다면 그때에는 단연코!

세계가 손에 잡히도록 허용되는 곳, 회전할 수 있는 비밀을 가진 곳, 여전히 순결한 곳, 아직도 미처 사랑을 받지도 못하고 능욕을 당해본 적도 없는 곳, 성자들이 아직껏 세계를 위해 주선해준 적도, 범죄자의 핏자국이 떨어진 적도 없는 그런 곳에서 세계를 손으로 잡는다면 그때에는,

새로운 상황이 이루어진다면,

어느 누구도 선인(先人)의 정신의 건드림을 받지 않는다면,

만약 마침내 올 것이 오고야 만다면,

그때에는 단연코,

그때에는 다시 한번 뛰어나가라. 낡고 수치스런 질서를 찢어버려라. 그때에는 다른 인간이 되어라. 그리하여 마침내 세계가 변하고 방향을 바꾸도록. 마침내! 그때에는 세계에 접근하라!

그가 서른 살로 접어드는 겨울이 다가올 때, 얼음의 고리가 동짓달과 섣달을 묶으며 그의 마음을 동결시킬 때, 그는 고뇌를 베고 잠이 든다. 그는 잠 속으로 도피하여 결국 각성으로 되돌아온다. 머물면서 여행을 하면서 그는 도피한다. 조그만 마을의 황량함을 지나 걸으며 그는 이제 어떠한 문도 두드릴 수가 없다. 인사를 전할 수도 없다. 그는 이제 어느 누구의 눈에 뜨이기도, 누군가 말을 걸어오기도 원치 않는 까닭이다. 양파나 나무 뿌리처럼 아직도 온기가 서려 있는 땅 속으로 기어들고 싶은 마음이다. 사상과 감정을 그대로 품은 동면. 주름잡힌 입술은 침묵한다. 그는 자신이 뇌까린 온갖 말, 모욕, 약속이 무효화되기를, 모든 사람에게 잊혀지기를, 그 자신도 모든 사람에게서 잊혀지기를 바란다.

하지만 그가 침묵 속에서 보루를 미처 쌓기도 전에, 스스로를 고치 속의 번데기로 공상하기도 전에, 이미 그는 그것을 주장할 수가 없게 된다. 냉습한 바람이 그의 기대를 묻어버린 마음을 몰아 모퉁이를 돌게 하여, 조화(弔花)와 송악덩굴이 있는 화분대 위로 밀어붙인 것이다. 어느 틈엔가 그는 살 생각도 없었던 눈꽃풀을 손에 쥐고

있다— 맨주먹으로 나아가려 했던 그가! 눈꽃풀의 종(鐘) 모양 꽃
술이 거칠게 소리 없이 울리기 시작하고, 그는 파멸이 자신을 기다
리는 곳을 향해 간다. 지금껏 유례없는 기대감에 충만하여 모든 세
월로부터 구제되기를 염원하는 마음과 기대를 안고서.

겪을 수 있는 모든 일을 겪고 나서, 스스로를 행복하고 안정되었
다고 느끼게 된 지금에 이르러서야 비로소 그에게 불가사의한 사랑
이 찾아왔다. 날마다 다른 과정을 더듬는 제식 같은 고통과 죽음의
의식을 동반하고서.

이 시간 이래로, 꽃들이 그것을 받아들일 여주인을 미처 알기도
전에, 이미 그는 자기 자신을 거느리는 임자가 아니었다. 다만 양도
가 가능한 형벌 받은 존재였다. 그의 육신은 육신 자체가 걷는 지옥
의 길로 그를 끌고 갔다. 그는 한 주일 내내 지옥을 걸었다. 그리고
최초로 파괴를 하고 구제받기를 기도하고 나서 다시금 한 주일 동
안 지옥을 걸었다. 동정과 자선, 만족은 들어설 여지가 없었다. 그녀
는 이러이러한 모습의 이러이러한 바탕을 지닌 여자라고 할 만한
여자가 아니었다. 그는 그녀의 이름을 입 밖에 낼 수가 없었다. 그녀
에겐 애당초 이름이란 것이 없었다. 마치 분별없이 그를 무너뜨린
행복, 그것에 이름이 없듯이. 그는 이미 하나의 입맛이 그대로 지각
되지 않고 어떠한 몸짓도 다른 몸짓을 상상해낼 여유를 주지 않으
며, 사랑이 지상에서 견뎌야 하는 모든 것에 대한 보복으로 화하는
경지, 망아(忘我)의 경지에 빠지게 되었던 것이다. 사랑은 아무것도
기대하지 않으며 아무것도 요구하지 않고, 아무것도 베풀지 않았
다. 사랑은 울타리에 둘러싸여 보호를 받으면서 다른 갖가지 감정

을 심기 거부했고 경계를 뛰어넘어 모든 감정을 쓰러뜨렸다.

그는 지금껏 감정을 지니지 않았던 적이 없었다. 갈등이 생기지 않았던 적도 없었다. 그러던 그가 지금 난생 처음으로 공허의 상태로, 탈진의 상태로 화해버렸다. 한 줄기의 파도가 짧은 간격을 두고 바위 쪽으로 그를 들어올려 밀어붙였다가 다시금 되받는 양상을 그는 깊은 만족감을 가지고 느꼈다.

그는 사랑을 한 것이었다. 그는 모든 것으로부터, 모든 특성으로부터 해방되었고, 선한 것도 악한 것도 옳은 것도 그른 것도 구별이 없는 이 파국 속에서 일체의 사상이나 목적을 빼앗겼다. 또한 그는 적어도 길이라고 규정할 만한 길, 앞으로 나아갈 수 있거나 하다 못해 이곳에서 밖으로 빠져나갈 길이란 도저히 없다는 것을 절감하고 있었다. 다른 모든 곳에서 다른 이들은 일을 하며 작업에 신경을 쏟는데, 한편에서 그는 완전히 사랑에 빠져 있었다. 그것은 일하거나 사는 것 이상으로 능력이 요청되는 일이었다. 순간순간은 작열하고 시간은 그 배후에 자리잡은 시커먼 화염의 잔재로 화했다. 그는 순간에서 순간으로 옮겨갈 때마다 단 하나의 요소의 지배를 받는 순수한 운명적 존재로서, 한층 생기 있게 모습을 드러내었다.

그는 트렁크에 짐을 꾸렸다. 최초의 한순간만으로 사랑은 벌써 충만해버렸음을 그는 본능적으로 깨달았기 때문이었다. 그는 마지막 남은 힘으로 여행이라는 도피구를 찾았다. 그리고 세 통의 편지를 썼다. 첫 번째 편지에서 그는 자신의 나약함을 탓했고, 둘째 편지에서는 사랑하는 여인을 나무랐고, 세 번째 편지에서는 책임 추궁하기를 단념했다. 그러면서 그는 주소를 써서 남겼다.

"부탁이오만 우편으로 보내주오. 나폴리로, 브린디시로, 아덴으로, 콘스탄티노플로……"

하지만 그는 계속 멀리 떠나지 못했다. 여행을 시작함과 동시에 모든 것이 와해되어버렸음을 그는 분명히 깨달았던 것이다. 그에게는 여분의 돈도 거의 없었다. 의지할 곳을 갖기 위해서, 아무리 무슨 일이 생기더라도 하나의 장소만은 붙들기 위해서 집세를 선불하느라 그는 마지막 돈을 이미 써버린 뒤였다. 그는 브린디시 항구를 방황하면서 단 두 벌의 옷을 남기고는 가진 것을 몽땅 팔아버렸고, 보잘것없는 노동 일자리를 구했다. 하지만 분명히 그는 그런 유의 일에는 쓸모가 없고, 지금의 그가 빠져드는 위험한 생활에도 무능했음에 틀림이 없었다. 그는 어쩔 줄을 모르고 들판에서 이틀 밤을 지내고 나서 경찰을 겁내기 시작했다. 불결과 불행, 파멸이 무서워지기 시작했다. 그렇다. 그는 파멸에 접근하고 있었던 것이다. 그리고 그는 네 번째 편지를 썼다.

"아직 내게는 두 벌의 옷이 남아 있소. 물론 다림질을 해야만 하는 것이지만. 그리고 파이프 두 개와 당신이 선물로 준 라이터와. 라이터에는 기름이 떨어졌소. 하지만 여름 전에 당신이 나와 만나기를 원치 않는다면, 당신이 N에서 여름 전에는 떠날 수 없다면……"

여름 이전에!

"그리고 그래도 여전히 당신이 알 수 없다면, 요컨대 누구와 왜, 무엇 때문에, 아아…… 하지만 설사 당신이 그것을 안다 한들 이번에는 내 편에서 모를 것이오. 그래서 나는 한층 더 비참한 기분이 들었을 것이오. 어떠한 길을 가든 내게는 이미 길 같은 것은 보이지 않게 되었소. 우리는 분명히 살아남아서는 안 되었던 모양이오."

여름 이전에! 여름 이전에 그렇게만 된다면 그는 이 해(年)에 대해 모든 보상을 치른 셈이 되리라. 그리고 모든 것은 한결같이 평범해지리라고 그에게 약속하고 있었다. 훗날 그가 30년분의 소재로부터 갖추어낼 수 있었던 모든 것은. 아아, 우리의 운명이 이루어지기 위해서 우리는 정녕 늙고, 추하고, 주름지고, 기억력이 둔해지고, 제한을 받으며, 그러고는 분별력이 생기지 않으면 안 되는 것일까? 노인들에게 거역할 것은 하나도 없다고 그는 혼자서 중얼거렸다. 이제 얼마 안 가서 나 역시 그렇게 되리라. 나는 이미 전율을 느끼고 있다. 지금부터의 내 모든 세월은 바로 이 전율을 동반하고 나를 엄습하리라. 멀지 않은 일이다. 하지만 나는 아직 버티고 있다. 이 빛이 소멸될 수 있다는 것을 믿고 싶지 않다. 영원히 빛나는 빛, 이 젊음이.

하지만 그 빛이 차츰 가쁜 호흡으로 굶주린 듯이 깜박거리기 시작할 때, 그리고 일거리를 찾거나 배를 타고 멀리 떠나려던 시도가 모두 — 이 모든 어리석은 계획이라니, 더 젊은 사람이나 정신병자에게라면 어울리겠지만 — 무위로 돌아갔을 때, 그는 집으로 편지를 보냈다. 그는 거의 진실을 토로하고 난생 처음 부친에게 도움을 청했다. 그야말로 처참한 기분이었다. 이제 그는 30세가 되었기 때문이었다. 이전 같으면 그는 어떠한 난국이라도 돌파하는 방법을 알고 있었는데. 이처럼 무력하고 어찌 할 바를 몰랐던 적은 한 번도 없었다. 그는 자신의 파산을 부친에게 털어놓고 돈을 청했다. 이렇듯 즉각 돈을 받아본 적은 일찍이 없었다. 이 신속한 구원이 주는 회복을 미처 누리기도 전에 그는 귀향길에 올랐다. 그는 베니스를 거쳐 갔다.

그곳 베니스에서 그는 늦은 밤, 마르크스 광장 앞에 이르러 무대를 향했다. 무대는 텅 비어 있었다. 관객은 좌석에서 물밀듯이 떠나버린 뒤였다. 바다는 하늘까지 넘실댔고 산호초 호수에는 불빛이 가득히 명멸했다. 등불과 랜턴들이 아래쪽 물속으로 빛을 던지고 있었다.

빛, 밝은 등불, 나쁜 무리들과는 인연이 먼 빛. 그는 유령처럼 헤매고 다녔다. 애초부터 그는 아름다움 속에서, 밝히 살펴서 비호를 얻고자 하는 충동에 쫓기고 있었던 것이다. 그리고 이제 그는 아름다움 속에서 쉬면서 마음속으로 말했다 — 얼마나 아름다운가! 이것이야말로 아름답구나. 아름답다. 언제까지나 이렇듯 아름다운 대로 있어주기를. 나는 이 아름다운 것을 위해, 내가 아름답다고 여기는 것, 아름다움을 위해, 이렇듯 '……보다 나은' 것을 위해, 이러한 성과를 위해 죽는다 한들 무슨 상관이 있으랴. 과거에 그렇게 한번 있다가 사라진 이후로 나는 내가 들어가고 싶은 천국을 알지 못한다. 하지만 이렇듯 아름다움이 있는 곳, 이곳이 나의 천국이다.

나는 이러한 것과 상관하지 않겠다고 다짐을 한다. 사실 아름다움이란 불명예스러운 것이며, 비호란 존재치 않는 것이기 때문이다. 어느덧 고통이 또 다른 형태를 띠고 다가오는 것이다.

이전에 그는 어떻게 여행을 하는가 전혀 알지 못했다. 그는 두근거리는 가슴을 안고, 몇 푼 안 되는 돈을 지닌 채 기차에 오르곤 했다. 그가 마을에 도착하는 것은 언제나 한밤중이었다. 이미 용의주도한 나그네 무리가 호텔의 방들은 모조리 낚아채가고, 친구들은 오래 전에 잠들어 있을 그런 시각이었다. 언젠가는 잠자리를 구하지 못해서 밤새도록 돌아다닌 적이 있었다. 배를 탈 때면 그의 심장은 더욱 뛰었고, 비행기 안에서는 황홀한 나머지 숨도 제대로 쉬지 못했다. 하지만 이번에는 기차 시간표를 읽고 그의 새로운 짐을 헤아려보고 짐꾼을 불렀다. 여행 안내서와 예약된 방이 있었고, 어디에서 기차를 바꿔 타야 하는지 알았다. 또한 커피 한 잔 마시고 나면 플랫폼에서부터 돈이 바닥이 나는 일이란 없었다. 그는 마치 높은 신분의 인사처럼 여행을 했다. 어느 누구도 그의 의중을 알아차리지 못할 만큼 의연하게. 그는 방랑 생활에 종지부를 찍기로 작정한 것이다. 되돌아갈 생각이었다. 그가 가장 사랑하던 고장, 세금과 고교와 대학에 이르는 수업료를, 그 밖에 약간의 돈을 지불하지 않으면 안 되었던 고장으로 돌아가기로. 그는 빈으로 돌아갔던 것이다 — 그러면서도 그는 '고향으로'라는 말을 쓰기를 삼갔다.

그는 찻간에 누워서 뚤뚤 만 외투를 머리에 고이고 생각에 잠겼다. 이 침대에 누운 채로 그는 전유럽을 굴러갈 수도 있으리라. 꿈에서 깜짝 놀라 깨어 일어나 추위에 떨다가는 낯익은 산맥이 다가오면 다시금 잠결에 빠져 고통스러운 추억에 잠기리라. 그는 출발점으로 되돌아가려 한다. 사람들이 세상이라고 이름하는 것을 그는 이미 충분히 보았기 때문이었다.

그는 시내의 우체국 근처 작은 호텔에 투숙했다. 일찍이 빈에서 그가 호텔에 묵는 일이라고는 없었다. 빈에서 그는 언제나, 어쩌다

욕실이 있기도 하고 없기도 한, 전화가 있기도 하고 없기도 한 셋방 살이밖에는 알지를 못했다. 친척 집에서, 그의 담배 냄새를 참지 못하는 독신 간호사 집에서, 아니면 어떤 장군의 미망인 집에서. 그 미망인이 온천으로 떠나고 없을 때면, 그는 그녀의 고양이와 선인장을 보살펴주어야만 했다.

이틀이 지나도록 그는 흐리터분한 기분으로 감히 아무에게도 전화를 걸지 못하고 지냈다. 그를 기다리는 사람은 한 사람도 없는 것이다. 몇 사람의 친지와는 너무나 오랫동안 소식이 두절되어 있었고, 또 몇 사람은 그의 편지에 한 번도 답장을 보내지 않았다. 불현듯 그는 자신의 귀향이 여러 가지 이유에서 도대체 불가능한 것이라고 느꼈다. 죽은 자가 살아 돌아올 수 없는 것처럼, 일단 인연이 끊긴 곳에서 다시 계속한다는 것은 누구에게도 허용되지 않는다. 한 사람도 없다. 나를 기대하고 있는 사람은 단 하나도 없다고 그는 마음으로 말한다. 그는 예전 같으면 들어갈 엄두를 못 내었을 한 식당에 식사를 하러 들어가서 그 어느 곳에서보다 엄숙하게 메뉴를 읽었다. 그러자 하나하나의 야릇한, 오랫동안 그리워했던 이름들에 감명을 받은 듯한 생각이 들었다. 하지만 실제로 그런 것은 아니었다. 그는 정오를 알리는 종소리에서 옛날과 다름없는 그리운 울림을 알아들었다. 그의 마음은 죽음과 같은 정적에 잠겨 있었다. 그는 우연히 그라벤*에서 아는 이를 만났고, 또 다른 많은 친구들을 만났다. 그리고 이 의미 깊은 우연의 힘에 용기를 얻어, 당황하고 지나치

---

* 빈의 중심가.

게 덤비면서 그 모든 사람들과 어울리게 되었다. 그러고는 다른 곳에서 그가 어떻게 생활했는지 애매하게 이야기를 시작하다가 곧 그만두어버렸다. 다른 곳에서 지낸 생활은 그들 모두에게 일종의 배신이라는 것을, 그것에 대해서는 침묵하는 게 한결 낫겠다는 사실을 분명히 깨달았기 때문이었다.

그는 책방에서 시가 지도를 하나 샀다. 구석구석의 모든 향내를 알고 더 이상 알아볼 만한 것이 없다고 생각했던 이 거리를 알기 위해서. 그는 지도를 펴서 손에 든 채로 얼어붙지 않을까 걱정하며 시립 공원 안쪽 비에 젖은 벤치에 앉았다. 그러고는 지도의 표지를 따라, 갑옷이 수집되어 있는 대궁전과 예술사 미술관으로, 글로리에테 정자와 바로크의 천사상이 있는 교회로 갔다. 해 질 무렵에 그는 칼렌베르크*로 차를 몰고 가서, 소개된 지점에 서서 시가지를 내려다보았다. 그리고 손으로 눈앞을 가리며 그는 생각했다─ 이 모든 것은 있을 수 없는 일이다! 내가 이 거리를 안다는 것은 있을 수 없는 일이다. 그렇지가 않은 것이다.

또 다른 날에 그는 친구들과 만났다. 그들이 무엇에 관해 이야기를 하는지 도저히 알 도리가 없었지만, 화제에 오르는 이름은 모두 친숙했다. 심지어 얼굴은 떠오르지 않더라도─ 그는 모두를 알고 있었다. 레테르들은 그대로 남아 있던 것이다. 그는 들리는 대로 자신 있게 고개만 끄덕였지만, 이 모든 일들이 존재한다는 것이 현실처럼 느껴지지가 않았다─ 옛날 그대로의 여자 친구들에게 새로

---

* 전망 좋은 빈 근교의 산.

생긴 아이들. 바뀐 직업. 타락. 스캔들. 초연의 각본. 정사(情事). 그리고 여러 용건들.

(나의 의도― 도착하는 것!)

그는 다시금 몰을 만난다. 스무 살에 벌써 모든 사람들을 현혹시킨 신동, 천재 몰. 그 당시 숱한 칭찬의 대상이었던 가치 붕괴와 문화 위기에 관한 자신의 연구문을 한 조각의 버터빵을 위해 어떤 기독 관계 잡지에 넘겨버렸던 순수한 정신 몰. 몰은 아이러니컬하게도 최고의 사례를 받으며 회의에서 회의로 서둘러 다니고 있었다. 다른 이들을 재미있게 해주고, 스스로 자신을 웃음거리로 삼는 몰. 지금은 원탁 회의 석상에서 과거의 재산을 탕진하면서 새로운 착상의 세계에 대해서는 조금도 가치를 두지 않는 몰. 밤이면 프랑스 대사관에 가야 하고, 이튿날 아침이면 어느 회의의 고문 역할을 해내는 몰. 지금도 최연소자로서 뱀장어처럼 매끄럽게, 자신은 의견을 갖고 있지도 않으면서 온갖 의견의 대표자인 몰. 버터의 편이 된 몰. 불안정한 존재에 대해 경멸하지만 그 자신이야말로 가장 불안정한 존재의 한 사람인 몰…… 몰은 이렇게 충고한다.

"우리 편에 가담하도록 하라고."

(완벽에 이른 사기꾼의 언변이다!)

우월한 몰. 자신이 몇 년 전에는 경멸하던 모든 사람에 대해, 모든 것에 대해 지혜로운 몰. 인색하지만 꽉 부여잡는 몰의 악수.

"자아, 바이바이. 잘 해보라고. 그럼. 잘 생각해보게. 무슨 일이 있으면 편지를 하게."

인색한 악수에 인색하게 답을 하고 그는 몰과 작별을 한다. 그리고 옛날 단골이었던 조그만 커피 숍에 들어선다. 사랑스럽고 슬픈 모습의 작은 사나이, 종업원은 주춤 놀라며 그를 알아본다. 이번에는 그도 수다를 떨며 악수를 하거나 무리하게 애쓸 필요가 없다. 판에 박힌 소리를 생략해도 된다. 한 번의 미소로 충분하다. 그들 두 사내는 서로 바보스럽게 미소를 교환한다. 많은 것을, 연륜과 인간들, 행복과 불행이 가까이 스치고 지나가는 것을 몸소 목격한 두 사내는. 이 노인은 표현하고 싶은 모든 것을— 기쁨과 추억을— 일찍이 그가 이곳에서 청해 읽었던 몇 가지 신문을 어김없이 테이블에 놓아주는 것으로 보여주었다.

그는 각종 신문의 무더기로 손을 내밀어 잡아야만 한다. 그것은 노인에게서 입은 은혜이다. 이런 은혜라면 그는 기꺼이 입고 싶다. 마침내 이곳에 와서야 비로소 그는 조금은 즐겁게, 그리고 아무런 저항도 느끼지 않으며 은혜를 누린다.

아무런 목적도 없이, 그는 읽기 시작한다. 큰 제목들, 지방 기사, 문화면, 종합면, 스포츠 면을. 날짜야 아무래도 좋다. 이 신문을 5년 전의 신문과 바꾼다 한들 아무런 상관이 없을 것 같다. 그가 읽는 것은 다만 억양이며 명백한 문자, 배열, 구문이다. 다른 것에서는 불가능하더라도 신문에서라면 그는 왼편 위에는 무엇이, 오른편 아래쪽에는 무엇이 취급되어 있는가를, 신문 기사에서 무엇을 좋게, 무엇을 나쁘게 다루고 있는가를 알고 있다. 다만 여기저기 어쩌다가 서투르게 생소한 단어가 숨어 있을 뿐이다.

돌연 한 사나이가 그의 앞에 선다. 그와 같은 연배의 그 사나이는 인사를 한다. 이 사나이를 분명 알고 있을 텐데, 그가 누구인지 도저히 생각날 것 같지가 않다— 어쨌든 여기 서 있는 이자는 몰이다. 그는 몰에게 다급하게 기쁜 듯이 자신의 테이블에 앉도록 권하지 않으면 안 된다. 몰, 수줍게 교양에 허덕이던 몰. 일찍이 새로운 스타일이 무엇인지를 규명하려 했고, 지금은 그것을 찾아낸 남자. 그리하여 지금은 사람이 어떻게 살아야 하는가를, 그림은 어떻게 그리며, 어떻게 쓰고, 생각하고, 작곡해야 하는가를 터득한 몰. 이전에는 앞서가는 세대의 각종 인식을 섭취하여 더듬으며 추구하던 몰이 지금은 그것을 소화해서, 삼킨 것을 반추하고 있다.

몰의 시스템. 실패를 모르는 몰. 예술 평론가인 몰. 어리석은 대중을 미워하는 (오디 푸로파눔 부르그스……) 가차 없는 몰. 언어를 잃어버리고 그 대신 다른 이들의 언어에서 뽑아낸 2천 개의 공작 날개를 자랑하는 몰. 이제는 소설을 읽을 수 없는 몰. 시(詩)에서 아무런 미래도 읽지 않는 몰. 음악의 거세를 돕고 아마포에 그리는 그림을 멀리하려는 몰. 오해를 사며, 무자비하게 거품을 튀기며 기리엘무스 아퓰리엔시스*(대략 1200년경)의 위대함을 인용하는 몰. 모든 화가 중에서 에르하르트 쉐엔**에게 가장 경탄을 보내는 몰. 안내자로서의 몰. 다른 이들이 정통하고 있는 대상이 화제에 오르면 화를 내며 입을 다무는 몰. 보조 관리, 애매한 원본의 수집가, 지나친 인간으로서 곤경에 처해 있는 몰. 사람들이 그를 오인하고 알아보지 못한 채

---

* 12세기 북이탈리아 리구리아의 자르자나에 있는 십자가상의 제작자. 당시의 동명의 건축가, 조각가가 수명 있다.
** 1492~1542. 화가, 목판화가.

스쳐 지나간다는 사실을 생각하면 질투심에 사로잡히는 몰. 그는 파고드는 신랄함과 질책의 눈길로 아름다운 여자만 보면, 또 어느 하루의 일요일, 한 개의 과일, 한 가지 호의에 대놓고 앙갚음을 한다. 순교자 몰. 물론 몰은 옛 친구인 그가 지금 시계를 쳐다보며 벌써 일어날 시각임을 의식하고 있음을 경멸한다. 자신의 엄격한 정신이 태엽을 감아주고, 자신의 정의감이 똑딱소리를 내게 해주는, 내면의 시계에 의존해 살고 있는 몰이……

이렇듯 충돌로 이루어진 하루가 흘러간다. 그에게는 모든 사람이 유령으로 화해버린 세계에서 그는 그런 충돌을 견디어낸다. 유령들에 대비한 그의 무장은 허술하기 짝이 없다. 다음날에도 그 점은 드러난다.

그는 또다시 몰을 만난다. 하기야 모든 사람의 세계가 몰로 가득 차 있었으니까. 하지만 이번의 몰은 잘 기억이 나지 않는다. 그는 누구일까. 알아맞히기 인물의 몰이다. 도저히 짐작이 가지 않지만 그것도 아무런 상관이 없다. 몰의 편에서 모든 것을 훨씬 정확하게 기억하고 있기 때문이다. 몰은 자기와 동급생이었던 그가 생전 처음 술에 취해 혀꼬부라진 소리를 하며 토하지 않을 수 없었던 일을 상기시켜준다. 그때 몰은 그를 집에까지 바래다주었다. 몰은 옛 친구인 그가 엄청나게 어리석은 일을 저질렀던 날을 아직도 기억하고 있다.

그의 인생의 부정적인 면을 손아귀에 넣고 있는 몰. 그의 파산, 그의 저열함을 충실히 보관해둔 몰. 한 짝패인 몰, 열여덟 살에 그와 함께 군대에 있었던 몰. 기억 속에서 다시금 '방위군' 시절로 되돌아가 있는 몰. 몰이 구사하는 말투는 그에게 욕지기를 일으킨다. 그것은 그도 옛날에는 똑같은 말투를 썼으리라는 사실을 부득이 상기시켜주기 때문이다. 그를 적진에서 구해내준 몰. 강자인 몰은 약자인 그를 구해주었다. 몰은 갖가지 사물의 이름을 들먹인다. 그 금발 인형은 어떻게 되었나? 결혼한다는 건 그것으로 끝장이지!

아첨하는 몰. 분별 있는 몰. 조금도 속지 않는 몰. 여자들에겐 그녀들이 원하는 대로 응해주는 몰. 자기를 이용할 수 있는 위치의 상관을 이용하는 몰. 남자와 여자를 파악하고 있는 몰. 만사를 정치로 간주하면서도 자신의 정책은 도둑맞기 십상인 몰. 모피에 파고드는 이(蟲) 같은 몰. 그의 주장에 의하면 아직 전쟁은, 아마도 다음번 전쟁이겠지만, 패배로 끝나지 않으며, 이탈리아인은 도둑놈이고, 프랑스인은 유약하고, 러시아인은 인간 이하라는 것이다. 그는 또한 영국인은 근본적으로 어떤 민족인가를, 나아가서 세계의 근본 정체는 무엇인가를, 이를테면 일, 장사, 농담, 추잡한 것을 알고 있다. 몰은 말한다.

"그렇지만 말일세, 누가 뭐래도 자네와는 옛날부터 친구가 아닌가. 나를 속이지 말게. 결코 나를 속일 수는 없네!"

어떻게 하면 몰을 피할 수 있을까! 이 히드라* 같은 몰의 머리를 하나쯤 쳐내버린다 한들 무슨 의미가 있을까. 하나를 자르면 대신 새로이 열 개의 머리가 돋아날 텐데!

---

* 그리스 신화에 나오는 9개의 머리를 가진 괴물 뱀. 머리를 아무리 잘라도 원상태로 된다고 함. 헤라클레스에 의해 죽음을 당함.

이 같은 과거의 기억 가운데서 단 한 조각에 대해서도 몰에게 권리를 양도한 기억이 그에겐 전혀 없다손치더라도 앞으로 어떻게 되어갈 것인가를 그는 알고 있다— 모퉁이마다 종점마다 몰은 거듭해서 계속 모습을 드러내리라.

그와 다른 이들이 재회가 내려준 심판을 받은 이 같은 밤들의 마지막 밤에, 그는 세 사람의 인물과 한 여인, 이전에 그가 아무런 성과도 없이 한동안 구애를 했던 한 여인과 더불어 어떤 소시지 가게 앞에 서 있었다. 예전에 그는 이 헬레네와 어떤 바에서 춤을 추었고, 그녀의 어깨에 입술을 비볐다. 지금이라면 얼마든지 가능하리라고 자신하지만, 그때는 그녀의 입에 키스를 해야 할지 결단을 내리지 못했다. 하여튼, 다른 이들과 작별을 하고 나서 그는 그녀와 함께 갔고, 그녀의 거처에까지 들어가서 커피를 마셨다. 그녀는 특유의 막연한 방식으로 이야기를 했고 그도 곧 그런 방식을 취했다. 아마도 그 옛날 그는 이렇게 그녀와 얘기를 하면서 중간 음을 쓰고 어중간한 화법, 양면으로 해석할 수 있는 표현을 익혔던 모양이다. 이제 두 사람 사이에서는 무엇이든 명확해질 수도, 솔직해질 수도 없었다.

밤이 늦었는데 방 안은 담배 연기로 가득 찼고, 그녀의 향수 냄새는 이미 증발해버렸다. 떠나오기 전에 그는 머뭇거리면서, 피로한 나머지 허전한 기분으로 그녀를 껴안았다. 그는 아주 예의바르게 행동을 했던 것이다. 층계참에서 뒤를 돌아보고 마치 돌아가기가 힘들다는 듯, 그녀에게 눈짓을 보냈다. 그것은 그의 마지막 위선이었다. 그러면서 그가 바라다본 그녀의 얼굴은 딱딱하게 생기를 잃은 표정으로 그를 서둘러 몰아내었다. 밖에서는 하루가, 혹은 사람들이 하루라고 칭하는 것이 밝아오고 있었다. 새벽이었고 안개가 끼어 있었다. 그는 밤샘을 하고 나서의 잠을 걱정하면서 호텔에 도착했고, 환자처럼 침대에 파고들어서는 알약 두 알을 삼키고 겨우 잠이 들었다. 그리고 다시 밤이 되었을 때에야 그는 입 안이 텁텁하고 달아오른 채 잠에서 깨어났다. 너무나 오래 잔 탓으로 생긴 그 입맛 속에서 이 도시에서의 모든 만남이 씻은 듯이 가셔버렸다. 그는 가방에 짐을 꾸렸다. 가지런히 정돈해놓는 일 따위는 도대체 문제가 되지 않을 만큼 굉장히 바쁘다는 듯이, 속옷과 칫솔, 신발을 뒤죽박죽 처넣었다. 정거장에 도착해서야 비로소 그는 손가락으로 기차 시간표를 짚어가며 타고 갈 기차를 찾았다.

어쩌다가 그는 아주 운이 나쁜 열차를 타는 처지가 되었다. 그 열차는 준급행이었는데도 정거장마다 정차를 했고, 더구나 대합실이 잠겨 있는 어느 시골 역에서는 발을 굴러대고 손바닥을 마주치면서 추운 겨울밤의 반절을 왔다 갔다 하게 만들었던 것이다. 그는 가능하다면 차라리 화물차에 올라타 영원히 잠들어버리고 싶었다. 하지만 그러기에는 아직도 추위에 견딜 여지가 있었고, 피로감도 극에 달한 것은 아니었다. 그의 고독의 상태는 이 정도의 종말로는 아직 충분치 못했다. 여행을 계속하면서 그는 동석한 어느 여행객의 이야기에 귀를 기울였다. 그 사내는 모든 정신병자 중의 몇 퍼센트가 자기를 나폴레옹이라고 생각하며, 몇 퍼센트가 최후의 황제*로, 몇 퍼센트가 린드버그, 히틀러, 또는 간디라고 생각하고 있는가를

---

* 독일 황제 빌헬름 1세.

이야기했다. 그는 흥미를 느끼고 인간은 자신을 자기 자신으로 간주해도 무방한지, 그것은 광기가 아닌지를 물어보았다. 정신과 의사로 짐작되는 그 사내는 파이프를 톡톡 털더니 테마를 바꿨다. 그러고는 다른 유의 퍼센티지에 관해서, 그리고 이러저러한 퍼센트에 대한 치료법을 이야기했다. 파이프 소제 도구로 코를 후비면서 사내는 이런 말을 했다.

"이를테면 당신 말씀인데, 당신은 그런 일로 괴로워하시는 것 같은데 말씀입니다만…… 당신은 좀 지나치게 생각하시는 것 같군요…… 물론 우리 모두가 그런 일을 괴로워하고 있지요. 그건 특별한 일은 아닙니다."

다음번 열차는 그를 싣고 공포에 가득 찬 한밤을 달렸다─차 바퀴는 좀 큰 정거장에서 다른 레일로 건너뛰어서는 격분에 가득 차서 계속 굴러갔다. 그러는 동안 그는 열 사람의 승객과 한 찻간에 끼어 앉아, 호흡할 공기를 구하느라 시달리면서, 옆 좌석의 나이 지긋한 여인이 어린애를 달랠 때마다, 그녀의 남편인 그의 맞은편 좌석에 앉은 빈혈 환자가 기침을 하고 침을 내뱉을 때마다, 눈길을 옆으로 돌렸다. 더구나 문간에 앉은 또 다른 사내가 코를 골아대는 데는 정말 미칠 것만 같았다. 모든 사람들의 발과 다리가 서로 뒤섞여 맞닿은 5센티미터의 공간을 위해 싸우고, 다른 사람을 떠밀어냈다. 돌연 그는 자신도 역시, 아이를 데리고 있는 부인을 밀어내려고 팔을 내뻗고 있음을 깨달았다. 그는 다시금 육체를 가진 인간들의 틈바구니에서, 자신의 입장, 자신의 자리, 자신의 목숨을 위해 끈질기게 싸우고 있는 것이다.

잠깐 동안 그는 잠이 들었다. 꿈속에서 빈의 시가가 그를 향해 무너져왔다. 칼스 교회를 시작으로, 궁전과 공원, 모든 시가가 한꺼번에. 머리를 한 대 맞고 소스라치게 놀라 눈을 뜬 걸 보니, 꿈은 아마 겨우 1초 동안이나 계속되었을까. 깊이 생각할 필요도 없이 열차가 다른 열차와 충돌했다는 것을 그는 즉각 알아챘다. 선반에서 트렁크가 하나가 그의 머리로 떨어진 것이다. 그 시간에 그의 신상에 아무런 일도 일어나지 않은 걸 보면 충돌이 대단치 않은 것임도 알 수 있었다. 조숙한 완성은 있을 수 없다. 때아닌 종말도. 마음을 뒤흔드는 비극도. 두세 시간 후에는 다시금 달리기 시작했다. 모든 사람들은 가벼운 심장 발작에서 깨어난 듯 한숨을 돌렸다. 다친 사람도 없고 손실은 아주 가벼웠다. 열차 충돌 때문에 그의 내면이 반응을 한 것인지, 아니면 충격에 앞서 꿈을 꾸었는지, 아무튼, 그는 빈 시가의 꿈을 상기해내려고 애를 썼다. 마치 그 거리를 다시는 보지 않을 듯이 여겼는데, 그는 지금부터 그 거리를 영원히 거듭해서 회고하지 않을까 하는 생각이 드는 것이다. 그 거리가 어떠했고 그 안에서 그가 어떻게 살았는가를.

보증 없는 도시여!

나로 하여금 다른 도시의 이야기를 하라고 하지 말라. 바로 이 곳에서 수년 동안의 나의 불안, 나의 희망이 그물 안에 얽혀 들었던 이 유일한 도시에 대해 지껄이게끔 나를 내버려다오. 단정치 못한, 덩치 큰 어부처럼, 거대하고 무심한 강변에 자리잡고 앉아 변함없이 부패한 은빛 어획물을 낚아들이는 이 도시의 모습을 나는 보고 있다. 은빛의 불안을, 부패한 희망을.

도나우의 검푸른 강변, 곰팡이의 둥근 초록빛 지붕에 걸린 너도밤나무의 하늘 밑,

이 도시의 정신 약간을 쓰레기에서 추려내어 자랑하게끔, 또한 이 도시의 비정신을 쓰레기에 떠맡기도록 나를 내버려다오! 그러고 난 다음이라면 바람이 불어와 이 땅에서 긍지를 지녔던, 또한 수모를 받았던 마음을 쓸어 없애도 좋으리라!

표착물의 도시!

여러 나라들이, 또한 여러 나라의 토산물들이 이곳에 충적되었다. 슬로바키아인의 십자수를 놓은 이불. 몬테니그로인의 끈적끈적한 코밑 수염. 불가리아인의 계란 바구니. 그리고 헝가리인의 저돌적인 악센트*. 터키 달**의 거리! 바리케이드의 거리여!

숱하게 널린, 박살 난 바위와 텅 빈 성벽들에서 사람들은 속삭임을 듣는다. 아득한 옛날의 속삭임을.

오, 빈의 번영했던 수많은 밤이여, 수많은 괴로운 밤이여! 학교 건물과 정신 병원, 양로원, 그리고 환기가 불충분한, 어쩌다 흰 페인트 칠이 된 병실의 웅성거림과 함께, 빈이 그대에게 던져준 모든 나날이여! 온통 수줍은 너도밤나무 꽃송이에 뒤덮인 모든 나날이여! 열린 적 없는 모든 창문이여, 영원히 빠져나갈 수 없을 듯싶은, 하늘도 존재치 않는 듯싶은, 모든 문들이여!

종국의 도시! 외부로 통하는 제도도 없는 것 같은!

---

*   헝가리인은 번번이 합스부르크 왕조에 반대했음.
**   터키 칼이 초생달처럼 생겼음. 빈은 두 번이나 터키 군에 포위됐다.

관청의 관료적인 분위기, 한물간 노잔(老殘)의 접수구에는 냉혹하지는 않지만 언제나 기분잡치는 말뿐이다(거절이 아니라, 속여서 기대를 갖게 하는).

사랑하고 싶지 않은 것을 사랑하지 않으면 안 되는가 하는 것은 문제이다. 하지만 이 도시는 아름답고, 격식을 차린 한 사람의 시인이 성 슈테판의 탑에 올라 도시를 향해 충성을 맹세했다.

모든 것은 복종의 문제이며 찬동의 문제이다. 하지만 몇 사람인가는 맹목적으로 독약이 든 잔을 들이켰다.

고약한 중상은 온화한 마음과 결탁한다. 그런데도 몇 사람인가는 삼베처럼 거친 힘줄의 심장과 고대 로마에서나 어울렸을 웅변을 갖추고 있었다. 그들은 적의에 차 있고, 미움을 받으며, 고독했다. 그들은 정확하게 사고했고, 결함이 없이 행동했으며, 해파리 같은 군중을 밑에 놓고 묵살했다.

몇몇 사람들은 언어를 멋대로 구사하며, 깊어가는 밤 암흑 속의 반딧불처럼 경계선 너머에까지 언어를 던졌다. 또한 어떤 사람은 유독, 침묵이 밀려가고 밀려오는 틈바구니에서 푸르게, 비장하게 불타는 이마를 갖고 있었다.

화형의 장작더미의 도시. 이 도시 안에서는 화려하기 이를 데 없는 음악이 불 속으로 던져졌고, 독실한 이단자에 의해 이루어진 것, 성급한 자살자, 철저한 발견자에 의해 이루어진 것, 그리고 가장 솔직한 정신에 의해 생겨난 모든 것이 모욕을 당하고 침 뱉음당했다.

침묵의 도시! 무뚝뚝한 미소를 짓는 무언의 재판관이여!

……하지만 침묵에 의해 가죽이 벗겨지고 미소에 의해 살해된 한

젊은이가 그 위를 비틀대며 걸어갈 때에, 엉성해진 포도석 사이에서 새어나오는 흐느낌, 비극으로부터 솟아오르는 비명과 함께 어디로 가는 걸까?

희극 배우의 도시! 경박한 천사와 공설 전당포에 어울리는 한줌 악마들의 도시.

밀어 속에 잠긴 수줍은 도시, 내일에 대한 이야기 속에서 돋아나는 수줍은 싹.

익살꾼의 도시, 아첨꾼의 도시, 악당 패거리의 도시(하나의 요점을 위해서 하나의 진리가 희생되며, 좋다고 일컬어질 때는 거의가 거짓이 이야기된다).

죽음의 냄새를 풍기는 페스트의 도시! 도나우의 검은 물가, 더러운 기름을 먼 곳에 두고 있는*.

어느 하루의 광채를, 내 눈에 비친 어느 하루의 광채를 상기하게 해다오. 초록빛으로 흰빛으로 있는 그대로.

빗줄기가 쏟아진 뒤,

도시는 씻겨 청결해졌고,

거리는 별 모양으로 그 핵심으로부터,

그 굳센 심장으로부터 말쑥하게 뻗어 나오고 있었다.

모든 층마다 아이들은 새로운 에튀드를 연습하기 시작했고,

전차들은 흘러간 해의 모든 화환, 아스타의 꽃다발을 싣고 중앙 묘원으로부터 되돌아왔다.

---

* 빈 북부에 있는 유전(油田)을 말함.

그것은 소생이었다.
죽음으로부터,
망각으로부터의!

　여행의 종착에 대해서는 그는 침묵했다. 여행을 마감하지 않는 상태도, 그는 끝내는 눈에 뜨이지 않게 흔적도 없이 사라져버리고 싶어했다. 마침내 그는 한 가지 방편을 찾아내었다. 그를 인도네시아로 갈 수 있도록 해주는 어떤 위임에 비밀리에 몸을 맡겼던 것이다. 그가 비행기표를 끊으려 할 때 인도네시아에서는 전쟁이 터졌다. 그래서 위임은 흐지부지 되었고, 그는 이미 다른― 어디 다른 먼 나라로 가기 위한― 위임을 받기 위해 애를 쓸 생각은 없었다. 그렇게 된 것을 떠나지 말라는 일종의 계시로 받아들인 것이다. 그는 로마에 머물렀다. 그러면서 실상 그는 남몰래 이런 생각을 했던 것이다― 그녀의 이름이야 감히 입 밖에 낼 수 없지만, 그녀와 함께 떠나자. 그녀와 함께 도망을 가자. 다시는 유럽에 돌아오지 말고 그녀와 소박하게 살자. 태양이 있는 곳, 과일이 익는 곳에서, 그녀의 육체와 더불어 살자. 다른 어느 것과도 연관을 맺지 말고 지나간 날의 모든 것으로부터 동떨어진 채. 그녀의 머리칼 속에, 입속에, 그녀의 품안에 묻혀 살자.
　그는 항상 절대적인 것을 사랑해왔고 그것을 지향한 출발을 사랑해왔다. '그녀'는 타인과의 관계에서 그로 하여금 출발하고자 하는, 더불어 멀리 떠나고자 하는 염원을 불어넣어준 최초의 인간이었다. 이 극단의 것이 그의 눈앞에 아물거리며 잡힐 듯이 가깝게 느껴지는 순간에, 그는 열병의 노예가 되어 말을 잊어버렸고, 그것에 대한 말을 찾아내려고 무한히 부심을 했다. 그는 이 궁극적인 것이 그를 위해 존재하는 듯싶은 세계로 한 발자국이라도 내딛기 위해 안간힘 쓰며 초췌해져갔다. 그리고 지체 없이 그것을 향해 행동하려고 작정했다.

하지만 그런 때면 어김없이 누군가가 그에게 다가와서 편지를 전해주었다. 그 편지는 과거에 그가 응했던 의무를, 어떤 환자를, 친척을, 어느 여행자를, 또는 직무의 기한을 상기시켜주는 내용이었다. 또는 그가 모든 굴레를 벗어던지려고 작정한 그 순간에, 흡사 물에 빠진 사람처럼 누구인가가 그에게 매달려 오는 것이다.

"나를 상관하지 말아다오. 가만히 좀 내버려 두어다오!"

그럴 때 그는 이렇게 말하고는 무슨 특별난 구경거리라도 있는 듯이 창가로 다가섰다.

"하지만 우리 오늘은 반드시 분명히 해두어야겠어요. 그때 처음 시작한 것은 누구였지요? 먼저 이렇게 말한 사람은⋯⋯"

"내가 도대체 무슨 말을 했는지 기억에 없어. 제발 가만히 좀 내버려 두라고!"

"그럼 왜 당신은 그토록 늦게 돌아왔지요? 왜 그렇게 살그머니 문을 열고 들어왔지요? 뭔가 숨기려 한 것이 아닌가요? 아니면 당신 자신을 숨기려는 건가요?!"

"아무것도 숨길 생각은 없었어. 날 내버려 둬!"

"제가 시들어가는 것을, 울고 있는 것을 못 보시나요?"

"좋아, 당신은 울고 있고, 당신은 시들어가고 있어. 도대체 그것이 어쨌단 말이야?"

"당신은 무섭군요. 내가 하는 말을 이해하지 못하시는군요."

그렇다. 그는 이해하지 못했다. 그는 그렇듯 빈번히 안정을 바라면서도 그때마다 이유를 알지는 못했다. 다만 그저 이제는 다리를 뻗고 누울 수 있다면, 이제는 등불을 끄고 어둠 속에서 사람들이 그로 하여금 단념하게 한 아득한 곳으로 시선을 겨눌 수 있다면 하고 바랐을 뿐이었다.

나를 상관하지 말아다오. 단 한 번만이라도 나를 가만히 내버려두어다오! 그는 다만 자신이 소멸해버리는 것을, 시야에서 사라지는 것을 왜 포기했는지 그것에 대해서만이라도 곰곰이 생각해보고 싶었다. 그는 그 점을 명백히 알 수는 없겠지만 저절로 밝혀지리라.

모든 피조물이 그렇지만, 그는 아무런 해답에도 이르지 못한다. 그는 임의의 어느 누구처럼 살고 싶지도 않고 그렇다고 비범한 누구인가처럼 살고 싶지도 않다. 그는 시대와 더불어 걸어가고 싶으면서 또 시대에 맞서고 싶다. 변함없는 안일을 찬양하고, 고전의 아름다움을, 양피지를, 원주(圓柱)를 보호하고 싶은 충동이 그를 사로잡는다. 그러면서도 오늘날의 사물, 원자로와 터빈, 인공 물질을 고대의 그것과 맞세워 편들고 싶은 유혹을 느낀다. 그는 최전선에 서고 싶다고 생각하면서 동시에 그것을 원치 않는다. 약점, 오류, 어리석음을 이해하는 마음으로 기울지만, 그러면서도 그것들에 대항하여 규탄하고 싶은 마음이다. 그는 참을성이 있으면서 못 견딘다. 미워하고 또 미워하지 않는다. 참아내지 못하고 미워할 수가 없는 것이다.

이것 역시 사라지고자 하는 이유의 하나이다.

그해 그의 일기에는 이런 구절이 씌어 있다.

"나는 자유를 사랑한다. 하지만 자유는 확고부동하게 서 있는 모든 존재 안에서는 종식을 고하고 만다. 나는 검은 땅덩이와 파국이 밝게 드러나기를 바란다. 하지만 역시 그곳에서도 자유는 종식했다는 것을 나는 알고 있다."

"자연스러운 금지도 자연스러운 위임도 없는 까닭에, 따라서 마음에 드는 것뿐 아니라 마음에 들지 않는 것까지 허용되고 있는 까닭에(마음에 드는 것 따위를 도대체 누가 알 것인가!) 헤아릴 수 없는 입법과 도덕 체계가 가능한 것이다. 왜 우리는 아무도 향수하지 않는 몇 가지 잡다한 체계에 한정되지 않으면 안 되는가?"

"때로는 경제적으로 때로는 비경제적으로 행해지는 인류의 도덕적인 가계 안에서는 항상 경건과 무질서가 동시에 지배했다. 터부는 폭로처럼 치워지지 않은 채 여기저기 나뒹굴고 있는 것이다."

"왜 불과 몇 개 안 되는 체계만이 지배력을 획득했을까? 그것은 우리가 금지 목록과 명령 목록이 없이 생각하는 것을 두려워한 나머지, 자유를 두려워한 나머지, 집요하게 관습을 고집한 까닭이다. 인간은 자유를 사랑하지 않는다. 자유가 모습을 드러내면 어김없이 인간은 그 자유와 더불어 스스로를 아무렇게나 내던져왔다."

"비록 나 역시 천 번은 배신하지 않으면 안 되었던 것이지만, 나는 자유를 사랑한다. 지금의 이 위엄을 잃은 세계는 끊임없이 자유를 내던져온 결과이다."

"내가 생각하는 자유라는 것은— 허용이다. 신은 세계의 어느 점에 관해서도 규정을 짓지 않았기 때문이다. 세계에 다시 한번 새로이 바탕을 세우고 새로운 질서를 갖추도록 하기 위해 어떻게 하느냐 하는 하등의 방법을 마련해놓지 않았기 때문이다. 자유는 형식을 해체해도 좋다는 허용이다. 도덕의 형식을 위시해서 모든 형식을 해체해도 좋다는 허용인 것이다. 자유란 말살이다. 모든 투쟁의 근거를 뿌리뽑기 위해서 모든 신앙, 갖가지 종류의 신앙을 절멸하는 것이다. 그리고 자유는 포기이다. 모든 인습적인 견해, 모든 인습적인 상황, 즉 국가, 교회, 조직, 권력 수단, 금전, 무기 교육을 포기하는 것이다."

"위대한 스트라이크. 그것은 곧 낡은 세계의 일순간 정지. 낡은 세계를 위한 사색과 작업의 사직. 무질서를 위한 것이 아닌, 새로운 바탕을 세우기 위한 역사의 해약 통고."

"편견 ― 인종적 편견, 계급적 편견, 종교적 편견, 그 외의 모든 편견 ― 은 그것이 교양이나 통찰에 의해 해소되는 경우라 하더라도 치욕으로서 잔존한다. 부정과 억압을 폐지하고, 모든 혹독함을 완화하고, 상황을 하나하나 개선한다 하더라도, 역시 과거의 치욕은 그대로 남는다. 언어의 존속에 의해 잔존하는 비열함은, 곧 그 언어가 존속하고 있음으로 해서 언제든 다시 가능해지는 것이다."

"새로운 언어 없이는 새로운 세계도 없다."

이러는 동안 봄이 왔다. 태양의 웃음소리가 그의 방 안을 떠다닌다. 집 앞의 작은 빈터에서는 아이들이, 자동차의 경적이, 새들이 환호성을 지른다. 그는 억지로라도 편지를 계속하지 않을 수 없다.

"경애하는 여러분……"

아니, 그는 여러분에게 편지를 쓰는 게 아니다. 진실을 말하면, 무관심과 고갈의 경지에서, 또한 그 이상 나은 일도 생각나지 않는 까닭에 십자가를 향해 기어가는 마음이 되었다는 것이다. 아아, 그렇다 해도 '십자가를 향해 기어가다'니 그것이 무슨 뜻인가? 이제 장담은 그만두라는 거다!

"당신의 친절하신 제의에 되돌아가서……"

그것은 실상 친절한 제의가 아닐까? 그것은 적합한 일일 것이다. 그 일에 스스로가 과대하다고 생각할 근거란 하나도 없다.

"당신이 바라신 대로 내달 초하룻날에는 당신의 처분을 따르겠습니다. 제가 바라는 것은……"

그는 아무것도 바라고 있지 않다. 그는 도대체 아무것도 깊이 생각하고 있지 않다. 미래의 일, 미래의 장소와 관련을 맺기에는 아직도 충분한 시간이 있다. 그는 모든 조건에 동의하고 자신은 아무런 조건도 제시하지 않았다. 그리고 망설일 것 없이 서둘러서 봉함을 하고 발송했다. 자기 신변의 잡동사니와 두세 권의 책, 재떨이, 몇 개의 그릇을 챙기고 나서 그는 집 관리인을 불러 가재 도구에 대해 상의를 하고 나서 마침내 집을 떠난다. 그로서는 지금껏 정을 붙일 수 없었던 집을.

하지만 다음달 초하룻날까지는 아직도 시간이 있다. 그래서 그는 여유 있게 즐기며 이탈리아의 시골을 엄밀하게 음미하는 여행을 하기로 한다. 제노아에서 그는 젊은 시절마냥 다시 한번 도보 여행을 해보고 싶은 기분에 사로잡힌다. 포로의 기간이 끝나고 나서, 전쟁 시에 열차로 돌입했던 길을 되돌아오면서, 걸어서 그 길을 다시 한 번 더듬어보았을 때처럼.

그는 트렁크를 미리 부치고, 새싹이 움트기 시작한 논두렁 길을 북쪽을 향해 걸어갔다. 익숙지 못한 노고가 계속된 이틀째 밤에 그는 죽을 듯이 녹초가 되어 오랫동안 잊고 있었던 일을 시도했다. 밀라노로 가는 고속도로변에 서서 차를 세울 작정을 한 것이다. 어둑어둑 밤이 내리는데, 아무도 그를 태워주지 않았다. 그러나 마침내는, 이제는 기대도 하지 않고 멀리서 다가오는 차를 향해 다시 한번 신호를 했다. 그러자 그 차는 조용히 소리도 없이 멈추어 섰다. 혼자 운전석에 앉은 남자에게 그는 머뭇거리며 희망을 말하고 룸펜처럼 초라한 자신을 느끼며 주눅이 들어 사나이의 옆자리에 앉았다. 그는 한동안 말없이 앉아서 이따금 사나이의 얼굴을 옆으로 훔쳐보았다. 그 남자는 그와 같은 연배임에 틀림없었다. 사내의 얼굴, 그리고 힘을 빼고 핸들 위에 놓여 있는 양손은 그의 마음에 들었다. 그의 시선은 다시 속도계로 옮겨가 멈추었다. 속도계의 바늘은 재빨리 움직여 100에서 120으로 다시 140으로 올라가고 있었다. 그는 좀 더 천천히 몰아주었으면 싶었지만, 또한 갑자기 속도라는 것에 대해 공포가 느껴진다는 이야기를, 감히 입 밖에 내지는 못했다. 질서의 생활로 들어가려고 그토록 서둘러야 할 필요가 그에겐 없었던 것이다.

불쑥 그 젊은 사나이가 말을 한다.

"다른 때 같으면 난 절대 누구를 태우지 않지요."

그러고는 자기의 운전하는 태도를 변명이라도 하려는 듯이 "자정이 되기 전에 도심에까지 가야 합니다"라고 덧붙였다.

그는 한눈을 팔지 않고 앞쪽만을 주시하는 사내를 다시 바라보았다. 앞쪽에서 헤드라이트는 숲과 전주(電柱), 벽과 덤불의 검은 뭉텅이를 풀어헤치고 있었다. 그는 이제 한결 마음이 가라앉고 이상하게도 기분이 좋아졌다. 또한 무엇이든 이야기를 계속하고 싶은 기분이었고 자기를 슬쩍 스쳐 지나간 사나이의 밝은 눈이 다시금 자신을 향하고 있음을 느끼고 싶었다.

그렇다. 그 사내의 눈은 밝은 것임에 틀림없었다. 그렇기를 그는 바랐고, 말을 걸고 싶었다. 이를테면, 이 1년이 그 사내에게도 그렇듯 견디기 힘든지 어떤지, 무엇을 하는 것이 좋을까, 모든 것 중에서 무엇을 잡아야만 하는가를 물어보고 싶었다. 마음속으로 그는 그 사내와 그러한 대화를 나누기 시작했다. 두 남자는 낮은 앞 좌석에 앉아서, 마치 수업을 받기 위해 함께 앉은 두 사람의 생도처럼, 밤 속을, 모든 사물이 거대하고 낯설어 보이는 거대한 밤 속을 헤집고 옮겨가고 있었다. 그들 앞에 불쑥 화물차가 한 대 떠올랐다. 그들은 화물차를 향해 쏜살같이 접근해서 굽어들었다. 하지만 두 대의 차가 나란히 섰을 때 화물차도 방향을 돌려 옆길로 빠지려들었다.

그들의 차는 몇 미터를 날아 벽을 들이받았다.

정신이 들었을 때 그는 자신이 떠들려지는 것을 느꼈다. 그러고는 그는 곧 다시 의식을 잃고 이따금 가벼운 충격을 느끼고는 바야흐로 자신에게 무슨 일이 벌어졌는가를 예감했다. 그는 병원에 있는 것이 틀림없고, 이동 침대에 누워 있었고, 누구인가 주사를 놓고 그의 머리맡에서 무슨 말을 건넸다. 수술실에 들어갔을 때 비로소 그의 의식이 맑아졌다. 수술 준비가 진행되고 있었다. 마스크를 한 두 사람의 의사가 테이블 곁에서 서둘러댔고, 여의사 한 사람이 그에게 다가와 그의 팔을 잡고는 문질렀다. 약간 간지러웠지만 기분이 좋았다.

갑자기 그에게는 정말 사태가 심각하다는 생각이 떠올랐다. 의사들이 그를 잠 속으로 가라앉히고 나면 그는 도저히 깨어날 수 없을 것 같은 그런 생각에 꼼짝없이 사로잡혔다. 그는 무엇인가 말을 하고 싶어서 혀를 움직여 자신의 음성을 찾았다. 그리고 몇 마디 말이 쉽게 술술 나오자 기뻤다. 그는 종이와 연필을 청했다. 간호사가 그것을 가져오자, 마취약이 아주 서서히 효력을 내는 동안에 그는 연필을 잡고 간호사가 받침으로 고여주고 있는 종이에 연필을 갖다댔다. 그리고 조심스럽게 가느다란 글씨를 써 나갔다.

"사랑하는 부모님께……"

그러고 나서 그는 당장 두 개의 단어에 십자를 그어 지우고는 이렇게 썼다.

"사랑하는 이에게……"

그는 손을 멈추고 열심히 생각을 했다. 그러고는 종이를 구겨서 간호사에게 돌려주었다. 그것은 아무런 의미를 지닐 수 없으리라. 그는 무겁게 눈꺼풀을 드리우고는 거기 누운 채 야릇하게 나른해져서, 무의식의 상태에 이르기를 기다렸다.

이 해는 결국 그의 뼈를 박살냈다. 그는 두세 군데 아주 볼 만한, 검붉게 내출혈한 상처 자국을 안은 채 병원에 누워서, 쾌유의 약속을 싸고 있는 깁스의 갑옷이 벗겨질 날까지 날짜를 헤아리지 않고 지냈다. 그 미지의 사나이는— 이제야 들어 알았지만— 현장에서 즉사했다. 그는 이따금 그 사나이를 생각하며 병원의 천장을 응시했다. 자기 대신에 죽은 사람을 생각하듯이, 그는 그 사나이를 생각했고, 얼굴에 밝은 긴장의 빛을 띠고 젊고 튼튼한 양손을 핸들에 맡기고 있던 사내의 모습을 눈앞에 그려보았다. 이 세상의 암흑의 중추를 향해 미친 듯이 달려, 그곳에서 불꽃이 되어 산화해버린 그 모습이 눈앞에 보이는 듯했던 것이다.

5월에 접어들고 있었다. 그의 방 안에는 꽃들이 날마다 신선한 것으로, 한층 화사한 것으로 바뀌어갔다. 낮이면 미늘창문이 몇 시간씩 내려져 있어서 방 안에서는 향기가 그대로 간직되었다.

만약 지금 그가 자신의 얼굴을 볼 수 있다면, 그것은 한 젊은 인간의 얼굴이리라. 또한 그는 자신이 젊다는 것을 조금도 의심치 않으리라. 사실 훨씬 젊었을 한때에 그는 꽤나 늙은 것처럼 느꼈고 고개를 떨구고 어깨를 움츠렸다. 그것은 그의 사상과 육체가 너무나 그를 심란하게 했기 때문이었다. 그야말로 한창 젊었을 때 그는 일찍 죽기를 소원했고, 30세가 되고 싶다고는 조금치도 바란 적이 없다. 하지만 이제 그는 삶을 원하고 있다. 그 당시 그의 머릿속에는 세계를 향해 찍을 수 있는 구두점만이 사방에서 뒤흔들리고 있었는데, 지금은 세계가 등장하는 최초의 문장이 수중에 들어오고 있다. 그 당시에 그는 무엇이든 궁극에까지 생각할 수 있다고 자신하면서도, 자기가 현실 속으로는 이제 겨우 최초의 몇 발자국을 들여놓은 것에 불과하다는 사실을, 바로 그 현실이야말로 그로 하여금 궁극에까지 생각하게 허용하지 않고, 여전히 숱한 일들을 보류해두고 있다는 사실을 깨닫지 못했던 것이다.

자신이 무엇을 믿어야 하는가를, 또는 무엇을 믿는다는 것이야말로 도대체 수치스러운 일이 아닌가 어떤가를 그는 오랫동안 몰랐다. 지금 그는 무슨 일을 하든가, 표현을 할 때마다 자신을 믿기 시작했다. 그는 자신에 대해 신뢰를 하게 된 것이다. 또한 자기가 증명할 수 없는 일, 자기 피부의 털구멍이라든가, 바다의 짠 맛, 과일 같은 대기(大氣)라든가, 단적으로 말해 일반적이 아닌 모든 것에 대해서까지도 그는 신뢰하게 되었다.

병원에서 퇴원하기 얼마 전에 그는 머리를 빗으려고 처음으로 거울을 들여다보면서, 낯이 익긴 하지만 동시에 약간 더 투명해 보이는 자신의 모습이, 이 불더미를 배경으로 해서 고개를 드는 것을 보았을 때, 그는 엉겨붙은 갈색의 머리털 한가운데 무엇인가 흰빛이 반짝이는 것을 발견했다. 손으로 만져보고 거울을 가까이 비춰보았을 때 — 그것은 한 가닥의 흰 머리털이었다!

그의 심장은 목언저리까지 고동을 쳤다.

그는 멍청하니 꼼짝 않고 그 머리털을 바라보았다.

다음날 그는 다시금 거울을 비춰보고 더 많은 흰 머리가 보일세라 겁을 내는 마음이었다. 하지만 여전히 한 가닥의 흰 머리털이 그냥 있을 뿐, 늘어나지는 않았다.

마침내 그는 마음속으로 말했다 — 나는 진정 살아 있다. 내가 바라는 것은 더욱 오래 살고 싶다는 것이다. 하나의 고통, 초로(初老)의 밝은 증거인 이 흰 머리. 이것이 도대체 왜 나를 이토록 놀라게 할 수 있었단 말인가? 그것은 그대로 내버려 두어야 한다. 2, 3일 지나 그것이 빠져버리고 새로운 흰 머리가 그렇듯 쉬 나오지 않는다 해도, 나는 이 시식의 맛을 잊지 않으리라. 그래서 구체화되어가는 나의 과정에 대해 다시는 공포를 느끼지 않게 되리라.

나는 진정 살아 있지 않은가!

그는 곧 회복을 할 것이다.

그는 곧 30세가 된다. 서른 번째의 생일이 올 것이다. 하지만 종을 울려 그날을 고지하는 자는 아무도 없으리라. 아니 그날은 새삼스레 오지 않을 것이다— 그것은 벌써 있다. 그가 안간힘 쓰며 간신히 버텨온 이 1년간의 하루하루 속에 스며들어 있다. 그는 생기에 넘쳐 닥쳐올 것과 손을 잡았다. 그리고 일을 생각하며 저 밑 병실 문을 어서 나갈 수 있기를 바란다. 불행한 사람들, 병약한 사람들, 빈사의 사람들 곁을 떠나서.

내 그대에게 말하노니— 일어서서 걸으라. 그대의 뼈는 결코 부러지지 않았으니.

오스트리아 어느 도시에서의 청춘

쾌청한 10월, 라데츠키 가에서부터 오노라면 우리는 시립 극장 옆에서 햇빛을 받고 있는 한 무리의 나무를 보게 된다. 열매를 맺지 않는 저 검붉은 태양의 벚나무 숲을 배경으로 서 있는 첫번째 나무는 가을과 함께 불타올라, 천사가 떨어뜨리고 간 횃불처럼 어울리지 않게 금빛 찬란한 얼룩을 이룬다. 바로 지금 그 나무는 불타고 있다. 그리고 가을 바람도 서리도 나무의 불을 끌 수는 없다.

그럼에도 불구하고 이 한 그루 나무를 앞에 두고 내게 낙엽과 흰빛 죽음에 대해 말하고자 하는 자는 누구인가. 내가 이 나무에서 시선을 떼지 않고, 이 나무야말로 지금 이 순간처럼 언제든지 빛나리라고 믿는 것을, 세계의 법칙도 이 나무에는 해당되지 않으리라고 믿는 것을 방해하는 자가 누구인가?

이 나무의 빛 속에서 지금 우리는 옛 도시와 운하를 다시 알아볼 수 있다. 어두운 벽돌 지붕 밑에서 회복되어가는 창백한 집들이 있는 도시와, 간혹 호수로부터 보트를 한 척 운반해 들여서 도심부에 정박시키는 운하를. 열차나 트럭을 이용하면 화물을 훨씬 빨리 시내로 운반할 수 있게 된 이래로 항구는 확실히 죽어버렸다. 그렇지만 높은 선창에서는 지금도 꽃이나 과일이 흐르지 않는 물위로 떨어지고, 눈송이가 나뭇가지에서 무너져내리며, 눈 녹은 물이 소리를 내며 아래로 흘러내린다. 그러고 나면 항구는 다시금 기꺼이 물이 불어나 파도를 일으키며 파도와 함께 배 한 척을 높이 들어올린다. 우리가 여기 도착했을 때 알록달록한 돛을 감아 올렸던 바로 그 배를.

다른 도시에서 이 도시로 이주해 오는 사람은 퍽 드물었다. 이 도시에는 별로 유혹이 없기 때문이었다. 농촌이 궁색해졌기 때문에 시골을 떠난 농부들이 집세가 가장 싼 도시 변두리에 집을 구해 모여들었다. 변두리에는 아직 밭이나 자갈 웅덩이가 있었고, 나무를 심을 만한 넓은 터와 집터가 있었다. 그 터에서는 오랫동안, 가난한 이주자들에게 양식이 되는 무나 배추, 완두콩이 수확되었다. 이주자들은 지하실을 손수 팠다. 지하실에는 지하수가 고였다. 또 그들은 봄과 가을 사이의 짧은 밤 동안 자기네들 손으로 대들보를 올렸다. 하지만 그들이 죽기 전에 상량식을 볼 수 있었는지는 아무도 모른다.

그들의 아이들은 그런 것을 상관하지 않았다. 실상 그 아이들은, 감자 줄기를 태우는 불을 지피고, 집시들이 거칠게 낯선 말을 주고받으며 묘지와 비행장 사이의 이 주인 없는 땅에 살림을 차릴 때마다 이미 아득히 먼 곳의 알 수 없는 향기에 마음이 쏠렸기 때문이다.

두르크라스 가의 셋집 아이들은 집주인의 머리 위에 살기 때문에 신발을 벗고 양말만 신은 채 놀아야 한다. 그들은 소곤소곤 숨을 죽여 얘기해야만 하며 이러한 생활 속에서는 아마 소곤거리는 버릇을 버릴 수 없으리라. 학교에서 선생님들은 그들에게 이렇게 말한다— 너희 입을 열게 하려면 때리는 수밖에 없구나…… 너무 시끄럽게 군다는 집에서의 비난과, 목소리가 너무 작다는 학교에서의 비난 사이에서 아이들은 묵묵히 생활에 순응해간다.

두르크라스*라는 거리 이름은 도둑놈들이 통과하여 빠져나가는 놀이에서 연유된 것이 아닌데도 아이들은 오랫동안 그렇게 생각하고 있었다. 훗날 걸어서 멀리까지 가볼 수 있었을 때에야 비로소 그들은 그 동행의 현장을 보게 되었다. 그것은 작은 입체 교차로인데, 그 위로는 빈 행 열차가 달렸다. 비행장으로 가 보고 싶은 호기심이 동한 아이들은 이 교차로를 통과하지 않으면 안 되었다. 밭을 지나 다채롭게 수놓인 가을 풍경을 가로질러. 비행장을 묘지 옆에 설치하도록 생각해낸 자는 누구였던가— K시에 사는 사람들은 한동안 비행 연습하던 비행사들을 매장하기 위해서는 그게 편리할 것이라고 추측했다. 하지만 비행사들이 추락하여 사람들의 기대를 충족시켜주는 일은 결코 없었다. 아이들은 언제나 비행사! 비행사! 하고 환성을 질렀고, 마치 잡아보겠다는 듯이 비행기를 향해 두 팔을 높이 올렸다. 그리고 비행사들이 짐승의 머리와 도깨비 사이를 나는,

---

* 통과하게 함, 통로라는 뜻.

구름 속의 동물원을 뚫어지게 바라보았다.

아이들은 초콜릿에서 벗겨낸 은종이에 대고 '마리아 잘의 종(鍾)'*을 휘파람으로 분다. 아이들의 머리에는 이〔蝨〕가 있어 학교 여의사의 손에 샅샅이 검사를 받는다. 또 아이들은 시계가 몇 번을 쳤는지조차 모른다. 시(市) 성당구 교회의 시계는 항상 잠자고 있었기 때문이다. 아이들은 언제나 학교에서 늦게 집으로 돌아간다. 아이들(그들은 자기들의 이름이 무엇인지를 겨우 알고 있지만, 그래도 '애들아'라고 불리기만 귀를 기울여 기다린다)!

여러 가지 과제 — 똑바로 쓴 글자의 위 획과 아래 획, 이해력을 얻고 꿈을 잃는 속에서의 연습, 기억력을 바탕으로 암기한 것, 기름칠한 마룻바닥의 냄새 속에서 생활하는 몇 백 명의 아이들과 난쟁이 외투, 손때로 불이 난 고무 지우개가 내뿜는 냄새 속에서, 눈물과 꾸지람, 교실 구석에 서 있는 벌과 꿇어앉는 벌, 가라앉히기 어려운 재잘거림 사이에서 이룩되는 것은 — 알파벳과 구구단, 철자법, 그리고 십계명이다.

아이들은 낡은 언어를 집어던지고 새것을 걸친다. 그들은 시나이산**에 대한 얘기를 듣고, 히말라야 삼나무나 가시덤불에 대해 어리둥절해하면서, 무밭과 낙엽송, 가문비나무가 울창한 울리히 산***을 바라보는 것이다. 그리고 그들은 수영****을 먹고, 미처 영글기도

---

*   마리아 잘은 클라겐푸르트의 북쪽 도시.

**   홍해 북쪽 끝에 있는, 모세가 십계명을 받은 산.

***   클라겐푸르트 북쪽에 있는 산.

**** 마디풀과의 다년초.

전에 옥수수를 자루째로 갉아먹거나 장작불에 굽기 위해 집으로 가져간다. 다 먹어치운 옥수수자루는 땔감통으로 사라져 불쏘시개로 쓰인다. 그러면 공상 속의 히말라야 삼나무와 올리브나무가 덧붙여 지펴져, 옥수수자루 위에서 뭉근하게 그을리며, 아득히 먼 곳에서 열을 가져오고, 벽 위에 그림자를 던지는 것이다.

앞을 보는 일도 뒤돌아보는 일도 없는 상패(賞牌)의 시절, 크리스마스 시즌, 호박의 밤들*, 끊임없는 유령과 공포의 시절. 좋은 일이 있어도 궂은 일이 있어도― 희망이 없던 시절.

아이들은 미래라는 것을 모른다. 그들은 온 세계에 대해 두려움을 갖고 있다. 그들은 세계의 모습을 마음속에 그려보지도 않고, 단지 이쪽 편, 저쪽 편이라고만 생각하려 한다. 그렇게 한다면 분필로 그어놓은 선을 가지고도 경계를 짓는 일이 가능하기 때문이다. 그들은 한 발로 지옥 위를 깡충깡충 뛰고, 양쪽 발로 천국 안으로 펄쩍 뛰어 들어간다.**

어느 날 아이들은 헨젤 가로 이사를 했다. 집주인이 없는 건물로. 저당을 잡혀 각박하고 소심하게 갓 생겨난 부락으로. 그 주택지는 웅장하고 중앙 난방을 갖춘 저택만이 즐비한 베토벤 가에서 두 블록 떨어져 있고, 빨간 전깃불을 밝히고, 커다랗게 입을 벌린 전차가 통과하는 라데츠커 가와는 길 하나 사이였다. 그들은 정원의 주인이 되었다. 앞뜰에는 장미가 심겼고 뒤뜰에는 어린 사과나무와 구

---

* 핼러윈 때 호박을 파내고 초롱을 만들어 드는 일.
** 아이들의 돌차기 놀이를 뜻함.

즈베리 덤불이 심겼다. 나무들은 아이보다 크지 않아서 결국 나무나 아이들이나 함께 자라야 될 상황이었다. 그들의 집 왼편으로는 복서 종(種) 개를 기르는 이웃이 있고, 오른편에는 바나나를 먹으며, 철봉과 시합장을 정원에 설치해놓고 온종일 몸을 흔들어대며 소일하는 이웃 아이들이 있었다. 그들은 '알리'라는 이름의 복서와는 친구가 되었지만, 자기네들보다 무엇이든 잘 하고, 모든 것을 잘 아는 이웃 아이들과는 사이가 나빴다.

그들은 자기네끼리 노는 것이 한결 즐겁다. 그래서 지붕밑 다락방에 보금자리를 틀고, 이따금 이 은신처에서 발육 부진의 목소리를 시험해보려고 크게 고함을 질렀다. 거미줄 앞에서 살그머니 반란의 비명을 내지르곤 하는 것이다.

그들은 쥐와 사과 냄새 때문에 지하실을 싫어했다. 매일처럼 그 밑으로 내려가 썩은 사과를 끄집어내어 썩은 데를 도려내고 먹는 일이라니! 썩은 사과를 모조리 먹어치울 수 있는 날은 결코 오지 않을 것이기 때문에, 사과는 꼬리를 물고 끊임없이 썩는 데다가 결코 버려서는 안 되기 때문에, 그들은 미지의 금지된 과일을 갈망했다. 그들은 사과를 좋아하지 않는다. 친척과 일요일을 좋아하지 않는다. 일요일만 되면, 그들은 집 위쪽에 있는 크로이츠 산으로 산책을 가야 하며, 꽃 이름을 맞추고, 새 이름을 맞추어야 했기 때문이다.

여름이 되면 아이들은 눈이 부셔 깜빡이며 초록빛 덧창 너머로 햇빛을 바라보았고, 겨울이면 눈사람을 만들어 눈(眼)이 있어야 할 자리에 석탄 뭉치를 끼운다. 아이들은 프랑스 말을 배운다. 마들렌에 뛴 쁘띠뜨 피유. 엘레 아 라 프네트르. 엘 르갸르드 라 뤼.* 그들은 피아노를 친다. 샴페인의 노래. 여름의 마지막 장미. 봄의 찬가를.

그들은 이제 철자법 연습은 하지 않는다. 그들은 신문을 읽는다. 신문에서는 치정(癡情) 살인범이 튀어나온다. 종교 시간을 마치고 집으로 돌아올 때, 침침한 어둠 속에서 어른거리는 나무 그림자가 그 살인범으로 변한다. 그리고 앞뜰을 따라 흔들리며 서 있는 라일락의 살랑거림도 그 사나이를 연상시킨다. 구즈베리 덤불과 협죽도(夾竹桃)가 갈라지는 곳에서 살인범은 한순간 모습을 드러낸다. 아이들은 몸을 조이는 살인범의 손가락을 느끼고, 치정이라는 말 뒤에 숨어 있는 비밀, 살인범 이상으로 무서운 비밀을 느낀다.

아이들은 지나치게 많은 것을 읽어서 눈이 나빠진다. 밤마다 너무 오랫동안 쿠르디스탄**의 황야에 가 있기도 하고, 알래스카의 금광에 가 있느라고 밤을 지새우기도 한다. 그들은 사랑의 대화에 감복하고서 이해할 수 없는 말을 찾아보기 위해 사전을 갖고 싶어 한다. 아이들은 자기들의 육체에 대하여, 그리고 어느 날 밤 부모님 방에서 일어나는 말다툼에 대하여, 노심초사한다. 아이들은 기회만 있으면 웃는다. 웃음에 못 이겨 가만히 몸을 지탱할 수 없어 의자에서 떨어질 지경이다. 그래서 일어서서 경련을 일으킬 정도로 계속 웃는 것이다.

---

* '마들렌은 작은 여자아이입니다. 그녀는 창가에 기대어 있습니다. 그녀는 거리를 봅니다'라는 뜻.
** 이란 지방.

그 치정 살인범은 얼마 안 가서 로젠탈의 어느 마을 헛간에서 잡혔다. 마른풀이 장식되어 있고 부연 잿빛 안개가 얼룩진, 사진 속의 얼굴로써. 안개는 살인범을 비단 조간 신문에서뿐만 아니라, 영원히 알아볼 수 없는 인상으로 바꿔버렸다.

집에는 돈이 없었다. 돼지 저금통에는 이제 동전 한 닢 떨어지지 않는다. 아이들 앞에서 어른들은 오로지 암시로만 이야기한다. 나라가 팔려가는 판국이라는 것을 아이들은 눈치채지 못한다. 나라의 땅덩어리뿐만 아니라 하늘까지 덧붙여서. 만인의 운명이 이어져 있는 하늘까지 결국은 찢겨 시커먼 구멍이 난다는 것을.

아이들은 말없이 식탁에 앉아서 음식을 한 입 넣고는 오래오래 씹는다. 그동안에 라디오는 형세가 심상치 않음을 알린다. 뉴스를 전하는 아나운서의 음성이 총알의 섬광처럼 부엌 안을 휘돌아서, 깜짝 놀란 냄비 뚜껑이 터진 감자 위에서 들먹이는 지점에 와서 멈춘다. 거리에서는 행군하는 수많은 종렬이 계속된다. 병사들의 머리 위에서 깃발들이 맞부딪친다.

"……모든 것이 진토로 돌아갈 때까지."

이런 노랫소리가 밖에서 들려온다. 라디오의 시보가 울린다. 아이들은 훈련된 손가락 말로 무언의 뉴스를 주고받게끔 변해간다.

아이들은 사랑에 빠져 있으면서, 그것이 누구를 향한 사랑인지를 모른다. 그들은 알아들을 수 없는 은어를 쓰며, 규정할 수 없는 회색 세계를 꼬치꼬치 캐며 생각한다. 그리고 그 이상 알 수 없게 되면, 어떤 말을 하나 만들어내어 그것에 열광한다. 나의 물고기. 나의 낚시바늘. 나의 여우. 나의 함정. 나의 불. 너, 나의 물. 너, 나의 파도. 나

78

의 어스〔接地〕. 너, 나의 조건. 그리고 너, 나의 의혹. 저것, 아니면 이것. 나의 모든 것…… 나의 모든 것…… 그들은 좌충우돌하며 주먹을 쥐고 덤벼들며, 존재하지도 않은 대칭어를 찾아서 부딪쳐 싸우는 것이다.

무의미한 일이다. 이런 아이들!

그들은 열이 나고, 토하며, 오한에 떨고, 인후염, 백일해, 홍역, 성홍열에 걸린다. 그들은 위기에 빠져들어 포기 상태에 이르러 죽음과 삶의 틈바구니에 걸려 있다. 그러던 어느 날, 모든 것에 대한 새로운 생각을 안고, 무기력하고 무감각하게 드러눕는다. 전쟁이 터졌다고 어른들은 아이들에게 말해준다.

폭탄이 빙판 위로 날기까지는, 그래도 몇 해 겨울 동안 크로이츠 산기슭의 연못에서 스케이트를 탈 수가 있었다. 한가운데 있는, 섬세한 유리알 같은 빙판은 소녀들 몫이었다. 소녀들은 종처럼 퍼진 스커트를 입고 그 안에서 안쪽으로, 바깥쪽으로 활 모양을 긋거나 8자를 그렸다. 그 주위를 에워싼 코스는 스피드 주자의 몫이었다. 난방이 되어 있는 방 안에서, 좀 나이든 사내아이들은 나이든 소녀들에게 스케이트 구두를 신겨주며 귀가리개로 앙상한 다리를 덮고 있는, 백조의 모가지 같은 가죽을 스치는 것이다. 나사로 조이는 활대를 갖고 있지 않으면, 자랑스럽게 뻐길 수가 없다. 그래서 이 아이들처럼 가죽끈이 달린 나막신으로 된 스케이트 구두밖에 가지지 못한 사람은, 눈이 모여 쌓인 연못 구석으로 밀리거나 구경꾼이 된다.

저녁이 되어 남녀 스케이트 무리들이 스케이트 구두에서 미끄러져 빠져나와, 그것을 어깨에 걸치고 작별 인사를 하며 나무로 된 관람석으로 올라갈 때면, 모든 얼굴들이 갓 떠오른 달처럼 생기 있게 어스름한 빛 속에서 빛날 때면, 눈밭이 파라솔 밑에는 등불이 켜지기 시작한다. 확성기가 울리고, 이 도시에서 소문난 열여섯 살짜리 쌍둥이 남매가 나무 계단에서 내려온다. 소년은 흰 스웨터에 푸른 바지, 소녀는 살색 트리코트 바지 위에 푸른 옷으로 벗은 듯 가리고. 그들은 침착하게 서곡이 울리기를 기다린다. 마침내 그들은 끝에서 두 번째 계단으로부터 — 소녀는 날갯짓하는 듯한 모습으로, 소년은 멋지게 헤엄을 치는 듯한 도약으로 — 얼음판 위로 뛰어내려, 두세 번의 깊고 힘찬 동작으로 중앙에까지 이른다. 그곳에서 소녀는 최초의 선을 그리기 시작한다. 그때 소년은 등불로 된 둥근 테를 소녀를 향해 떠받치고 있고, 축음기의 바늘이 음반을 긁어대며 쥐어뜯는 듯한 음악을 울리는 동안, 소녀는 안개에 싸인 듯 몽롱한 모습으로 그 둥근 테 사이를 뛰어넘는다. 노신사들은 허옇게 센 눈썹 밑으로 눈을 둥그렇게 뜨고, 양발에 누더기를 감은 채 눈삽을 들고 연못 둘레의 장거리용 코스를 치우던 사나이는 삽자루에 턱을 고이고 소녀의 발자취를 좇는다. 그 발자국이 마치 구원으로 인도하는 것인 양.

아이들은 다시 한번 놀라운 경험에 빠진다 — 이듬해의 크리스마스 트리는 그야말로 하늘로부터 떨어져 온 것이다. 불꽃을 튕기면서. 아이들에게 기대하지도 않았는데 주어진 선물은 한결 더 많아진 자유로운 시간이었다.

그들은 사이렌이 울리면 공책을 팽개친 채 방공호로 들어가도 된다. 그리고 얼마 안 있어서 부상자를 위해 과자를 아낀다든가, 군인

아저씨를 위해, 육군, 공군, 해군 아저씨를 위해 양말을 짠다든가, 나무 껍질로 바구니를 엮어도 좋은 것이다. 또 땅밑이나 물속에 잠들어 있는 병사들을 작문 속에서 추도한다. 그리고 좀 더 지나 그들은, 이미 어느 틈엔가 묘지에 경의를 표하게 된 비행장과 묘지를 연결하는 교통호를 파도 무방하다. 그들은 라틴어를 잊어버리고 하늘에서 울리는 엔진의 소음을 분간하는 방법을 배워도 된다. 그들은 지금까지처럼 그렇게 자주 몸을 씻을 수 없다. 그들의 손톱에 신경을 쓰는 이는 아무도 없다. 새것이 아예 없기 때문에, 아이들은 헌 줄넘기 줄을 손질한다. 그리고 시한 폭탄과 쟁반 모양의 폭탄 이야기를 신이 나서 주고받는다. 폭격 맞은 폐허 속에서 아이들은 '도둑놈을 행진시켜라'라는 놀이를 하고 논다. 그러다가도 때로는 그 자리에 웅크리고 앉아, 멍한 눈망울로 앞을 보며, 누구인가 "얘들아!" 하고 불러도 이제는 들은 척도 않는다. 천국과 지옥 놀이를 위한 깨진 기와 조각도 얼마든지 있지만, 아이들은 벌벌 떨고 있을 따름이다. 흠뻑 젖어 꽁꽁 언 모습으로.

아이들은 죽어간다. 그리고 아이들은 7년 전쟁과 30년 전쟁의 연대를 배운다. 설사 모든 적대 관계를 뒤섞어 그 동기와 원인을 뒤바꾸어놓는다 해도, 아이들에게는 똑같았으리라. 정확하게 구별해야만 역사 시간에 점수를 잘 받을 수 있었던 원인과 동기를 말이다.

아이들은 개〔犬〕 알리와, 또 알리의 주인을 장사지냈다. 암시의 시기는 지났다. 어른들은 아이들 앞에서 목을 꺾는 교수형과 총살형, 숙청과 폭격에 대해 드러내놓고 이야기한다. 그리고 듣지도 보지도 못한 일을, 그들은 냄새맡는다. 성(聖) 류프레히트의 사자(死

者)들을 냄새맡듯이. 그것은 '단조 로망스'를 보기 위해 아이들이 몰래 갔던 영화관이 무너져서 파낼 수 없었던 시체들이었다. 청소년들에게는 구경이 허용되어 있지 않았는데도 그때 그들은 갔다. 그리고 2, 3일 후에는 그 대량의 죽음과 살육을 보러 갔고, 그다음에는 매일처럼 갔다.

집에는 이미 등불이 없다. 창유리도 없다. 경첩에 달려 있는 문은 한 짝도 없다. 움직이는 사람도, 몸을 일으키는 사람도 없다.

글란 강은 위로도 아래로도 흐르지 않는다. 이 작은 강은 멈추어 서 있다. 그리고 치글른 성(城)도 서 있기는 하되 위용을 자랑하지는 않는다.

노이엔 광장에 서 있는 성 게오르크는 몽둥이를 들고 있기는 하지만 용을 때려 죽일 기세는 아니다. 그 옆에 서 있는 여왕도 자랑스러운 위엄을 잃고 있다.

오오, 도시여, 온갖 뿌리를 내리고 있는 쥐똥나무 같은 도시여. 집에는 등불 하나, 빵 한 조각 없다. 아이들이 듣는 말은 오로지 ― 조용히 해라. 어떤 일이 있어도 조용히 해라, 뿐이다.

이 성벽들 가운데, 환상(環狀) 도로 사이에, 아직도 남아 있는 벽은 얼마나 되는가? 기적의 새여, 그대는 아직도 살아 있는가? 그 새는 7년 동안 침묵을 계속하고 있었다. 이제 그 7년이 지났다. 너, 나의 장소, 너, 장소 아닌 장소여, 구름 위에, 카르스트* 아래, 밤 아래, 낮 위에 있는 나의 도시, 나의 강물이여. 그리고 나, 너의 파도 ― 너,

---

* 알프스 산맥의 석회암으로 된 고원.

나의 어스(接地)여.

비크트링 환상가(環狀街), 성(聖) 화이트 환상가를 지닌 도시
여…… 모든 환상가는 위대한 별의 궤도처럼 마땅히 그런 이름으로
불려야 한다. 별의 궤도라 할지라도, 아이들에게는 그 환상 도로보
다 더 위대하지 않았던 것이다. 그리고 또 모든 좁은 거리들, 부르크*
가, 게트라이데** 가. 그렇다, 그런 이름이었다. 파라다이스 가. 광장
도 잊을 수 없다. 호이*** 광장과 하일리게 가이스트**** 광장 — 이
렇듯 이 광장에서는 모든 것의 이름이 한꺼번에 불렸다. 모든 광장
의 이름이 불렸다. 파도와 어스 가.

그리고 어느 날, 이미 아이들에게 성적표를 건네줄 사람은 아무
도 없게 되었다. 이제 아이들은 떠나도 좋은 것이다. 그들은 인생에
발을 들여놓도록 재촉을 받는다. 봄은 광란하는 맑은 시냇물과 함
께 내려와, 한 가닥 풀줄기를 낳는다. 이제 아이들을 향해서 평화가
왔구나, 라고 이야기해줄 필요는 없다. 그들은 떠난다. 너덜너덜 풀
어진 주머니에 양손을 찔러넣고, 그들 자신에게 경고가 될 휘파람
을 불면서.

그 시대, 그 장소에 아이들 틈바구니에 내가 한몫 끼어 있었고, 새
로운 광장을 만들어낸 것이 우리였기 때문에, 그는 지금 헨젤 가를

---

*   성(城).
**   곡물.
***   건초.
****   성령.

포기하고 떠난다. 크로이츠 산의 전망도 함께. 그러면서 모든 가문비나무와 어치, 그리고 수다스러운 잎새들을 증인으로 삼는다. 그리고 가게 주인이 빈 탄산수 병 값으로 1그로셴을 쳐주지도 않고, 나를 위해 레몬수를 부어주지도 않는다는 의식이 들었기 때문에, 나는 두르크라스 가의 거리를 타인들에게 양도하고, 그 거리에 눈길도 주지 않고 지나치며 외투깃을 세운다.

그렇게 나는 아무도 나의 혈통을 알아채는 이 없는 한낱 스쳐가는 나그네로서 마을 밖의 묘지로 빠져나가는 것이다. 시가지가 끝나는 곳. 웅덩이가 있는 곳. 조약돌의 잔재가 가득 찬, 모래 거르는 체가 놓여 있고, 발밑에서 모래의 사박거림이 멈추는 곳. 그곳에서 우리는 잠시 주저앉아 얼굴을 양손으로 감싸도 좋으리라. 그때 우리는, 모든 것이 과거에는 과거대로, 현재에는 현재대로, 있는 그대로 존재한다는 것을 깨닫고, 모든 것에 대해 근원을 추구하기를 포기하게 되리라. 왜냐하면 너를 감동시키는 막대기 하나 존재하지 않기 때문이다. 아무런 변화도 없기 때문이다. 보리수와 라일락 수풀은……? 아무것도 너의 가슴에 와닿지 않는다. 어릴 때의 비탈도, 복구된 집도. 그리고 치글룬 성의 탑도, 갇혀 있는 두 마리 곰도, 연못도, 장미도, 노란 등꽃 가득 핀 정원도. 이 모든 것이 가슴에 와닿지 않는다.

길을 떠나기 전에, 모든 출발에 앞서서, 아무런 감동 없는 이 회상 속에서 우리의 마음속에 떠오르는 것은 무엇인가? 우리에게 한 가닥 깨우침의 빛을 가져다 주는 최소한의 것이 거기에 있다. 청춘도, 청춘의 무대가 된 도시도 거기에 속해 있지는 않다. 오로지 극장 앞의 한 그루 나무가 기적을 보여줄 때, 횃불이 타오를 때에야, 비로소 나는 마치 바닷속의 물처럼 모든 것이 고르게 뒤섞이는 것을 볼 수 있게 된다 ― 어린 시절의 몽매함과 극도의 정열 속에 싸인 구름의 비행이 뒤섞이는 것을. 노이엔 광장과 그곳에 서 있는 바보 같은 기념비가 유토피아를 향하는 눈길에 뒤섞이는 것을. 그 옛날의 사이렌 소리와 고층 건물에서 나는 엘리베이터의 소음이, 그리고 말라 빠진 잼 빵과 대서양의 바닷가에서 내가 깨물었던 자갈의 맛이 뒤섞이는 것을.

모든 것

우리가 제가끔 돌의 장벽을 친 듯이 식탁에 앉거나, 또는 밤이 되어 둘이 동시에 문 잠그려는 생각을 하기 때문에 현관문께에서 부딪치면, 그럴 때 우리를 휩싸는 비애는 마치 세상의 한 끝에서 다른 끝으로 — 그러니까 한나에게서 내게로 — 이어져 있는 하나의 활처럼 내게 느껴진다. 그리고 팽팽하게 당겨진 활시위에는 아무런 움직임 없는 하늘의 심장부를 찌르려고 화살이 겨누어져 있는 듯이 느껴지는 것이다. 우리가 복도를 지나 되돌아올 때면 그녀는 나보다 두 걸음 앞서 자기의 침실로 들어간다. "안녕히 주무세요"라는 인사말도 없이. 그리고 나는 도망치듯 내 방으로 들어와 책상 앞에 앉아, 멍하니 앞을 바라본다. 내 눈앞에는 고개를 떨군 그녀의 모습이 아른거리고 귓속에는 그녀의 침묵이 가득하다. 그녀는 누워서 애써 잠을 청하고 있을까? 아니면 깨어 기다리고 있을까? 그렇다면 무엇을? ─ 나를 기다리는 것은 아니잖은가!

내가 한나와 결혼할 당시에는 그녀 자신보다는 그녀가 아이를 가졌다는 사실이 더 큰 이유로 작용했다. 내게는 선택의 여지가 없었고, 어떠한 다른 결단을 내릴 필요도 없었다. 우리가 근원이 되어 새로운 무엇인가가 생성되어가고 있다는 사실에, 그리하여 이 세계조차도 확대되어가는 듯한 느낌에 나는 사뭇 감동했던 것이다. 그것은 마치 궤도의 출발점에 서 있는 초승달과 같은 존재였다. 새로이 모습을 드러내어 은은하게 실낱처럼 빛날 때, 세 번 허리를 굽혀 절을 한다는 초승달. 이전에는 없었던 멍한 순간들이 내게 자주 닥쳐왔다. 심지어는 사무실에서까지도 ─ 더할 수 없이 할 일이 많았음에도 불구하고 ─ 또는 회의가 진행되는 도중에도 나는 문득 이런 멍한 상태로 빠져들어갔다. 그럴 때면 내 마음은 어린아이에게로, 이 미지의 환영 같은 존재에게로 향했고, 나의 온 생각은 그 생명체가 갇혀 있는 따스하고 어두운 육체의 밀실에까지 달려갔다.

어린애에 대한 기대감은 우리에게 변화를 가져왔다. 우리는 거의 외출을 하지 않게 되었고, 친구들도 소홀히 대하게 되었다. 좀 더 큰 집을 구했고, 보다 좋고 보다 안정된 살림을 차렸다. 하지만 기다리고 있는 바로 그 어린애 때문에, 내게는 모든 것이 변화하기 시작했다. 예기치 못한 일이었지만 마치 지뢰 지대를 밟을 때처럼, 문득 소스라쳐 뒷걸음치지 않을 수 없을 만큼 폭발력이 잠재한 생각을 하기에 이른 것이었다. 그러나 나는 위험에 대한 별다른 예감 없이 앞으로 계속 나아갔다.

한나는 나를 오해했다. 유모차는 큰 바퀴 달린 것이 좋은지, 작은 바퀴 달린 것이 좋은지 그런 것을 결정짓지 못한다고 해서, 그녀는 나를 무관심하다고 여긴 것이다.

(나는 정말 모르겠군. 당신 마음대로 하도록 해. 아니야, 듣고 있어.)

같이 상점에 들어가서 아기의 모자, 옷, 기저귀를 살 때면 그녀는 분홍빛과 하늘빛, 인조모와 순모 중에서 어느 것을 택할까 갈팡질 팡하면서, 어정쩡하니 서 있는 나를 보고 물건 고르는 일에 전혀 마음을 쓰지 않는다고 불평을 했다. 실상 너무나 그 일에 마음을 쓰고 있는 나를 보고 말이다.

내 마음속에 흘러가버린 생각을 어떻게 표현하면 좋을까? 그것은 마치 한 사람의 야만인이, 자신이 움직이고 있는 세계, 취사장과 잠자리, 일출과 일몰, 사냥과 식사 시간 틈바구니의 세계 역시 수백만 년이라는 과거의 연륜을 가졌고, 앞으로도 흘러갈 바로 그 세계라는 것, 이 수많은 태양계 가운데서 하잘것없는 공간을 차지하고 무서운 속도로 자전하며, 동시에 태양 주위를 공전하는 바로 그 세계라는 사실을, 문득 새삼스럽게 터득하는 것과 같은 일이었다. 그렇듯 갑자기, 나는 스스로를 전혀 다른 연관성을 가지고, 나와 어린애를 묶어놓은 연관성을 가지고 보게 된 것이다. 일정한 시점이 오면, 아마도 11월 초순이나 중순이 오면 한때 내가 그랬던 것과 똑같이, 그리고 나 이전의 모든 인간들이 그랬던 것과 똑같이 하나의 생명체로서 인생의 행렬에서 차례를 맞게 될 어린애와의 연관성을 가지고.

그것은 정확하게 그려내야만 하는 일이다. 이 전체의 계열! 잠들기 전에 검은 양과 흰 양을 그리는 일처럼(검은 양 한 마리, 흰 양 한 마리, 검은 양 한 마리, 흰 양 한 마리……) 때로는 몽롱하게 졸음을 가져다주는, 그러다가 어느새 암담할 지경으로 말똥말똥 깨어나게 만드는 상상이다. 한나는 어머니에게 배운 이 방법이 어떠한 다른 수면제보다도 효력이 있다고 장담하지만, 나로서는 이런 처방에 의존해서는 도저히 잠을 청할 수가 없다. 그보다는 아마도 다음과 같은 사슬을 생각하는 것이 한결 효과적으로 안정을 가져올는지 모른다ー 그리하여 셈은 아르박삿을 낳았느니라. 아르박삿은 서른다섯이 되었을 때 셀라를 낳았고, 셀라는 에벨을, 그리고 에벨은 벨렉을 낳았느니라. 서른 살이 되었을 때 벨렉은 르우를 낳았고, 르우는 스룩을, 스룩은 나홀을 낳았고, 그러고도 이어서 수많은 아들과 딸들이 생겼느니라. 아들들은 끊일 줄 모르고 아들을 낳았느니라. 이를테면 나홀은 타라를, 타라는 아브람과 나홀과 하란을.

나는 몇 번인가 이 과정을 끝까지 더듬어 생각해보려고 실험을 했다. 앞으로뿐 아니라 뒤로 거슬러서 우리의 조상이라고는 믿기 어려운 아담과 하와에 이르기까지. 또는 어쩌면 우리의 조상일 수도 있는 호미니덴까지. 하지만 어떠한 경우에든 이 사슬의 끝은 모호한 어둠 속으로 사라져버렸다. 그러니까 아담과 하와에 집착하든, 다른 한 쌍의 표본에 집착하든 그런 것은 이미 하등의 중요한 일이 아니었다. 다만 이 계열에 집착하려 들지 않고, 차라리 왜 누구나가 한 번은 이 계열의 차례에 서야만 하는가 하고 질문해본다면, 우리는 쉽사리 이 사슬에 개입하든 이탈하든 전혀 개의치 않게 되며, 모든 생성에 대해, 최초의 생명과 최후의 생명에 관해 전혀 초연하게 될 것이다. 모름지기 모든 인간은 일단 한 번은 기존의 유희를 위해 차례에 서게 되며, 그것을 이해하도록 강요당하게 되어 있는 것이 아닌가— 번식과 교육, 경제와 정치라는 이름의 유희를 위해. 그리고 돈과 감정에, 일과 창의에, 또한 사고라고 부르는 유희의 규칙을 정당화시키는 일에 종사하도록 되어 있다.

하지만 우리는 어쨌든 아무런 거침이 없이 번식해가도록 되어 있는 존재인 까닭에 각기 스스로를 다스리지 않으면 안 된다. 유희는 그 유희를 즐기는 사람을 필요로 한다(아니면 즐기는 사람의 편에서 유희를 필요로 하는 것일까?). 나는 그야말로 아무런 구애도 받지 않고 이 세상에 태어나게 되었고, 이제는 내가 한 어린애를 세상에 태어나게끔 만들어놓았다.

이런 생각을 하기만 해도 나는 온몸에 전율을 느꼈다.

나는 모든 것을 어린애를 염두에 두고 생각하기 시작했다. 이를테면 나의 두 손은 언젠가 어린애를 어루만지고 안아줄 것으로, 제7구, 칸들 거리 4층에 자리잡은 우리의 집, 프라터 공원에 이르기까지 시내를 종횡으로 누비고 있는 거리들, 그리고 궁극적으로 정돈되어 있는 모든 세계들도 장차 내가 어린애에게 설명을 해주어야 할 것들로. 나를 통하여 어린애는 모든 것의 명칭을 듣게 될 것이다— 책상과 침대, 코와 발. 또한 정신과 신(神), 영혼 같은 단어들도. 내 소신으로는 그런 것들은 불필요한 말이지만, 아마도 마음속에 담고 그냥 배기지는 못할 것이다. 그리고 좀 더 지난 후에는 공명(共鳴), 투명양화(透明陽畵), 천년기설(千年期說), 우주 여행 같은 복잡스런 언어까지도. 모든 것이 어떤 의미를 지녔으며, 모든 것이 어떻게 사용해야 하는 것인가를, 문고리와 자전거, 양칫물과 서식 용지 따위를, 나는 내 어린애에게 알려주리라. 내 머릿속은 어지럽게 소용돌이치고 있었다.

어린애가 세상에 태어나자, 물론 나는 준비해놓은 거창한 백과사전을 사용할 수가 없었다. 어린애는 가련하기 짝이 없는 노랗게 흐물거리는 뭉텅이로 거기 누워 있었다. 그런데 나는 미처 한 가지 준비를 해놓지 못하고 있었다— 어린애에게 이름을 지어주는 일을. 그래서 서둘러 한나와 의견을 모아서 세 개의 이름을 호적에 올렸다. 나의 아버지의 이름과 한나의 아버지의 이름, 그리고 나의 할아버지의 이름을. 하지만 세 이름 중의 어느 것도 실제 불리지는 않았다. 7일이 되어갈 때 우리는 어린애를 핍스라고 부르기 시작했다. 어떻게 그렇게 되었는지는 지금 기억할 수가 없다. 아마도 거기에 대한 책임은 내게도 있었을 것이다. 지치지도 않고 무의미한 철자를 만들어 연결하는 데 열심이던 한나를 따라 나도 어린애를 애칭으로 부르기로 했던 것이다. 원래의 이름이, 그렇듯 앙증스런 발가숭이에게는 도저히 어울리지가 않았기 때문이었다. 귀여워 어쩔 줄 몰라 우왕좌왕하다가 생겨난 이름이었지만, 해가 거듭될수록 나는 그 이름에 대해 격분을 느꼈다. 이따금 나는 어린애가 미리 막을 수 있기나 했던 것처럼, 그 모든 게 우연히 생긴 것이 아닌 듯이 이름의 원인을 어린애의 탓으로 돌렸다. 핍스! 나는 앞으로도 그 이름을 계속 부르지 않을 수 없으리라. 그리하여 평생, 그 이름을 웃음거리로, 또한 우리 자신을 웃음거리로 만들 것이다.

핍스가 깨었다, 잠들었다 하며, 연한 하늘빛 아기 침대에 누워 있을 때, 내가 할 수 있는 것이라고는 오로지 어린애의 입가에 묻은 몇 방울의 침과 시큼한 우유를 닦아주거나 소리쳐 울기라도 하면 달래 줄 양으로 안아 올리는 일밖에 없었다. 그럴 때 나는 그 어린 존재도 내게 무엇인가 의도하고 있으며, 나로 하여금 그 의도를 간파할 시간의 여유를 허용해주는 것이라는 생각이 처음으로 들었다. 마치 누구에게든 현시(顯示)하여, 어둠 속으로 사라졌다가는 여전히 알 수 없는 눈초리를 보내며 다시금 모습을 드러내는 하나의 영혼처럼, 반드시 시간의 여유를 주는 것 같았다. 나는 곧잘 어린애의 침대 곁에 앉아서 거의 움직이는 것 같지 않는 어린 얼굴을, 초점 없이 바라보는 눈을 내려다보며 판독해낼 근거가 없는 고래(古來)의 문자를 주시하듯이 어린 모습을 관찰했다. 한나가 조금도 당황하지 않고 닥치는 일에 매달려서, 책의 처방대로 어린것에게 마실 것을 주고, 재우고, 깨우며, 침대를 바꿔주고, 기저귀를 갈아주는 것을 보는 일은 기뻤다. 그녀는 조그만 탈지면 조각으로 아기의 코를 닦아주었고, 통통한 허벅지 사이에 분가루를 뿌렸다. 그렇게 어린애와 그녀는 혼연일체가 된 듯싶었다.

　두세 주일이 지나자 그녀는 어린애에게서 최초의 웃음을 유도해내려고 애를 썼다. 그리하여 과연 놀랍게도 어린애가 웃음을 지어보였을 때, 그 찡그린 얼굴이 내게는 수수께끼로, 전혀 무관한 존재로 여겨졌다. 심지어 어린애의 눈은 갈수록 자주 정확하게 우리를 바라보고, 팔을 뻗쳐 오는데도, 내게는 그것이 전혀 무의미한 것이라는, 다만 훗날 언젠가 어린애가 습득하게 될 근거를 우리가 섣불리 찾고 있다는 의혹이 솟아올랐다. 한나도, 아마 어느 누구라도 나를 이해하지 못했으리라. 이미 이즈음부터 나의 불안은 시작되었다. 나는 두려워하면서도, 이미 그때부터 한나에게서 멀어지기 시작했고, 점점 더 나의 참된 사고 영역에서 그녀를 제외하며 멀리 두었다. 나는 내 안에서 하나의 약점과 ― 어린애로 인해 그것을 발견할 수 있었다 ― 패배에 접근하는 감정을 발견해냈다. 내 나이는 한나와 마찬가지로 서른 살이었다. 과거 어느 때보다도 젊고 우아한 모습의 한나. 하지만 어린애가 내게는 아무런 새로운 젊음도 가져다주지 않았다. 어린애가 자신의 영역을 넓혀가는 그만큼 나는 내 것을 뒤로 물리지 않을 수 없었고, 어린애가 웃음을 띠고 환성을 지르고 고함을 칠 때마다 나는 벽으로 물러났다. 그 미소, 그 울부짖음, 그 고함의 싹을 아예 질식시킬 힘은 내게 없었다. 바로 여기에 문제점이 있었을는지도 모른다!

내게 주어진 세월은 빨리도 흘러갔다. 핍스는 유모차에서 똑바로 고개를 가누고 앉을 수 있게 되었고, 첫 이가 나왔고, 곧잘 우렁차게 울어댔다. 때로는 몸을 쭉 뻗치기도 하고 비틀거리며 혼자 서더니 눈에 띄게 점차 똑바로 서게 되었고, 또 온 방을 두루 헤매며 기어다녔다. 그러던 어느 날 첫말을 하게 되었다. 이것은 막을 수 없는 일이었다. 나는 어떻게 해야 좋을지 갈수록 알 수가 없어졌다.

어찌해야 할 것인가? 이전에 나는 어린애에게 세계를 가르쳐주어야 한다고 생각했다. 그런데 어린애와 침묵의 대화를 시작하게 된 이래로 나는 어찌해야 할 바를 모르게 되었고, 다른 깨우침을 받게 되었다. 이를테면 나는 얼마든지 사물의 이름을 알려주지 않을 수 있고, 그 사용법을 가르쳐주지 않을 수도 있지 않은가? 어린애는 최초의 인간이었다. 그와 더불어 모든 것이 새로이 시작되는 것이다. 그렇다고 모든 것이 그로 인해 전혀 달라질 수 있다는 의미는 아니었지만, 적나라한 모습의 세계, 아무런 의미를 붙이지 않은 세계를 그에게 그대로 맡겨서는 안 된단 말인가? 사실, 나는 어린애를 의도와 목적, 선과 악으로, 그리고 실제의 것과 가상의 것으로 끌어들이지 않도록 해야 했다. 무엇 때문에 그를 내 세계로 유인해 들여와서, 배우고 믿게 하며 기뻐하고 슬퍼하게 만들어야 한단 말인가! 이곳, 우리가 서 있는 이 세계야말로 모든 세계 중에서 가장 나쁜 세계이며, 따라서 오늘날까지 어느 누구도 이 세계를 이해한 자는 없었던 게 아닌가. 하지만 어린애가 서 있는 이곳에서 확정지을 수 있는 것이라고는 아무것도 없다. 지금껏 아무것도. 앞으로 그것이 얼마나 더 지속될지?

그러다가 문득 나는 깨닫게 되었다 — 모든 것은 언어의 문제라는 것을. 비단 독일어뿐이 아닌, 그것과 함께 세상을 혼란케 하기 위해 바벨에서 만들어진 다른 모든 언어의 문제라는 것을. 그 언어 가운데서 하나의 언어가 서서히 구체화되어 몸짓과 시선에, 사고의 전개와 감정의 흐름에까지 영향을 미치고 있기 때문이었다. 그리고 여기에 이미 우리의 불행이 도사리고 있었다. 그러니까 모든 것은 하나의 문제로 귀결되는 것이었다. 즉 어린애 자신이 새로운 언어를 구축하여, 새로운 시대를 이끌어낼 수 있을 때까지, 우리의 언어에 닿지 않게끔 그를 어떻게 보호하느냐 하는 문제였다.

종종 나는 핍스만 데리고 집을 나갔다. 그리고 한나가 어린애에게 베푼 행위, 귀여워 어쩔 줄 몰라 하며 행한 애무며, 교태, 장난기를 어린애에게서 다시금 발견했을 때, 나는 너무나 놀라웠다. 그는 우리를 좇아 빠져들고 있었다. 한나와 나뿐이 아닌, 대체로 모든 인간을 좇아 빠져들고 있었던 것이다. 그렇지만 그가 자율적인 행동을 하는 순간들도 있었다. 그럴 때 나는 열심히 그를 관찰하곤 했다. 어린애에게는 모든 길이 동일했다. 모든 존재도 동일했다. 분명히 한나와 나는 항시 그 애의 곁에 있었으니까, 우리는 그 애와 좀 더 가까운 거리에 서 있었지만, 그래도 역시 그 애에게는 동일한 것이었다. 앞으로 그것이 얼마나 더 갈지?

어린애는 공포심을 가지고 있었다. 그렇다고 눈사태나 파렴치함을 무서워하는 것이 아니라 나무에 붙어 달랑거리는 잎새 하나를 무서워했다. 그리고 한 마리의 나비를 무서워했다. 파리를 보고는 어쩔 줄 몰라 하며 놀랐다. 그때 나는 생각했다— 만일 저 나무가 온통 바람에 휘어버릴 때, 내가 아무런 해명을 해주지 않는다면, 이 아이는 어떻게 살아갈까.

어린애는 이웃의 꼬마랑 계단에서 부딪쳤다. 그때 그는 꼬마의 얼굴을 정통으로 아무렇게나 쥐었다가는 물러서버렸다. 아마 앞에 있는 것이 어린애였다는 의식조차도 없었을는지도 모르겠다. 또 그 애는 이전에는 기분이 언짢을 때나 울어댔는데, 이제는 아우성을 침으로써 더 많은 것을 요구했다. 잠들기 전의 시간에 식탁으로 데려가려 안아 올리거나 장난감을 뺏거나 하기만 해도 그런 사태가 발생했다. 어린애에게는 굉장한 분노가 도사리고 있었다. 방바닥에 벌렁 엎드려 양탄자를 꽉 부여잡고는 얼굴이 파랗게 질리고 입에서 거품을 흘릴 지경으로 아우성을 칠 수 있었고, 잠을 자면서도 마치 흡혈귀가 가슴팍에 달라붙은 듯이 비명을 지르기도 했다. 이 고함을 보고서, 나는 어린애에게는 고함을 칠 용기가 주어져 있으며, 그 아우성이 효과가 있다는 내 견해를 한층 굳혔다.

아, 그러던 어느 날!

한나는 달래듯이 어린애를 나무라며 버릇이 없다고 말했다. 그녀는 아이를 껴안고 입을 맞추는가 하면, 엄하게 눈을 똑바로 뜨고 바라보며 어머니의 마음을 상하게 하면 못 쓴다고 타이르는 것이었다. 그녀는 감탄할 만한 유혹의 기술을 지니고 있었다. 이름 모를 강물을 꼼짝 않고 굽어보고 서서, 물줄기가 자기 쪽으로 흐르도록 유인했다. 우리가 자리잡은 강변을 서성대면서 초콜릿, 오렌지, 팽이, 장난감 곰을 가지고 흐름을 끌어당겼다.

그런데, 나무가 그늘을 던질 때면 나는 무슨 소리인가를 들은 듯 싶었다. 어린애에게 나무의 언어를 가르치라는 마음속의 음성을. 이 세계는 하나의 시도이다. 그런데 이 시도는 지금껏 똑같은 방법으로 되풀이하여 똑같은 결과를 얻었다. 그것으로써 이젠 지겹도록 충분하지 않은가. 그러니 다른 시도를 하라! 그를 그늘로 가게 하라! 지금까지의 결과란 죄와 사랑, 절망 속에서의 인생이었다(나는 모든 것을 일반적으로 생각하기 시작했다. 그래서 그런 유(類)의 단어가 떠오른 것이다). 하지만 아이에게는 그와 같은 죄와 사랑, 그리고 낱낱의 불행을 면하게 해줄 수 있지 않을까. 그리하여 그 아이에게는 전혀 다른 생각을 위한 자유를 줄 수도 있지 않을까.

그렇다. 일요일이면 나는 아이를 데리고 빈의 숲속을 거닐었다. 그리고 우리가 물가에 다다랐을 때, 내 마음속에서 소리가 들려왔다. 그에게 물의 언어를 가르치라! 우리는 돌을 건너뛰고 나무 뿌리를 지났다. 그에게 돌의 언어를 가르치라! 그로 하여금 새로운 뿌리를 박게 하라! 나뭇잎이 떨어졌다. 어느덧 가을이 돌아와 있었다. 그에게 나뭇잎의 언어를 가르치라!

하지만 나는 그러한 언어의 한마디도 알 수가 없었고 찾아낼 수도 없었다. 내가 지닌 것은 오로지 나의 언어뿐, 그 테두리를 벗어날 수가 없었기 때문에 나는 그저 묵묵히 어린애를 데리고 오르막길을 올랐다가 다시 내려와 집으로 향했다. 집에서 어린애의 문장을 조립하는 것을 배웠고 그 함정 속으로 빠져 들어갔다. 어느 틈엔가 아이는 원하는 바를 표현하게 되었고, 부탁의 말을 발음해내었고, 명령을 하거나, 또는 오직 말을 하기 위한 말을 했다. 훗날 일요일 산책길에 아이는 풀줄기를 잡아뜯었고 벌레를 집어드는가 하면 풍뎅이를 움켜잡았다. 이제 그것들은 이미 아이에게 동일하게 무심할 수 없는 것들이었다. 아이는 그 동물들을 자세히 들여다보고, 내가 미리 앞질러 손에서 빼앗지 않을 경우에는 죽여버렸다. 집에서는 아이가 책과 상자, 그리고 장난감 인형을 갈기갈기 토막내어버렸다. 모든 것을 잡아당겨 물어뜯었고, 모든 것을 직접 건드려보고, 집어던지고, 허겁지겁 껴안았다. 아, 어느 날.

어느 날엔가 아이는 정통하게 되리라.

그때까지만 해도 거리낌없이 속을 터놓던 한나는 이따금 핍스가 한 말에 대해 나의 주의를 환기시켰다. 그녀는 아이의 순진한 시선과 순진한 어투, 행동에 홀딱 반했던 것이다. 하지만, 완전히 무방비 상태로 말을 모르던 처음 몇 주일이 지난 후부터 나로서는 도대체 아이에게서 천진성을 발견해낼 수가 없었다. 어쩌면 그 당시에도 아이는 천진한 것이 아니었고, 다만 표현할 능력이 없었을 따름인지 모른다. 아마포에 뚤뚤 말린 연약한 살덩어리. 그것에 속한 가느다란 호흡과 거대하고 어렴풋한 머리통. 아마도 그 머리는 피뢰침처럼 세상의 소식을 흡수하여 흩어버리고 있었는지도 모를 일이었다.

좀 자라자 핍스는 곧잘 집 옆 막다른 골목에서 다른 아이들이랑 어울려 놀 수 있게 되었다. 언젠가 한번은, 정오가 될 무렵 집으로 들어가려 하다가, 나는 핍스가 다른 세 꼬마랑 함께 돌담을 따라 흐르는 물을 깡통에 받고 있는 것을 보았다. 그 일이 끝나자 아이들은 빙 둘러서서 무슨 말인가 주고받았다. 마치 무슨 상의를 하는 듯이 보였다(마치 기사(技師)들이 어디에서 구멍을 뚫기 시작하며, 어디를 파기 시작해야 할까를 의논하듯이 말이다). 그리고 그들은 포장도로 위에 웅크리고 앉았다가 다시 일어나 포석 세 개만큼 더 갔다. 그때 핍스는 막 들고 있던 깡통을 쏟아버릴 기세였다. 하지만 그 장소도 그들의 계획에는 마땅치가 않은 모양이었다. 그들은 다시금 몸을 일으켰다. 분위기는 긴장감이 맴돌았다. 이 얼마나 남자다운 긴장감이냐! 무슨 일이든 터지고야 말 긴박감! 그러다 1미터 더 떨어진 곳에서 적당한 장소를 찾은 모양이었다. 아이들은 다시 웅크리고 앉았다. 침묵이 흘렀다. 그리고 핍스는 깡통을 기울였다. 더러운 물이 포석 위로 흘렀다. 아이들은 말없이 엄숙하게 그것을 지켜보았다. 결국 일은 벌어졌고 끝장이 났다. 아마도 목적이 성취된 모양이었다. 성취되지 않을 수 없었다. 세계는 그 발전에 기여한 이들 네 꼬마를 믿을 수 있었던 것이다. 앞으로도 그들은 세계의 발전에 기여하리

라. 그 점을 나는 확신했다. 그리고 집으로 들어가 위층 침실 침대에 몸을 던졌다. 세계는 발전을 거듭해왔고 세계를 발전시킬 수 있었던 거점이 발견되었다. 그리고 그것은 항상 동일한 방향이었다. 나는 나의 아이가 그 방향을 찾지 못하기를 바랐다. 언젠가 훨씬 이전에, 나는 아이가 바른 길을 찾지 못하면 어찌할까 두려워한 적이 있었다. 바보스럽게도 나는 아이가 이 방향을 찾지 못할세라 염려했던 것이다!

나는 일어나서 몇 차례 차가운 수돗물을 양손 가득 받아 얼굴에 끼얹었다. 내 마음은 아이를 더 이상 원치 않았다. 아이가 미웠다. 그 아이는 너무나 이해가 빨랐고, 이미 모든 방면의 발자국을 뒤쫓고 있었기 때문이었다.

나는 빈둥거리며 돌아다녔다. 그리고 인간에게서 우러나오는 모든 것에 대해 나의 증오심을 연장시켰다 ― 전차 선로, 집 주소, 제목, 시간의 구분, 질서라고 이름하는 인간의 머리를 짜서 만든 온갖 잡동사니, 쓰레기 반출, 강의 시간표, 호적 사무소, 어느 누구도 거역할 수 없고 거역하지도 않는 이 온갖 보잘것없는 시설들, 이 제단, 비록 나는 그것들의 희생물이 되었을망정, 내 아들만은 희생되지 않기를 바랐던 이 모든 것을 나는 증오했다. 어떻게 해서 내 아이가 그것의 희생물이 되었던가? 그가 이 세계를 정비한 것도, 세계에 손실을 준 것도 아닌데 말이다. 무엇 때문에 그 아이가 세계 안에서 적응해야만 했던가! 나는 동회와 학교 병영(兵營)을 향해 소리 높이 외쳤다. 그에게 기회를 주라! 내 아들이 못 쓰게 되기 전에 단 한 번이라도 기회를 주라! 나는 나 자신에 대해서도 분노를 느꼈다. 나라는 존재야말로 내 아들을 억지로 세계 속으로 밀어넣었고, 그의 해방을 위해서는 속수무책이 아니었던가. 내게는 아이를 해방시킬 책임이 있었다. 나는 행동으로 옮겨 아이를 데리고 떠났어야만 했다. 어느 외딴 섬으로 가야만 했다. 하지만 한 새로운 인간의 새로운 세계를 건립할 수 있는 그런 섬이 어디에 있단 말인가? 나는 애초부터, 아이와 함께 낡은 세계에 참여하도록 꼼짝없이 갇혀 저주를 받고 있었던 것이다. 그 때문에 나는 어린애가 몰락하게 방치해두었다. 나의 사랑에서 이탈하게 내버려 두었다. 이 어린애는 그야말로 모든 것에 능력이 있었다. 다만, 이 악순환의 고리를 깨뜨리고 나올 능력만은 갖추지 못했던 것이다.

핍스는 학교에 갈 때까지 몇 해를 노는 일로 보냈다. 문자 그대로 노는 일로 보냈다. 나는 핍스에게 기꺼이 놀도록 허용했지만 훗날 겪을 일을 미리부터 환기시키는 놀이, 이를테면 숨바꼭질, 뺄셈과 가위질, 도둑놀이와 헌병놀이 같은 것은 못 하게 했다. 나는 아이가 전혀 다른 순수한 놀이를 하기를, 지금껏 알려진 것과는 다른 동화를 듣기를 원했다. 하지만 나로서는 아무런 생각도 떠오르지 않았다. 게다가 아이는 오로지 흉내내는 일에만 급급했다. 그럴 수가 없다고 여길는지 모르겠지만, 우리네 같은 이에게는 전혀 다른 해결책이 없다. 모든 것은 끊임없이 위와 아래로, 선과 악으로, 밝음과 어둠으로, 양과 질로, 친구와 적수로 양분된다. 또한 우화 속에서 다른 형태나 동물의 양상으로 등장하는 장면에서도, 그것들은 어느 틈엔가 인간의 모습으로 실체를 드러낸다.

어떻게, 무엇을 목표로 해서 아이를 형성시켜야 할지를 알 수 없었기 때문에, 나는 포기해버렸다. 한나는 내가 아이에 대해 전혀 관심을 기울이지 않는다는 것을 눈치챘다. 언젠가 우리는 그 점에 관해 얘기를 나누려고 한 적이 있었다. 그때 그녀는 꼭 괴물처럼 나를 뚫어지게 응시했다. 나는 나의 이야기를 끝까지 털어놓을 수가 없었다. 그녀가 벌떡 일어나 내 말을 잘라버리고 아이의 방으로 들어가버렸기 때문이었다. 때는 저녁 무렵이었다. 그날 저녁부터 한나는 아이와 더불어 기도를 하기 시작했다. 나도 그랬지만 이전의 그녀에게서는 도저히 상상조차 할 수 없는 일이었다 — 저는 피곤하여 잠을 자겠나이다. 사랑하는 주여. 제게 신앙심을 주소서. 그리고 이와 비슷한 기도들을. 나는 이 점에 관해서 역시 별로 관심을 두지 않았지만 그들은 훨씬 더 광범위한 기도의 레퍼토리를 가지게 되었음이 틀림없다.

지금 생각하니, 그녀는 기도를 통해 아이를 보호하기를 바랐던 것 같다. 십자가며 마스코트, 주문(呪文) 등의 모든 것이 그녀에게는 정당하게 인정되었으리라. 근본적으로 그녀가 옳았다. 이제 곧 핍스는 이리 떼 속에 묻혀 함께 울부짖게 될 터이니까. "신께 너의 혼이 맡겨져 있기를"*이라는 말이 어쩌면 궁극의 가능성이었는지 모를 일이었다. 우리는 둘 다 이렇듯 각기 자기 방식대로 핍스를 세상에 건네주었다.

핍스가 학교에서 불량한 성적을 거둘 때면 나는 아무 말도 안 했다. 그렇다고 위로의 말을 해준 것도 아니었다. 한나는 속으로 부심

---

* 안녕이라는 작별의 인사말.

하고 있었다. 점심 식사가 끝나면 일정하게 아이와 같이 앉아 숙제를 돌보아주며 알고 있는지를 확인했다. 그녀는 할 수 있는 한은 자기 일에 최선을 다했다. 하지만 나는 그 최선의 일을 믿지 않았다. 핍스가 장차 중학교에 진학하든 못 하든, 버젓한 인물이 되든 못 되든 나는 아무래도 상관이 없었다. 노동자라면 자기 아들이 의사가 되기를, 의사는 자기 아들이 최소한 의사가 되기를 원한다. 나는 그것을 이해할 수가 없다. 나는 핍스가 우리보다 더 영리하기를, 더 출중하기를 바라지 않았다. 나는 그 애가 날 사랑하기를 바라지도 않았다. 아이는 내게 복종할 필요도, 내 뜻에 고분고분 응할 필요도 없었다. 아니 내가 바란 것은…… 그는 다만 처음부터 다시 시작해서 단 한 번이라도 독자적인 몸짓을 보여주면 되었다. 그리하여 우리의 몸짓을 흉내낼 필요가 없다는 것을 입증해주기만 하면 되었던 것이다. 나는 아이한테서 단 한 번도 독자적인 몸짓을 본 적이 없다. 나는 새로이 태어났지만 그는 그렇지가 않다! 나는 새로이 태어났다. 그리하여 최초의 한 인간으로서 내 모든 것을 걸어 서투르게 투기했고, 아무것도 이룬 것이 없다!

나는 핍스를 위해 아무것도, 그야말로 철두철미하게 아무것도 바라지 않았다. 오로지 아이를 계속해서 관찰할 따름이었다. 아버지가 자기의 아들을 그렇게 관찰해도 좋았는지는 지금도 알 수가 없다. 마치 어느 탐정이 어떤 '사례'를 관찰하듯이. 나는 인간이라는 희망 없는 사례를 관찰하고 있었다. 한나를 대하듯 그렇게 사랑할 수는 없는 이 아이를 말이다. 어쨌든 한나에 대해서만은, 그녀가 나를 실망시키지 않는 한, 그녀를 도저히 버려둘 수는 없었다. 그녀는 내가 만난 처음 순간부터 이미 나와 똑같은 유형의 인간으로 성장해 있었다. 날씬한 몸매에, 경험이 있고, 조금은 특이한 점이 있지만, 그래도 역시 별다른 점이 없는 일개 여인으로서 나의 아내가 되었다.

나는 내 아들과 나를 고발했다— 아이는 극도의 기대감을 환멸로 돌아가게 한 죄목으로, 나는 아이에게 바탕을 마련해주지 못한 죄목으로. 나는 내 아이에게 기대를 걸었다. 바로 그가 어린애라는 이유로— 그렇다. 나는 이 어린애가 세계를 구제하리라고 기대했던 것이다. 이 이야기는 어마어마하게 들릴는지 모른다. 사실 내가 어린애를 대하던 행동은 엄청난 것이었다. 하지만 내가 기대한 것은 결코 엄청나지 않았다. 다만 앞서 간 모든 사람들처럼 내가 어린애를 위해 아무런 준비를 하지 않았을 뿐이었다. 한나를 포옹할 때, 그녀의 어두운 무릎 속에 편안히 묻혀 있을 때, 나는 미처 아무런 생각도 못했다— 생각할 수가 없었다.

한나와 결혼한 것은 잘한 일이었다. 하지만 날이 갈수록 나는 그녀와 더불어 행복감을 느낄 수 없게 되었다. 그것은 유독 아이 때문만은 아니었다. 나는 이제는 그녀가 더 임신을 하지 말았으면 하는 데에만 마음을 쓰게 되었다. 한나는 아이를 원했다. 이제는 이미 그런 얘기를 입에 올리지도 않고 그런 기미를 보이지도 않지만, 그렇게 생각할 근거를 나는 가지고 있다. 누구든 한나는 이제야말로 비로소 진정 어린애를 하나 원한다고 여길지 모르지만, 그녀는 지금 돌의 장벽을 치고 있다. 그리고 내게서 떠나가지도 않고 접근해오지도 않는다. 그녀와 나는 다투어서는 안 될 것을 가지고 냉전을 펴고 있다. 마치 죽음이며 인생 같은 불가사의한 것에 대해 도통하지 못했다고 해서 문제삼아 다투듯이. 일찍이 그녀는 아마 한 떼의 거지 아이들이라도 기꺼이 키워냈을 것이다. 나는 그것을 거부했다. 그녀에게는 모든 조건이 합당했지만, 내게는 하나도 합당한 것이 없었다.

언젠가 우리가 언쟁을 벌였을 때, 그녀는 핍스를 위해 해주고 싶고, 가지고 싶은 모든 것을 늘어놓았다. 모든 것을─좀 더 밝은 방, 더 많은 비타민, 세일러복, 더 많은 사랑, 완전한 사랑을. 그녀는 평생을 다해도 미치지 못할 사랑의 열탕(熱湯)을 꾀하고 있었다. 외계를 위해서, 인간들을 위해서는…… 좋은 학력, 여러 외국어와 또 아이의 재능에 유념할 것을─그 소리를 듣고 큰 소리로 웃었더니 그녀는 눈물을 흘리며 상심했다. 한나는 핍스가 '외계'의 인간군에 속하게 되어 그들과 똑같이 해치고, 모욕을 주고, 속임수를 쓰고 살해할 수 있으리라고는, 또한 핍스 역시 저열한 행동을 할 가능성이 있다고는 한순간도 생각해본 적이 없었을 것이다. 하지만 나는 그렇게 생각할 만한 충분한 근거를 갖고 있었다. 실상 우리가 악이라고 이름하는 것이 어린애 속에 고름 샘처럼 박혀 있었으니까.

그렇다고 해서 칼과 관련된 이야기를 벌써부터 염두에 올릴 필요는 없을 것 같다. 그것은 훨씬 일찍, 아이가 세 살인가 네 살 되었을 때부터 시작되었다. 아이가 격분해서 엉엉 울부짖으며 헤매는 장면을 나는 목격했다. 나무토막으로 쌓아올린 탑이 무너진 탓이었다. 아이는 문득 울부짖음을 삼키더니 낮은 소리로, 그렇지만 힘주어 말했다.

"너희 집에 불을 지를 테야. 전부 망쳐놓을 테야. 너희들 몽땅 죽여버릴 거야."

나는 아이를 무릎에 안아 올리고 쓰다듬어주었다. 그러고는 탑을 다시 쌓아올려주마고 약속했다. 아이는 조금 전에 하던 공갈을 그냥 되풀이하고 있었다. 바로 그때 다가온 한나는 생전 처음 자신을 잃었다. 그녀는 아이를 나무라면서 누가 그런 말을 하더냐고 물었다. 아이는 단호하게 대답했다.

"아무도 아냐."

그리고 아이는 한 집에 사는 꼬마 계집애를 밀쳐 층계에서 떨어뜨렸다. 그러고는 아마 퍽이나 놀랐는지 울음보를 터뜨리더니, 다시는 그런 짓을 않겠다고 약속했다. 그러고도 또 한 번 그런 일을 되풀이했다. 또 한동안은 틈만 나면 엄마를 때렸다. 그러더니 그 버릇도 지나가버렸다.

물론 나는 지금, 이 아이가 얼마나 귀여운 말을 많이 했고, 얼마나 사랑스러웠던가를, 그리고 아침이면 얼마나 발그스레 상기한 얼굴로 잠에서 깨어났는가를 설명해야 한다는 것을 잊고 있다. 나는 그 모든 것 역시 깨닫고 있었고, 그럴 때면 한나처럼 아이를 번쩍 안아 뽀뽀를 해주곤 했다. 하지만 그런 식으로 편안한 마음이 되어 기만당하고 싶지는 않았다. 나는 경계를 하고 있었다. 실상 나는 무슨 엄청난 것을 기대하지는 않았다. 내 아이에 대해 거창한 것을 계획하지도 않았고, 다만 극히 사소한 것, 아주 약간만이라도 파격을 보여주기를 원했을 따름이었다. 물론 어떤 아이든 그 이름이 핍스라고 붙여졌다 해서…… 그 이름에 합당한 경의를 표해야만 한다는 법이 있을까? 애견의 이름을 달고 오고가며 11년간을 길들이는 데만 허송했으니 말이다(얌전한 손짓으로 식사를 한다. 똑바로 걷는다. 주의를 한다. 입에 가득 뭘 물고 말해서는 못쓴다).

아이가 학교에 가게 된 이후부터 나는 집보다 바깥에 더 많이 있었다. 다방에서 장기를 두거나 일을 한다고 핑계를 대고는 방문을 잠그고 들어앉아 책을 읽었다. 그때 나는 마리아힐퍼 거리에서 일하는 여점원 베티를 알게 되었다. 그리고 스타킹과 극장표, 먹을 것 따위를 갖다주며 그녀와 친숙해졌다. 베티는 쌀쌀맞은 성품에 요구하는 것도 없고, 고분고분한 여자였다. 그리고 일이 없는 저녁이면 대체로 재미없는 시간을 보내면서도 식욕만은 극도로 왕성했다.

나는 1년 동안 꽤 자주 그녀의 집을 찾았다. 그러고는 가구가 둘러선 그녀의 방 침대 위에 드러누워 포도주를 마셨다. 그러는 동안 그녀는 내 옆에서 화보를 읽었고 내가 무리한 요구를 해도 서슴없이 응해주었다. 그때는 어린애로 인해서 내가 극도로 혼란에 빠져 있던 시기였다. 그렇지만 나는 베티와 한 번도 같이 잔 적이 없었다. 그와 반대로 나는 자위를, 여자로부터, 그리고 성으로부터의 떳떳지 못한 해방을 추구하고 있었다. 포로가 되지 않기 위해서, 독립하기 위해서 말이다. 나는 더 이상 한나와 함께 잠자리를 하려 들지를 않았다. 그렇게 되면 그녀에게 굴복할 것이기 때문이었다.

그렇듯 오랫동안 저녁마다 외출하는 것을 굳이 숨기려고 애를 쓰지 않았는데도 한나는 조금도 의심하지 않는 것 같았다. 그런데 어느 날인가 나는 사실이 그렇지 않다는 것을 알게 되었다. 그녀는 이미, 베티와 내가 퇴근 후에 종종 만나던 엘자호프 카페에서 함께 있는 모습을 보았던 것이다. 그리고 바로 이틀 후에 코스모스 영화관 앞에서 나와 베티가 극장표를 사려고 열에 끼어 서 있는 장면을 보았다. 한나는 보통과는 전혀 다른 태도를 취하고 있었다. 마치 전혀 모르는 사람을 보듯이 나를 보아 넘겼던 것이다. 그래서 나는 정작 어떻게 해야 좋을지 갈피를 못 잡았다. 그러고는 마비된 듯이 그녀를 향해 고개를 끄덕이고는 내 손 안에서 베티의 손을 느끼며, 창구 쪽으로 밀고 들어가 극장 안으로 들어가고 말았다.

뒤늦게 생각하니 내 행동이 정말 믿을 수 없이 여겨진다. 영화가 상영되는 동안 나는 질책에 대비해서 변명을 짜내었고, 영화가 끝나자, 집으로 가려고 부리나케 택시를 잡아탔다. 그렇게 함으로써 무엇이든 다소 보상이 되든가, 예방을 할 수 있었던 것처럼 말이다. 한나가 한마디 말도 하지 않았기 때문에 나는 미리 준비해놓은 대사를 쏟아내놓았다. 그녀는 내가 늘어놓은 얘기가 자기와는 전혀 상관없다는 듯이 침묵을 고집했다. 그러더니 마침내 입을 떼어 굉장히 어렵게 어린애를 생각해야 한다고 말했다. "핍스를 생각해서라도……" 이런 말이 나왔던 것이다! 그녀가 허둥지둥 당황해하는 모습에 나는 기가 죽어 용서를 빌었다. 무릎을 꿇고는 다시는 그런 일이 없을 것이라고 맹세를 했다. 정말 나는 그후 베티를 다시는 만나지 않았다. 그러면서도 왜 그녀에게 두 통이나 편지를 썼는지는 알 수가 없다. 그녀로서는 분명히 잠깐 돌아볼 가치도 두고 있지 않았을 편지를. 답장은 없었다. 답장을 기대하지도 않았다. 그것들이 나 자신이나 한나에게 마땅히 되돌아오기라도 할 듯이, 나는 그 사연 안에서 전에 없이 한 인간에게 나 자신을 내맡겼던 것이다. 이따금 나는 베티에게서 협박을 받을까 걱정을 했다. 왜 협박을 한단 말인가? 나는 그녀에게 돈을 보냈다. 도대체 왜? 한나가 그녀에 관해 안다는 이유로?

이 혼란. 이 황량함.

나는 남자로서 기능을 잃은 무능력자처럼 느껴졌다. 실상 나는 그런 상태에 머물기를 바랐다. 그것이 내 기대라면, 그 기대가 나를 위하여 이루어지기를 소원했다. 성(性)에서 이탈하여 끝에 이르는 것, 하나의 끝, 그것에 이르기만 한다면!

하지만 발생한 모든 사태는 이를테면 나와 한나, 핍스의 문제가 아니라 아버지와 아들, 죄와 죽음의 문제였다.

어느 책에선가 나는 이런 구절을 읽은 적이 있다.

"위를 향하는 것은 하늘의 태도가 아니다."

하늘의 고약한 버릇에 관해 설명해주는 이 문장을 모든 사람이 이해한다면 좋을 것 같다. 아니다. 사실 하늘이 아래를 굽어보며 밑에서 방황하는 무리에게 계시를 내려주는 태도를 보이는 적이 얼마나 있었던가. 적어도 이런 몽롱한 연극이 진행되는 마당에서는. 이 연극에 가공의 위인 하늘까지 공연을 하면서 말이다. 아버지와 아들이라는 것. 아들이라니 — 그것이 존재한다는 사실은 이해할 수 없다. 이런 불투명한 존재에 대해 설명해줄 투명한 단어가 없기 때문에, 지금 내게 그런 말들이 떠오른 것이다. 그 불투명한 존재를 생각하면 이해력에 한계를 느낀다. 불투명한 존재 — 나 자신까지 무언가 미심쩍은, 정의할 수 없는 나의 정자와, 아이에게 양분을 주어 키우고 출생을 동반했던 하나의 피. 이것들이 뭉뚱그려져서 하나의 불투명한 존재를 이루었다. 그리고 그 존재는 피로써 끝마쳤다. 머리의 상처에서 콸콸 쏟아져 나온, 붉게 반짝이는 피로써 종식을 고했다.

그때, 아이는 협곡의 불거져 나온 바위에 누워 아무 말도 못 하고 있었다. 다만 제일 먼저 달려간 친구에게 "어……"라는 한마디를 했을 뿐. 아이는 무슨 의미를 표현하려 했는지, 매달리려 했는지 손을 들려고 애를 썼다. 하지만 손은 이미 들리지가 않았다. 잠시 후 선생님이 굽어 내려다보았을 때 아이는 소곤거렸다.

"집으로 가고 싶어요."

나는 아이가 이런 말을 했다고 해서, 그가 나와 한나에게로 오기를 갈망했다고 생각하기를 삼가겠다. 모름지기 누구나 죽음을 자각할 때에는 귀소 본능이 있는 법이다. 아이는 죽음을 느꼈던 것이다. 그는 아이였기 때문에 거창한 사연을 전달할 것도 없었다. 이를테면 핍스는 극히 평범한 아이였고 그의 마지막 생각에 장해될 것은 아무것도 없었다. 다른 아이들과 선생님이 막대기를 구해서 들것을 만들어 핍스를 윗마을로 운반했다. 도중에, 아니 불과 몇 발자국 옮기기도 전에 핍스는 죽었다. 사라진 것일까? 잠이 든 것일까? 사망 통지서에다 우리는 이렇게 기록했다.

"……우리의 독자(獨子)…… 불의의 사고로 영결."

인쇄소에서 주문을 받는 사나이가 "진심으로 사랑한 우리의 독자"라고 쓰면 어떻겠느냐고 물었다. 하지만 수화기 앞에 서 있던 한나는 그럴 필요 없다고 대답했다. 사랑했다든가, 진심으로 사랑했다든가 하는 것은 너무나 자명하며 전혀 문제가 될 게 없다고 말한 것이다. 나는 이 소리를 듣고 바보스럽게도 그녀를 껴안고 싶은 마음이 들었다. 그렇듯 나의 감정은 그녀에 대해 위축되어 있었다. 그런데 그녀는 나를 옆으로 밀쳐냈다. 지금까지도 그녀는 나를 그렇게 생각하는 걸까? 도대체 그녀는 무엇 때문에 나를 질책하고 있는 것일까?

오랫동안 혼자서 아이를 돌봐왔던 한나는 이제 존재가 없는 듯이 주변을 배회하고 있다. 마치 핍스로 인해, 핍스와 함께 그녀는 중심점에 서서 스포트라이트를 받고 있었는데 이제 그 조명이 거두어들여진 것 같았다. 그녀는 이제 아무런 개성도 특성도 없는 여자처럼, 그녀에 관해서 말할 것이 아무것도 없이 되어버렸다. 이전에 그녀는 명랑하고 생기가 있었고 조바심도 하고 상냥하면서 엄격했다. 항상 어린애를 맘껏 풀어놓아주었다가는 다시 바짝 끌어당기며 조종할 태세를 갖추고 있었다. 이를테면 칼부림 사건이 일어났을 때는 그녀에게 가장 살맛 나는 시기였다. 그녀는 관대함과 이해력을 뜨겁게 과시했다. 공공연하게 어린애의 편을 들며 아이의 과실을 옹호할 수 있었고, 아이의 모든 것에 대해, 어떠한 법정에 맞서서도 보증을 설 수 있었다.

핍스가 3학년 때였다. 핍스는 주머니칼을 빼들고 친구에게 달려들어 가슴패기를 찌르려고 했다. 하지만 칼은 미끄러져 팔을 찔렀다. 우리 부부는 학교로 호출을 당했다. 나는 교장을 비롯한 선생님들과, 상처입은 아이의 부모와 함께, 곤혹스러운 면담을 가졌다— 나는 핍스가 그런 일, 아니 그보다 더한 일도 저지를 수 있다는 것을 의심치 않고 있으면서도 내 생각을 입 밖에 낼 수 없었기 때문에—

또한 사람들이 내게 강요하는 관점이 내겐 도대체 하등의 흥미가 없는 것이었기 때문에 곤혹스러웠다. 우리가 픕스에게 어떻게 해야 할는지는 누구도 확실히 알지 못했다. 아이는 때로는 반항하면서, 때로는 절망하면서 훌쩍거리며 울었다. 결론적으로 아이는 자신이 저지른 일을 후회하고 있었다고 보아도 좋을 것이다. 그렇긴 해도 우리는 픕스가 다친 아이에게 가서 용서를 빌도록 움직일 수는 없었다. 결국 우리는 억지로 아이를 데리고 셋이서 병원으로 갔다. 하지만 정작 친구를 위협하던 그때에는 아무런 반감도 갖고 있지 않던 픕스가, 사과의 말을 강요당한 그 순간부터 증오하기 시작했다는 생각이 든다. 픕스의 마음에 도사린 감정은 단순한 아이의 분노가 아니라, 대단한 자제력을 동원한 극히 세련되고 성숙한 증오심이었다. 아무도 투시할 수 없는 퍽 복잡하고 까다로운 감정을 픕스는 가슴속에 품고 있었던 것이다. 아이는 어른의 모습을 띠고 있었다.

모든 것을 끝장나게 했던 학교의 소풍을 생각할 때마다 나는 항상 그 칼부림 사건을 연상하게 된다. 그 두 개의 사건은, 다시금 아들의 존재를 내게 상기시키는 충격을 주었다는 점에서 막연히 관련성이 있는 것처럼 생각되었다. 이 두 개의 사건을 제외하면 아이의 몇 년 동안 학교 시절이 내 기억에서는 백지로 남아 있다. 그것은 아이의 성장이나, 사고와 감정의 발달에 대해서 내가 전혀 관심을 기울이지 않았기 때문이었다. 아이는 아마 같은 또래의 아이들과 별로 다를 바 없었을 것이다. 사나우면서도 곰살맞고, 떠들썩하면서도 말이 없는 성품―그것은 아마도 한나에게만은 유일성과 특수

성을 지녔으리라.

교장 선생님이 내 사무실로 전화를 걸어왔다. 전에 없는 일이었다. 칼부림 사건이 일어났을 때만 해도 집으로 전화를 해서, 한나가 비로소 내게 알려주었던 것이다. 반 시간 뒤, 나는 회사 현관에서 그를 만났다. 우리는 길 건너편 찻집으로 갔다. 그는 내게 꼭 해줘야 할 말을 처음에는 현관에서 꺼낼 듯하더니, 그다음엔 길에서 꺼내려다가 그만두었다. 그리고 찻집에 와서도 장소가 적당치 못하다고 느꼈던 모양이었다. 도대체, 어린애가 죽었다는 사실을 전달하기에 적당한 장소가 어디에 있을까!

그것은 담임 선생님의 잘못이 아닙니다 하고 교장 선생님은 말을 꺼냈다.

나는 수긍했다. 옳은 얘기였다.

소풍길의 사정은 좋은 편이었다. 하지만 핍스만은 반에서 이탈을 했다. 건방졌든가 호기심에서였으리라. 아니면 지팡이를 구하려고 했는지 모른다.

교장 선생님은 더듬거리기 시작했다.

핍스는 바위에서 미끄러져 아래쪽 바위로 굴러 떨어졌다.

머리에 입은 상처는 위험한 것이 아니었지만, 의사의 진술에 의하면 급사는 낭종(囊腫) 때문이었다는 것이다. 그리고 내가 그것을 알고 있으리라고 여겼다.

나는 고개를 끄덕였다. 낭종이라니? 나로서는 금시초문이었다.

학교 전체가 심한 충격을 받았다고 교장은 말했다. 심사위원회에 일을 위임했으며 경찰에 신고를 했다는 얘기도……

나는 정작 핍스보다는 담임 선생님을 생각했다. 가엾게 여겨졌다. 그래서 내 편에 대해서는 아무런 걱정을 말라고 이해를 시켰다.

아무에게도 책임은 없었다. 아무에게도.

미처 주문을 하기도 전에 나는 자리에서 일어나 테이블에 1실링짜리를 놓았다. 그리고 우리는 헤어졌다. 나는 사무실로 되돌아갔다가는 곧 다시 나와버렸다. 그리고 다시 찻집으로 와 커피를 한 잔 마셨다. 차라리 술을 한 잔 마시고 싶었지만, 그럴 엄두는 나지 않았다. 점심때 나는 집으로 갔다. 집에 가서 한나에게 이 사실을 전해야 했다. 나는 내가 어떻게 서두를 꺼냈으며 무슨 말을 했는지 기억할 수가 없다. 다만 현관문에서 복도를 지나는 동안 그녀가 사실을 알아챈 것만은 틀림없다. 순식간의 일이었다. 나는 그녀를 침대에 누이고 의사를 불러야만 했다. 그녀는 제정신이 아니었다. 의식을 잃을 때까지 비명을 질렀다. 아이를 낳을 때처럼 그렇게 무섭도록 비명을 질렀다. 그리고 나는 그때와 마찬가지로 그녀로 인해 와들와들 떨었다. 그리고 그때처럼 한나가 제발 무사하기만을 소원했다. 언제나 내 머릿속을 차지한 것은 한나였다! 어린애를 생각한 것은 아니었다.

다음 며칠 동안 나는 모든 절차를 혼자서 처리했다. 묘지에서 ― 장례식 시간을 한나에게 알리지 않았다 ― 교장 선생님이 연설을 했다. 화창한 날씨였다. 산들바람이 불고 있었다. 화환의 리본들이 축제 때처럼 나부꼈다. 교장의 연설은 마냥 계속되었다. 난생 처음 나는 전학급의 아이들을 바라보았다. 핍스가 거의 매일처럼 반나절을 함께 지내던 아이들, 뚱 하니 앞을 바라보고 서 있는 조그만 개구쟁이들의 무리. 그 가운데서 핍스가 찔러 죽이려 했던 아이가 내가 알고 있는 유일한 아이였다. 주변에는 보이지 않는 냉기가 감돌았다. 그 냉기는 가까운 것이든 먼 것이든 할 것 없이 똑같이 우리에게서 아득히 밀어내버렸다. 무덤과 둘러선 사람과 화환이 아득히 밀려나고 있었다. 중앙 묘원 전체가 아득히 동쪽 지평선 밖으로 물러서 있는 것을 나는 보았다. 사람들이 악수를 해올 때도 나는 다만 손 위에 얹히는 압력만을 느꼈을 뿐, 그들의 얼굴은 아득해 보였다. 아주 가까이에서 정확하게 보는 것 같았지만 그래도 역시 아득히, 그야말로 먼 곳에 그들의 얼굴은 물러나 있었다.

그늘의 언어를 배워라! 너 자신이야말로.

하지만 이제 모든 것이 흘러가버렸다. 아이의 방에서 몇 시간씩이고 앉아 있기를 고집하던 한나까지도 이제는 그러기를 그만두고, 아이가 그렇듯 빈번히 들락거리던 방문을 잠가버리도록 허락해주었다. 이렇게 모든 것이 흘러가버린 지금에야 비로소, 나는 종종, 나로서는 마음에 들지 않는 방식의 언어로 아이와 대화를 나눈다.

나의 개구쟁이. 내 사랑.

나는 얼마든지 아이를 등에 업고 다닐 마음이 있다. 아이에게 푸른 풍선과 우표를, 유서 깊은 도나우 강에서 보트를 태워줄 것을 약속한다. 나는 아이가 넘어지면 무릎을 호호 불어주며, 구구셈을 할 때 도와준다.

비록 이렇게 해서 아이를 다시 살아나게 할 수는 없다 하더라도, 지금이라도 늦은 것은 아니리라. 이제야 나는 아이를, 나의 아들을 맞아들였다고 생각하는 것은. 나는 아이와 함께 너무나 극단을 향해 갔기 때문에, 아이에게 다정하게 대할 수가 없었다.

너무 지나치지 말아라. 우선은 계속해 가는 것을 배우라. 너 자신부터.

더 이상의 생각을 거두고 일어서고 싶다. 어두운 복도를 건너가 말없이 한나에게로 가고 싶다. 내 눈에는 지금 아무것도 보이지 않는다. 그녀를 잡을 나의 두 손도, 그녀의 입에 포개어질 나의 입도. 그녀에게 접근하여 어떤 음성으로 말을 건네며, 얼마나 따스한 호의를 갖고 대하느냐 하는 것은 하등의 문제가 되지 않는다. 그녀를 다시 소유하기 위해서가 아니라, 그녀를 지상에 붙들어두기 위해서, 그리하여 나 역시 그녀의 도움으로 스스로를 지상에서 버티도록 하기 위하여 가고 싶다. 부드럽고 신비스런 합일을 통하여. 이런 포옹이 있은 후에 어린애가 생긴다면 좋다. 아이를 낳으리라. 그리고 다른 아이들과 똑같이 키우리라. 나는 크로노스*처럼 아이들을 삼켜버릴 것이다. 거대하고 무시무시한 아버지처럼 아이들을 매질할 것이다. 그리고 신성시되는 이 짐승들을 악습에 물들게 하여 리어 왕처럼 나를 배반하게 내버려 두리라. 나는 시대의 요구에 맞춰서 그들을 기를 것이다. 때로는 이리처럼 잔인한 관습에 따라서, 때로는 윤리적인 이념에 따라서 — 그리고 나는 그들의 인생의 여정에 아무런 이별 잔치도 베풀지 않으리라. 나의 시대의 인간들이 그랬듯이 어떠한 재산도 어떠한 충고도 주지 않으리라.

---

* 그리스 신화 제우스의 아버지. 아들이 위협이 되리라는 예언 때문에, 몰래 숨겨둔 제우스를 제외한 모든 아들을 잡아먹음.

하지만 아직 한나가 깨어 있는지 모르겠다.

더 이상 생각을 하지 말아야겠다. 요란한 밤의 떠들썩한 웃음 속에 참된 감정을 묻어둔 육체는 강하고 신비롭다.

한나가 아직도 깨어 있는지 모르겠다.

살인자와 광인의 틈바구니에서

저녁이 되어 어울려 마시며 이야기를 하고 의견을 나눌 때마다, 사내들은 자기 자신에게로 돌아가는 도중에 있다고 할 수 있다. 아무런 목적 없이 지껄이면서 그들은 자신의 발자취를 더듬는다. 파이프와 시가렛, 시가의 연기와 함께 의견을 떠올리며 의견을 피력할 때, 그리고 여러 마을의 선술집에서 특별실에서, 대도시의 거리 주점에서, 그리고 커다란 레스토랑의 구석진 방에서, 세계가 연기와 망상으로 화할 때면.

전쟁 이후 10년이 넘도록 우리는 빈에 살고 있다. '전후(戰後)'라는 것은 시간을 헤아리는 방법이다.

우리는 저녁마다 빈에 머물며, 찻집이나 레스토랑을 향해 떼를 지어 나간다. 우리는 편집실이나 사무실, 병원, 아틀리에에서 곧바로 나와 서로 마주친다. 그리고 한 마리 야수처럼, 웃음을 사는 당황스런 모습으로 우리가 상실한 최선의 것을 좇아 냄새를 맡으며 질주한다. 아무에게도 필연적으로 해야 할 이야기나 재담이 떠오르지 않는 시간, 침묵에 도전하는 자도 없고 모두가 각기의 생각에 침잠해버리게 되는 그런 휴지기에 우리는 종종 푸른 야수의 탄식을 듣는다— 다시 한번, 변함없이.

그날 밤 나는 말러와 함께 도심지의 '크로넨헬러'에서 항상 모이는 사내들의 모임에 참여했다. 온 세상에 밤이 내린 지금, 도처의 선술집들은 만원이었다. 사내들은 마치 표류자나 순교자처럼, 타이탄이나 위대한 영웅처럼, 역사와 갖가지 사건에 대해 잡다한 의견을 늘어놓았다. 그들은 밤의 나라로 말을 달려 올라와 그들이 몸 담고 있는 황야 속, 밤의 어둠 속에 불을 지피고, 그 공공연한 공유의 불 옆에 주저앉았다. 직업과 가족은 까맣게 잊었다. 지금 이 순간 집에서 여자들은 밤을 상대로 무엇을 해야 할지 모르기 때문에, 침대에 누워 쉬려 하는 참이라는 생각을 하는 자는 아무도 없었다.

여자들은 맨발로, 또는 슬리퍼를 신고 머리를 질끈 묶고 지친 얼굴로 집 안을 돌아다니며, 가스 밸브를 잠그고, 무서워하며 침대 밑이나 장롱 속을 기웃거리며, 멍청한 말로 아이들을 달래거나, 아니면 짜증스럽게 라디오 앞에 앉거나 하지만, 결국 얼마 지나지 않아, 외로운 집 안에서 보복하고 싶은 마음을 품은 채 드러누워버리고 만다. 제물이 된 것 같은 감정을 안고 여자들은 어둠 속에서도 멀뚱멀뚱 눈을 뜬 채 절망과 악의에 차서 누워 있다. 그녀들은 결혼과 숱한 세월, 가계비와 대차(貸借)를 청산하며 흥정하고, 위조하고 속임수를 썼다. 마침내 그녀들은 눈을 감고 백일몽에 매달리며 믿을 수 없는 여러 가지 거친 생각에 몸을 맡기다가 결국은 끝까지 남는 하나의 커다란 비난을 품고 잠이 든다. 그리고 맨 처음 꿈속에서 그녀들은 남편을 살해했고, 자동차 사고, 심장마비, 폐렴으로 남편을 죽게 했다. 그녀들은 남편을 비난의 정도에 따라 빨리 또는 천천히 혹은 비참하게 죽게 했다. 그러고도 그들의 감긴 섬세한 눈꺼풀 밑으로는 남편의 죽음에 대한 슬픔과 고통으로 인하여 눈물이 어렸다. 그녀들은 자동차를 타고 나간 남편, 말을 타고 나간 남편, 끝내 돌아오지 않는 남편으로 인해 울었고, 결국은 그녀들 자신의 신세를 생각하며 울었다. 그렇게 그녀들은 가장 진실된 눈물을 흘리기에 이른다.

하지만 우리는 그런 것에서 동떨어져 있었다. 청중의 집단, 코러스 집단, 동창생, 비밀 결사원, 동맹, 연맹, 주연(酒宴), 그리고 사내들만의 모임을 갖는 우리는. 우리는 늘 마시는 술을 주문했고 테이블 위 바로 눈앞에다 담배 봉지를 놓았다. 그런 우리에게는 여자들의 보복이나 눈물이 통할 리가 없었다. 우리는 죽지 않고 소생해서 잡담을 하며 의견을 주고받았다. 그리고 훨씬 뒤, 새벽 무렵이 되어서야 비로소 우리는 여자들의 축축한 얼굴을 어루만질 수 있고, 의리의 호흡, 시큼하고 독한 포도주 냄새, 맥주의 냄새로 다시 한번 여자들의 감정을 상하게 할 수도 있다. 아니면 여자들이 이미 잠들어 있기를, 그리하여 그 묘혈 같은 침실 속에서 한마디 말도 더 듣지 않아도 되기를 우리는 진심으로 바라는 것이다. 마치 맹세라도 한 듯이 밤이 되면 어김없이 지쳐서 평화를 바라며 되돌아가는 우리의 감옥인 침실 속에서.

우리는 아득히 떠나 있었다. 그날 밤, 우리는 금요일이면 언제나 그랬듯이 한패들이 모여 있었다. 하데러, 베르토니, 후터, 라니츠키, 프리들, 말러, 그리고 나. 아니 헤르츠가 빠졌다. 그는 빈으로 완전히 돌아올 준비를 하기 위해서 그때 런던에 가 있었다. 또 슈테켈도 병이 나서 빠졌다. 말러가 말했다.

"오늘은 우리 중에 유대인이 단 세 사람뿐이로군."

그러면서 그는 프리들과 내게 시선을 박았다.

프리들은 영문을 모르겠다는 듯이 구슬처럼 멍한 눈으로 상대편을 지켜보며 두 손에 힘주어 깍지를 끼었다. 아마도 그는 자신은 유대인 따위는 아니며 말러도 아니라고 생각했기 때문이었을 것이다. 기껏해야 그의 아버지나 할아버지쯤이 유대인일지 모른다고 생각했으리라 — 프리들은 그런 사정을 잘 몰랐다. 하지만 그는 거만한 얼굴을 들었다. 너희도 알게 될 테지, 하고 그의 얼굴이 말하고 있었다. 그 얼굴은 또 이렇게 말했다 — 나는 결코 속지 않아.

그날은 검은 금요일이었다. 하데러가 큰소리를 치고 있었다. 그것은 그의 내부에 잠재한 표류벽과 순교적 요소가 침묵을 하고 타이탄이 입을 열었음을 뜻했다. 또한 그가 이제는 더 이상 스스로를 비하시키며 감수해야 했던 타격을 과시할 필요 없이, 자신이 타인에게 가한 타격을 자랑할 수 있음을 뜻하는 것이었다. 그 금요일에는 화제의 방향이 보통 날과는 달랐다. 그것은 아마도 헤르츠와 슈테켈이 빠진데다가, 프리들이나 말러와 나는 어느 누구에게도 장애되는 존재가 아니었기 때문이었을 것이다. 또한 모름지기 화제란 한번쯤은 진실된 자세로 돌아가야 한다는 필연성과 연기와 망상은 모든 것을 일단 언어로 만든다는 게 아마도 가장 큰 이유였을 것이다.

지금, 밤은 전쟁터였다. 전선으로의 출동이며, 병참지이며 비상사태였다. 이 밤의 어둠 속에서 사람들은 붐볐다. 하데러와 후터는 전쟁에 대한 추억에 잠겨 있었다. 그들은 아무도 완전히 포기하지 않는 갖가지 어둠 속, 추억 속을 파헤쳤다. 그리고 마침내 다시금 군복을 입은 모습으로 되돌아갔다. 두 사람 다 명령을 하며 사령부와 연락을 취하는 장교의 모습으로. 그렇게 그들은 '융커스 52'*를 타고 보로네슈**로 이송되었는데, 그때 그들은 1942년 겨울에 마인슈타인 장군을 어떻게 생각했던가를 놓고 갑자기 의견이 엇갈렸다. 또한 제6군단이 이동 배치되었던가의 여부에 대하여, 집합 계획에 이미 패배의 책임이 있었던 게 아닌가에 대하여 그들은 전혀 의견이 맞지 않았다. 그다음에는 뒤늦게 그들은 크레타에 착륙했고, 파리에서 어느 조그만 파리지엔이 후터에게 자기는 독일 사람보다 오스트리아 사람이 훨씬 좋다고 말했다. 그리고 노르웨이에서 운명의 날이 밝고, 세르비아에서 파르티잔의 포위를 당한다는 대목까지 이야기가 진전되었을 때 — 그들은 리터들이 포도주를 두 병 주문했고, 우리도 또 한 병을 주문했다. 마침 말러가 의사회(醫師會)에서 감춰진 몇 가지 음모에 대한 내막을 털어놓기 시작했던 것이다.

----

* 2차 세계대전 때의 수송기.
** 러시아의 도시.

우리는 부르겐란트의 포도주와 굼폴스키르히의 포도주를 마셨다. 우리는 빈에서 술을 마시고 있었고, 우리에게는 밤이 끝날 줄 모르고 가로놓여 있었다.

그날 밤, 하데러는 슬쩍슬쩍 꽤 날카로운 비판까지 붙여가며 파르티잔주의를 쏟더니(하데러는 도대체 파르티잔이든 그 밖의 무슨 일이든 간에 자기의 생각을 명백히 한 적이라고는 전혀 없었다. 말러의 얼굴은 "나는 결코 속지 않는다!"는 표정을 내게 보이고 있었다), 슬로바키아 수녀들의 시체가 베르데스의 숲속에 발가벗겨져 누워 있었다는 이야기를 했다. 하지만 그 대목에 이르러서도 말러가 침묵을 지키자 하데러는 당황하여 별수없이 수녀의 이야기를 집어치우고 추억담을 중단하지 않을 수 없었다.

그때 오래전부터 낯이 익은 노인이 우리 테이블로 다가왔다. 그 노인은 꾀죄죄한 난쟁이 같은 모습으로 스케치 판을 끼고 와 손님들 사이를 돌아다니며 초상화를 그리게 해달라고 졸랐다. 우리는 방해받고 싶지도 않고, 도대체 초상화를 그리게 할 생각도 전혀 없었지만, 마침 그 장소에 가득한 난처한 공기 때문에 하데러가 뜻밖에 뱃심 좋게 우리를 그리라고 노인에게 청하며 솜씨를 보여 달라고 말했다. 각자 지갑에서 2, 3실링씩을 모아 한 무더기를 만들어 노인에게 밀어주었다. 하지만 노인은 돈은 거들떠보지도 않고, 그냥 선 채로, 기분이 좋아서 왼편 팔뚝을 구부려 화판을 떠받치고 고개를 뒤로 젖혔다. 그의 굵은 연필이 어찌나 빨리 종이 위에서 움직이는지, 우리는 한바탕 웃었다. 그의 동작은, 그로테스크하게 너무나 빨리 움직이는 무성 영화의 인물 같은 인상을 주었다. 바로 곁에 앉아 있던 내게, 노인은 인사를 하며 첫번째 종이를 건네주었다.

노인은 하데러를 그려놓았다.

조그만 얼굴에 남은 칼자국까지. 두개골에 앙상하게 달라붙은 피부. 항상 배우 같은 우거지상의 표정. 꼼꼼히 가르마를 탄 머리칼. 찌를 듯이, 사로잡는 듯이 보이고 싶어하지만 전혀 그렇지 못한 시선까지.

하데러는 라디오 방송국의 부장으로서 장편 드라마를 쓰는 작가였다. 그 드라마들은 모든 극장에서 적자를 내면서 상연되었고, 그러면서도 평론가 전원의 터무니없는 갈채를 받았다. 우리는 모두, 매권마다 저자의 친필 헌사가 쓰여 있는 드라마 책을 집에 간직하고 있었다. '나의 경애하는 친구에게……' 그러니까 우리 모두가 그의 경애하는 친구였던 것이다— 다만 프리들과 나만은 예외였다. 우리는 너무 젊은 까닭이었다. 그래서 기껏 '사랑하는 친구'나 '젊고 유망한 사랑하는 친구' 정도밖에 될 수 없었다. 그는 프리들이나 나의 라디오용 스크립트를 지금껏 한 번도 택해 방송해본 적이 없지만, 다른 기회나 다른 편집부에 우리를 추천하면서 스스로 우리의 후원자로 자처했고, 그 밖에도 거의 스무 명에 이르는 청년들의 후원자를 자처하고 있었다.

하지만 도대체 그 후원의 의도가 어디에 있는지, 그의 호의가 어떠한 성과를 무르익게 하는지는 전혀 간파할 수 없었다. 물론 그가 우리를 위로하고 동시에 인사말로 격려해주지 않을 수 없었던 필연성은 그 자신에게 원인이 있는 것이 아니었고, 그의 표현대로 이른바 '천민(賤民)'에게 책임이 있었다. 도처에 있는 '건달 패거리', 내각과 문화 기관, 방송국에 자리잡은 높으신 분들과 그 밖에 진보를 저해하는 노쇠한 요소들에 책임이 있었다. 그는 방송국에서 가능한 최고의 봉급을 받았고, 판에 박은 듯 일정한 간격을 두고 국가와 시가 베푸는 온갖 명예와 상, 심지어는 상패까지 차지했다. 그는 큰 행사마다 기회를 타서 연설을 했고, 대표로 나서기에 적임자라고 인정을 받았으며, 그럼에도 불구하고 가장 자유주의적이고 호방한 사나이 중의 한 사람으로 꼽혔다. 그는 매사에 욕설을 잘 퍼부었다. 하지만 이를테면 한 편을 기쁘게 하기 위해서 항상 다른 편을 욕했고, 다음번, 이편과 저편이 뒤바뀌는 경우에는, 또 다른 편을 욕하는, 그런 식이었다. 좀 더 엄밀하게 말한다면, 그는 다만 사물의 이름만을 말할 뿐 다행히 사람의 이름은 거의 말하지 않기 때문에, 어느 누구도 특별히 자기가 이야기에 해당된다고는 느끼지 않았다.

거지 화가에 의해 이렇게 종이 위에 그려진 그의 모습은 심술궂은 죽음의 신이나, 혹은 지금까지도 간혹 메피스토나 이아고 역에 사용하는 배우의 가면처럼 보였다.

나는 주저주저하면서 그 종이 쪽지를 다음 사람에게로 돌렸다. 하데러에게 이르렀을 때, 나는 그를 자세히 관찰했는데, 내심 얼마나 놀랐던지, 그 점을 고백하지 않을 수 없다. 그는 잠시라도 당황하든가 모욕을 받은 것 같은 기색을 보이지 않고, 우월감을 과시하며 손뼉을 쳤다. 아마도 세 갑절은 과장해서 — 하기야 그는 항상 지나치게 손뼉을 치고 칭찬을 했다 — 그리고 몇 번이나 "브라보" 하고 외쳤다. 이 "브라보"라는 말로서 그는 자기만이 이 좌중에서 찬사를 베풀 수 있는 유일한 거물임을 표현하는 것이다. 한편 노인 쪽에서도 공손하게 머리를 숙였지만, 미처 고개를 들어 바라보지는 않았다. 노인은 정작 베르토니의 얼굴을 완성하는 데 급급해 있었기 때문이다.

베르토니는 이렇게 그려져 있었다― 햇빛에 다갈색으로 그을린 모습을 짐작할 수 있을 만큼 멋있는 스포츠맨의 얼굴. 그리고 이렇듯 건강하게 빛나는 인상을 망쳐놓는 경건한 척하는 눈. 큰 소리를 내는 것을 겁내는 듯한, 생각지도 않은 말이 무의식중에 튀어나올세라, 오므린 손을 입에 대고 있는 모습으로.

베르토니는 〈일간신문〉에서 일했다. 그는 이미 몇 년째 담당하고 있는 문예란의 수준이 계속 하락하는 것을 부끄럽게 여겼다. 그래서 요즘은, 누구든 그를 보고 신문의 탈선이며 부당함에 대해, 좋은 내용의 원고나 올바른 정보의 부족에 대해서 주의를 환기시켜주면, 그는 다만 우울하게 미소를 띨 따름이었다. 무엇을 원하시는 겁니까― 이런 시기에! 그의 미소는 그렇게 말하는 듯 느껴졌다. 그 혼자 힘으로는 신문의 저질화를 막을 도리가 없었다. 좋은 신문은 어떠해야 하는가를 알고 있음에도 불구하고 말이다.

아니, 그는 그것을 잘 알았다. 옛날부터 깨닫고 있었다. 그렇기 때문에 그는 옛날 신문에 대해, 빈 신문의 위대한 시절에 대해 이야기하기를 무엇보다 좋아했고, 그 당시 신문의 전설적인 제왕들 틈에 어울려서 그 자신이 어떻게 일을 했고, 그들에게서 어떻게 배웠던가를 즐겨 화제로 삼았다. 그는 20년 전의 모든 역사, 모든 사건을 기억했다. 그는 그 시대에서만 편안함을 느꼈고, 그 시대를 생생하게 되새기며 끝없이 이야기할 수 있었다. 그 이후에 이어진 암울한 시대에 대해서도 그는 즐겨 이야기했다. 1938년 이후 수년간, 자신을 비롯한 몇 사람의 저널리스트가 어떻게 버티어왔으며, 은밀하게 무엇을 생각하고 이야기하고 암시했던가를, 그리고 자신들 역시 군복을 입게 되었지만, 그렇게 되기까지 얼마만큼이나 위험의 고비를 헤쳐왔던가를 이야기했다. 그리고 지금까지도 그는 여전히 위장의 외투를 입고 앉아서, 미소를 지으며, 갖가지 고통을 체념하지 못했다. 그는 조심스럽게 자기의 문장을 꾸몄다. 그가 무엇을 생각하고 있는지는 아무도 몰랐다. 암시가 그에게는 천성이 되어버렸고, 마치 지금도 게슈타포가 엿듣기라도 하는 듯이 행동했다. 베르토니로서는 굴복하지 않을 수 없는 일종의 영원한 경찰이 그 당시의 게슈타포에서부터 유래했다고 할 수 있었다. 슈테켈의 힘으로도 그에게 안전이라는 감정을 되돌려줄 수는 없었다.

베르토니는 슈테켈이 부득이 망명을 하지 않을 수 없었던 그 이전부터 그와 잘 알고 지냈고, 지금 역시 그의 둘도 없는 친구였다. 그것은, 1945년 직후 슈테켈이 그를 보증해주어 〈일간신문〉에 복귀시켜주었다는 이유뿐만이 아니라, 그들 두 사람은 대부분의 사물에 대하여, 특히 그 '당시'가 화제에 오를 때면 다른 어떤 사람들보다 잘 통하는 사이였기 때문이었다. 그럴 때 베르토니는 일찍이 언젠가 복사해놓았음에 틀림없는 그 당시의 어떤 어투를 써먹었다. 그리고 지금의 그로서는 그 밖의 다른 언어는 알고 있지 못한 처지에 그런 언어로 다른 사람과 이야기를 할 수 있다는 것을 기뻐했다. 그것은 그의 외모와 태도에 제대로 어울린다고 할 수 없는, 재치 있고 황망스럽고 가벼운 언어, 지금의 그가 이중으로 암시하는 풍자의 언어였다. 그는 슈테켈처럼 어떠한 사정을 알리기 위해 암시를 하는 것이 아니라, 그 사건 자체를 넘어서서, 절망적으로 지극한 우연만을 암시했다.

노인은 종이를 또 내 앞에 놓았다. 말러가 몸을 굽혀서 슬쩍 넘겨다보더니 거만하게 소리내어 웃었다. 나는 웃음을 띠고 종이를 옆으로 돌렸다. 베르토니는 "브라보"라고 말하지는 않았다. 이미 하데러가 선수를 쳐버려서 베르토니로서는 자기를 표현할 가능성을 빼앗겼기 때문이었다. 그는 자기의 초상을 생각에 잠긴 듯 서글프게 바라보았다. 하데러가 진정하고 나자 말러는 테이블 너머로 베르토니에게 말했다.

"당신은 미남자로군. 그것을 깨닫고 계셨소?"

그리고 다음 늙은 라니츠키의 모습은 이러했다.

성급한 얼굴이었다. 누구인가의 동의를 기다리기도 전에 어느 틈에 끄덕이려 드는 아첨꾼의 얼굴. 그의 귀나 눈꺼풀까지도 이 그림 속에서 끄덕이고 있었다.

분명히 말할 수 있는 것은, 라니츠키는 항상 동감을 나타내는 사나이라는 점이다. 라니츠키가 어떤 한마디로 과거를 건드릴 때면 모두가 침묵을 지켰다. 실상 라니츠키를 대하며 허심탄회해진다는 것은 무의미했기 때문이었다. 그런 것은 차라리 잊어버리는 것이 좋았고, 라니츠키 자신까지 잊어버리는 게 상책이었다. 그가 테이블에 앉아 있을 때마다 사람들은 침묵으로 그를 견뎌냈다. 때때로 그는 모든 이로부터 잊혀진 채, 멍청하니 혼자 끄덕이는 적이 있었다. 아닌 게 아니라 그는 1945년 후 이태 동안이나 아무런 연고 없이 지냈고, 심지어는 형무소에까지 들어가 있었던 모양이었지만, 지금은 다시 대학의 교수로 돌아갔다. 그는 자신의 저서 《오스트리아사(史)》 중에서 근대사에 관한 부분을 온통 수정해서 새로 출판했다. 언젠가 말러에게 라니츠키에 대해 캐물어보았을 때 말러는 이렇게 간단하게 대답했다.

"그 친구가 기회주의 때문에 그렇게 했고, 어디인가 납득시킬 수 없는 구석이 있는 작자라는 것은 세상이 다 아는 일이지. 하지만 그 친구 자신까지도 그 점을 알고 있단 말야. 그래서 그자한테 바로 말해주는 사람은 아무도 없어. 그렇더라도 이야기를 해주어야 하는 것인데."

어쨌든 말러는 표정으로 언제나 그것을 표현했다. 아니면 그에게 대답을 하거나, 다만 "잠깐 좀 들어보시오……"라고 말할 때마다 자신의 생각을 전했고, 그것만으로 라니츠키의 눈꺼풀은 바들바들 떨리기 시작했다. 그렇다! 인사를 할 때마다, 얕고 성급한 악수를 할 때마다, 그는 라니츠키를 전율케 했다. 더욱이 아무런 말도 하지 않던가, 넥타이를 잠시 고쳐 매던가, 상대방을 지켜보며 자신은 모든 것을 한꺼번에 기억해낼 수 있다고 상대방에게 깨닫게 하려 할 때면, 말러는 더할 수 없이 잔인했다. 그에게는 무자비한 천사의 기억력이 잠재해 있었고, 어느 때이고 간에 기억을 해냈다. 그는 다만 기억력을 갖고 있을 뿐 증오심을 지닌 것은 아니었지만, 바로 이 비인간적인 능력이야말로, 모든 것을 기억 속에 간직하면서 자신이 기억하고 있음을 상대방에게 깨닫게 해주는 것이었다.

마지막으로 후터는 이렇게 그려져 있었다.

바라바* 같은, 자유의 몸이 되는 것을 당연히 여기는 바라바 같은 얼굴. 둥글고 교활한 얼굴에 어린애 같은 자신과 의기양양한 표정을 하고.

후터는 파렴치하고 양심의 가책을 모르는 석방된 자였다. 모든 사람들이 후터를 좋아했다. 나도, 아마도 말러까지도. 이자를 석방하라고 우리도 역시 말했다. 시일이 경과할수록 우리는 이 사람을 석방하라고 끊임없이 말하기에 이르렀다. 후터는 무슨 일이나 성공시켰고, 게다가 어느 누구도 그의 성공을 나쁘게 생각하지 않도록 만들었다. 그는 일종의 후원자로서 가능하면 무엇이든지, 영화사이든, 신문이든, 잡지이든, 재정을 뒷받침해주었고, 최근에는 하데러의 권유로 가입한 '문화와 자유'라는 이름의 어느 위원회에도 돈을 제공했다. 그는 극장 감독이나 배우들, 실업가나 정부 참사관 같은 사람들과 밤마다 다른 좌석에서 번갈아가며 회식했다. 그는 책을 몇 권이나 출판했지만, 자기 자신은 한 번도 그런 책을 읽어본 적이 없었다. 마치 자기가 스폰서가 된 영화를 한 편도 관람한 적이 없는 것처럼. 또한 그는 연극을 보러 가는 일은 없으면서도, 연극이 끝난 뒤, 연극 관계자들의 연회석에는 참석했다. 그는 세상 만사가 화제에 오르고, 무엇인가에 대한 준비가 이루어지는 그 세계를 진정으로 사랑했기 때문이었다.

그는 여러 가지 준비의 세계, 모든 것에 대한 의견의 세계, 타산과 음모, 모험의 세계, 트럼프를 쳐서 뒤섞는 세계를 사랑했다. 그

---

* 예수 대신 특사된 죄수.

는 다른 사람들이 트럼프 섞는 모습을 즐겨 바라보았고, 그들의 카드 손버릇이 나빠지면 슬며시 가담하여 한몫 끼거나, 아니면 패가 나오는 모양을 보고 다시 한몫 끼고는 했다. 그는 모든 것을 향락했다. 심지어는 친구들을, 새로운 친구, 옛 친구, 약한 친구, 강한 친구할 것 없이 친구들을 향락했다. 라니츠키가 미소를 띠는 장면에 그는 큰 소리로 웃었다(라니츠키는 시종 미소로 일관했다. 그리고 그것도 대개는, 그 자리에 없는 어떤 사람, 필경 다음날에는 그와 부딪치게 될 누구인가가, 좌중에 의해 호되게 살해당하는 경우에만 미소를 띠는 것이었다. 그의 미소는 지극히 미묘하고 다의적인 것이라서, 그 자신이 얼마든지 이렇게 말해도 좋을 정도였다. 나는 동의한 뜻에서가 아니라 감싸주는 뜻에서 미소했을 뿐이야. 묵묵히 나의 분수를 생각했을 따름이야라고). 후터는 누구인가 도마 위에 올라 살해당할 때면 소리내어 웃었다. 그럴 때 그는 별다른 생각도 없이 그 내용을 다른 사람에게 전하는 것까지 서슴지 않았다. 그렇지 않으면 그는 격분해서 그 자리에 없는 어떤 사람을 변호하여 살해에서 벗어나게 하면서, 좌중의 사람들을 몰아붙였다. 그렇게 위기에 빠진 사람을 구해내는가 하면 어느 틈에 기분만 내키면 소매를 걷어붙이고 다음의 살인에 참여했다. 그는 충동적이며 진정으로 흥분할 줄 알았고, 일체의 심사숙고는 그와는 인연이 멀었다.

초상화가에 대한 열광이 수그러들자, 하데러는 다시금 화제로 되돌아가고 싶어했고, 그때 마침 말러가 자기를 그리는 것을 거절했다. 그러자 하데러는 됐다는 듯이 노인에게 거절의 표시를 보냈고, 노인은 돈을 긁어모으고는 자기가 봐도 틀림없다고 짐작되는 거물

앞에서 마지막으로 인사를 했다.

나는 이제야말로 차기 선거로, 또는 3주째 계속 금요일 화제의 소재가 되어온 공석 중인 극장 감독으로 화제가 옮겨가리라고 확신했다. 하지만 이번 금요일에만은 모든 것이 빗나갔다. 사람들은 일찍이 자기들이 빠져들었던 전쟁에 대한 회고담을 그칠 줄 몰랐고, 그 빗나간 흐름에서 헤어나오려는 자는 아무도 없었다. 그들은 구렁텅이에 빠져서 목구멍을 끄르륵거리며, 점점 더 큰 소리를 내었고, 따라서 테이블 끝에 앉은 우리가 다른 화제로 옮겨가는 것조차 불가능하게 했다. 우리는 별수없이 귀를 기울이고 멍한 시선으로, 테이블 위에 있는 빵을 잘게 부스러뜨리든가 하지 않을 수 없었다. 그리고 이따금 나는 말러와 눈으로 이야기를 주고받았다. 말러는 담배 연기를 아주 천천히 입에서 밀어내어 연기로 도넛을 만들면서, 그 연기 놀이에 완전히 정신을 쏟고 있는 것 같았다. 그는 머리를 약간 뒤로 젖히고 넥타이를 늦추고 있었다.

"전쟁 덕분에, 바로 전쟁이라는 체험을 통해서 우리는 오히려 적에게 접근한 것이지요" 하고 막 하데러가 말하는 것이 들렸다.

"누구에게요?"

프리들이 더듬거리며 참견하려 들었다.

"볼리비아 사람에게 말씀인가요?"

하데러는 주춤 말문이 막혔다. 그는 프리들이 말하는 의미를 알아채지 못했던 것이다. 교전 상태에 있었던가, 아닌가를 생각해내려고 애를 썼다. 말러는 소리를 내지 않고 크게 웃었다. 그는 그렇게 하면서 마치 뿜어낸 연기의 고리를 다시금 입으로 끌어들이려는 것처럼 보였다.

베르토니가 재빨리 주석을 붙였다.

"영국인, 미국인, 프랑스인에 대해서지요."

하데러는 침착성을 되찾고 활기 있게 베르토니의 말꼬리를 이었다.

"그렇지만 그 국민들이 나의 적(敵)이었던 일은 없었단 말입니다. 이 점은 당신들도 분명히 아셔야 하지요! 나는 단순히 체험한 것에 대해서 말하는 겁니다. 그 밖의 다른 것에 대해서는 말하고 싶지 않아요. 그러한 체험을 갖고 있기 때문에 우리는 달리 말하며 대화를 나눌 수 있고, 달리 쓸 수도 있지요. 중립국의 일을 생각해보십시오. 그들에게는 이렇듯 쓰디쓴 체험이 결여되어 있어요. 그것도 퍽이나 오랫동안."

그는 한 손으로 눈을 가렸다.

"나는 아무것도 놓치고 싶지 않습니다. 이 전쟁의 세월도 이 전쟁의 체험도."

프리들은 고지식한 어린 생도처럼, 그러면서도 너무나 작은 소리로 말했다.

"나 같으면 포기하겠습니다. 놓쳐도 상관없겠어요."

하데러는 애매한 시선으로 그를 바라보았다. 그는 분노를 드러내지 않고, 될 수 있으면 모든 사물, 모든 인간에 해당되는 설교를 시작할 태세였다. 하지만 그 순간 후터가 두 팔꿈치를 테이블에 고이고 큰 소리로 다음과 같은 질문을 하는 통에 하데러는 완전히 당황해버렸다.

"네! 그것은 대체 어떻게 된 겁니까? 문화라는 것은 오로지 전쟁이나 투쟁, 긴장에 의해서만 가능하다고 말할 수 없을까요…… 체험이라는 것은 ― 내 생각으로는 문화라 부르고 싶지만, 실상 그 문화는 어떤 것일까요?"

하데러는 잠깐 사이를 두고 먼저 후터를 타이르고 나서 다음에는 프리들을 비난했다. 그리고 나서 뜻밖에도 제1차 세계대전에 대해 이야기를 했는데 그것은 제2차 세계대전을 피하기 위해서였다. 이존초*의 전투가 화제에 올랐고, 하데러와 라니츠키는 연대에서의 체험담을 서로 주고받으며, 이탈리아 군에게 욕설을 퍼부었다. 그리고 다시 적국 이탈리아가 아닌, 제2차 세계대전 중 동맹국으로서의 이탈리아를 비난하면서 '배신 행위'며 '믿을 수 없는 사령(司令)'에 대해 이야기를 하더니, 화제는 다시금 이존초로 되돌아가 결국은 클라이넨 팔에서의 저지 사격에서 머물렀다.

베르토니는 하데러가 목이 말라 컵을 입으로 가져간 순간을 이용해서, 제2차 세계대전 중에 있었던 어떤 믿기 어려울 정도로 뒤얽힌 이야기를 불쑥 끄집어냈다. 그것은 프랑스에서 그와 독일의 어느 언어학자가 창가(娼家)를 만드는 데 전심하라는 위임을 맡았던 이야기였다. 분명히 그에 따르는 고난은 끝이 없었겠지만, 베르토니는 그 즐거운 명령의 수행에 정신이 빠졌다는 것이었다. 프리들까지도 갑자기 웃음보를 터뜨렸다. 나는 그 점이 이상스러웠다. 더욱이 그가 별안간 갖가지 작전이나 군대의 계급, 날짜에까지 정통한

---

*　제1차 세계대전의 격전지.

듯이 보이려고 애쓰는 것이 한층 더 나를 의아하게 했다. 실상 프리들은 나와 같은 연배였고, 나나 마찬가지로 전쟁이 끝날 무렵에야 겨우 학교를 떠나 군대에 들어간 것에 불과했을 테니까 말이다. 하지만 나는 곧 프리들이 취해 있다는 것을 깨달았다. 그는 취하면 감당할 수가 없다는 것, 오로지 비웃기 위해서 화제에 끼여들며 절망한 나머지 간섭을 한다는 사실을 나는 알았다. 그리고 지금도 실제로 그의 말마디마다 냉소의 소리를 나는 듣고 있었다. 하지만 그 순간 나는 프리들에 대해서도 불신을 느꼈다. 그가 다른 이들과 한패가 되어서, 지나친 장난, 객기, 영웅주의, 복종과 반항으로 이루어진 세계, 바로 사내들의 세계로 빠져들어갔기 때문이었다. 다른 경우에는 통하는 모든 것, 우리에게는 언제고 통하는 모든 것과 인연이 먼 세계, 모두들 자신이 무엇을 자랑하며 무엇을 수치로 여기는지도 모르며, 또 우리 시민이 살고 있는 이 세계 속에 대체 그런 명예나 치욕에 대응하는 것이 존재하는지 어떤지조차 모르는 사내들의 세계 속으로 빠져들어갔기 때문에 불쾌했다.

그러면서 나는 베르토니가 말한 러시아에서 일어난 돼지 도둑질 에피소드를 상기했다. 하지만 베르토니 역시 편집실의 연필 한 자루도 슬쩍할 능력을 갖고 있지 못함을 나는 알았다. 그는 그처럼 정확한 위인이었다. 아니면 하데러의 경우를 봐도 제1차 세계대전에서 최고 훈장을 받은 인물로서, 그 당시 회첸도르프로부터 대담무쌍한 용기가 요구되는 어떤 사명을 위임받은 일이 있었다고 지금까지도 사람들의 화제에 올랐다. 하지만 여기에서 관찰한 바로는, 하데러는 도저히 대담무쌍한 용기를 행사할 능력이 없는 위인이었고,

과거라 해서 가졌을 리가 없었다.

어쨌든 간에 이 지상에서는 그런 능력을 가질 수 없는 인물이었다. 어쩌면 다른 세계, 다른 법칙 아래서라면 그도 담대해졌을는지 모를 일이었다. 그리고 말러로 말할 것 같으면 그는 냉혈한이며, 내가 아는 한 가장 겁이 없는 인물이지만, 그 역시 자신이 1914년인가 15년 당시 젊은 위생병이었을 때 정신이 허약해져서 야전 병원 근무를 견디려면 모르핀을 복용해야 했다고 내게 말해준 적이 있었다. 그 후에도 그는 두 번씩이나 자살을 기도했고, 전쟁이 끝날 때까지 어느 정신병원에 들어가 있었다는 것이다. 그러고 보니, 그들은 하나같이 두 개의 세계에서 일을 하며 그 양면의 세계 속에서, 영원히 만남이 허용되지 않는, 결코 합치할 수 없게 분리된 두 개의 자아로서 이질적으로 존재했다. 그들은 모두 지금 술에 취하여 호언장담하며, 연옥 속을 헤치고 나가야만 했다. 그 연옥 속에서, 그들의 구제받지 못한 자아는 절규하며, 곧 시민적 자아로 대체되기를, 아내와 직업, 라이벌과 각종 고난이 내포되어 있는 친애하는 사회적 자아로 대체되기를 기대했다.

그리고 그들은 일찍이 자기의 자아 한편에서 뛰쳐나가 이제는 다시 돌아오지 않는 푸른 야수를 추적했다. 그렇게 그것이 돌아오지 않는 한, 세계는 하나의 망상으로 머물렀다. 프리들이 나를 쿡쿡 찌르며 일어서려고 했다. 나는 빛을 내며 부풀어오른 그의 얼굴을 보고 깜짝 놀랐다. 그리고 그와 함께 밖으로 나왔다. 우리는 세면장으로 가면서 두 번씩이나 잘못된 방향으로 걸어갔다. 복도에서 우리는 술집의 큰 홀로 웅성대며 몰려오는 사내의 무리를 헤치면서 빠저나왔다. 지금껏 '크로넨켈러'에서 이 같은 혼잡을 나는 겪은 적이 없을뿐더러 이 같은 얼굴들도 본 적이 없었다. 너무나 이상스럽게 눈에 띄어서 나는 대체 오늘밤에 무슨 일이 벌어지는가 종업원에게 물어봤다. 자세한 내용은 그도 몰랐지만 '전우(戰友)의 모임'이라는 것이 있다고 말했다. 보통은 이런 집회에 방을 빌려주지 않지만, 아마 손님께서도 아시겠지요, 저 유명한 빙클러 대령께서도 참석하셔서 축하에 어울리신다는군요. 제 생각에는 나르비크*를 회고하는 모임인 것 같습니다 하고 종업원이 말했다.

세면장은 쥐죽은 듯 고요했다. 프리들은 세면대에 기대어서 손 닦는 두루말이 화장지에 손을 뻗어 잡아당겼다.

"자네 알겠나?"

그가 물었다.

"왜 우리가 저렇게 모이는가를!"

나는 잠자코 어깨를 으쓱했다.

"내가 뜻하는 것을 자네는 알겠지."

프리들은 열을 올리며 말했다.

"그럼 알고말고."

나는 말했다.

그래도 프리들은 말을 계속했다.

"알겠나. 왜 헤르츠와 라니츠키까지 참석하는지, 왜 헤르츠는 라니츠키는 미워하지 않으면서, 실상은 한결 죄가 가벼울지도 모르고

---

* 노르웨이 항구. 제2차 세계대전 당시 독일군 상륙 지점.

이미 죽은 사람인 랑거를 그렇게 미워하는지. 라니츠키는 죽은 사람이 아니지. 왜 우리는 이렇게 터무니없이 같이 모여 앉는 것인가! 특히 헤르츠의 생각은 도저히 알 수가 없어. 그자들은 헤르츠의 마누라 목숨을 빼앗았지, 헤르츠의 어머니도……"

나는 급작스럽게 생각을 가다듬고 나서 이렇게 말했다.

"알겠네. 암, 어쨌든 나는 이해하겠어."

프리들이 물었다.

"헤르츠가 잊어버렸기 때문일까? 아니면 언제부턴가 헤르츠는 그런 일들이 그대로 묻혀 있기를 바라게 되었기 때문일까?"

"그렇지 않네."

나는 대답했다.

"그렇지 않아. 잊어버리는 것과는 상관없는 일이야. 또한 용서하는 것과도 상관없어. 그 어느 것과도 관계없는 일이야."

프리들이 말했다.

"하지만 어쨌든 헤르츠는 라니츠키를 곤경에서 구해주었고, 적어도 3년 전부터 그들 두 사람은 같은 테이블에 앉아왔어. 그리고 그는 후터와 하데러와도 동석을 하지. 헤르츠는 그자들에 대해 모든 것을 파악하고 있어."

"그 점은 우리도 알아. 그런데 우리는 무엇을 하는 건가?"

프리들은 어떤 영감이 떠오른 듯이 한층 더 열을 내어 말했다.

"아니면 라니츠키는 헤르츠의 도움을 받았다는 이유로 그를 미워하는 것일까? 자네 생각은 어때? 아마도 라니츠키는 그런 일도 있고 해서 헤르츠를 미워하는지 모르지."

나는 말했다.

"아니, 나는 그렇게 생각지 않아. 라니츠키는 그것은 그대로 좋다고 여기고 있어. 그가 두려워하는 것은 기껏해야, 배후에 무엇이 도사리고 있는지, 또 무슨 일이 뒤따라 일어날지, 그런 정도야. 라니츠키는 안정을 잃고 있어. 정작 다른 사람들은, 후터처럼 길게 캐묻지 않아. 그리고 그들은 시간이란 흘러가며 시대란 변천하게 마련이라는 것을 당연하게 받아들이는 거야.

그 시절, 45년 이후에는 나 역시, 세계란 분리되어 있다고 생각했지. 그것도 영원히, 선과 악으로 분리되었다고 말일세. 그렇지만 세계는 알고 보면 끊임없이 다른 양상으로 분리되는 것이지. 그것은 거의 이해하기 어려웠고, 그야말로 눈치챌 수 없이 진행되었어. 지금에 와서 우리는 다시금 뒤섞여서 또 다른 분류가 가능하게 되어 있네. 어떤 정신과 어떤 행위들이, 다른 정신, 다른 행위로부터 분리되는 것일세. 알겠나? 우리가 아무리 못 본 척하려 해도 일은 이미 여기까지 진척되어 있는 것일세. 그렇지만 그것이 이러한 빈약한 융화 친목에 대한 근거의 전부는 역시 아니지."

프리들이 소리쳤다.

"그렇다면 무엇이란 말인가! 도대체 무엇 때문이라는 말인가? 이봐, 말 좀 해보라고! 그렇다면 우리 모두가 한결같은 존재들이며 그래서 함께 어울린다는 것이 이유가 되겠나?"

"아니. 우리는 같지가 않네. 말러만 해도 다른 사람과 같은 점이라고는 전혀 없고, 우리는 아마 결코 다른 이들과 같아지는 일이 없을 걸세."

프리들은 멍하니 앞을 바라보았다.

"그러니까 말러와 자네와 나. 우리는 어쨌든 서로 굉장히 이질적이고, 생각하고 바라는 것도 제각기 다르지. 다른 작자들도 결코 서로가 같지 않아. 하데러와 라니츠키는 전혀 딴판이지. 라니츠키라는 작자는 자기의 왕국이 다시 한번 오는 것을 보고 싶어하는데, 하데러는 결코 그렇지 않아. 하데러는 민주주의에다 패를 걸어왔고, 앞으로도 그 점만은 변절하는 일이 없을 것일세. 나는 그렇게 느끼고 있네. 라니츠키는 미움받아 마땅한 작자지. 하데러도 마찬가지고. 그 점만은 어쨌거나, 내게는 변함없는 일이네. 그렇지만 그 두 사람이 똑같은 것은 아니네. 더욱이 그 둘 중의 한 사람과 동석하는가, 아니면 두 사람 다 동석하는가 하는 데 따라 또한 차이가 있어. 그리고 베르토니……!"

마침 이 이름을 외쳤을 때, 베르토니가 들어왔기 때문에 프리들의 햇볕에 그을린 얼굴이 새빨개졌다. 그가 문 뒤로 사라지자 우리는 잠시 입을 다물었다. 그리고 나는 손과 얼굴을 씻었다.

프리들이 속삭였다.

"그렇다면 어쨌거나 만물은 서로 동맹을 맺고 있는 셈이야. 나도 마찬가지지. 하지만 나는 그것을 원치 않네! 그리고 자네 역시 동맹에 가담하고 있는 걸세!"

나는 말했다.

"우리는 동맹 같은 것에 가담한 것이 아니야. 동맹이란 있지도 않아. 사태는 한결 곤란한 거야. 내 생각으로는 모두가 같이 어울려 살아야 하는 것인데, 그럴 수가 없는 것 같군. 한 사람 한 사람의 머릿속에 제가끔 하나의 세계, 하나의 요구가 들어 있어서, 그것이 다른 세계, 다른 모든 요구를 배척하니까 말일세. 그렇지만 어쨌든, 무엇인가를 좋게, 완전한 것으로 하기 위해서는 우리는 모두 서로를 필요로 하고 있는 걸세."

프리들은 음흉스럽게 웃었다.

"필요로 한다. 당연히 그렇지. 어쩌면 나는 언젠가는 하데러를 필요로 할는지 모르지……"

"그런 뜻으로 말한 것은 아닐세."

"왜 그래서는 안 되나? 나는 그 작자가 필요할 걸세. 자네는 대체로 가볍게 말하는군. 자네한테야 마누라도 없고 자식이 셋씩 달린 것도 아니니까. 자네의 경우 하데러를 필요로 하지는 않는다 해도 그 작자보다 별로 나을 것도 없는 어떤 다른 작자를 언젠가는 필요로 할 것이네."

나는 대답하지 않았다.

"나한테는 아이가 셋이 있지."

프리들은 소리쳤다. 그러고는 바닥 위로 반 미터쯤 높이로 한 손을 이리저리 휘저으며 아이들이 얼마나 작은가를 가리켰다.

나는 고개를 저었다.

"그만두게. 그것은 논거가 못 되네. 그러면 우리는 이야기를 할 수가 없네."

프리들이 화를 불끈 냈다.

"아니, 그것은 하나의 논거라네. 그것이 얼마나 강력한 논거인가를 자네는 알 턱이 없지. 거의 모든 것에 걸리는 논거란 말일세. 나는 스물두 살에 결혼을 했네. 그것에 대해 내가 어쩔 도리가 있겠나. 그것이 어떤 것인가를 자네는 조금도 짐작할 수 없을 걸세. 자네는 결코 짐작을 못 하지!"

그는 얼굴을 찡그리고 전력을 다해서 세면대에 몸을 의지했다. 나는 그가 쓰러지지나 않을까 생각했다. 베르토니가 다시 한번 나타나더니 손조차 씻지 않고 성급하게 세면장에서 사라졌다. 마치 자기 이름이 또 한번 들릴세라, 아니 이름 이상의 것이 들릴세라 겁을 내는 것처럼.

프리들이 비틀거리며 말했다.

"자네는 헤르츠를 좋아하지 않지? 그렇지?"

나는 할 수 없이 대답했다.

"왜 그렇게 생각하나…… 좋아. 그렇다면 말하지. 나는 그 작자가 싫어. 그 작자가 그런 사람들과 자리를 함께하는 것이 못마땅하기 때문이네. 항상 나는 그 점이 못마땅하단 말이야. 우리가 그자와 다른 그 외의 몇 사람과 함께 다른 테이블에 앉으려 하는 경우, 그 작자가 끼어 앉는 것이 방해되기 때문일세. 그런데도 그자는 우리가 모두 한 테이블에 자리잡도록 마음을 쓴단 말이야."

"자네는 정신이 나갔어. 나보다 더 심한 정신병자야. 아까는 자네가 우리는 서로를 필요로 하고 있다고 말하더니, 이번에는 헤르츠가 그렇게 한다고 비난하는군. 나는 그런 점에서 그 작자를 비난하지는 않아. 그에게는 라니츠키와 친구가 될 권리가 있단 말일세."

나는 분개해서 말했다.

"아니, 그런 권리는 없어. 그런 권리는 아무에게도 없네. 그 작자에게도 없지."

프리들이 말했다.

"그렇지, 전쟁 직후에는 우리 역시 세계란 영원히 선과 악으로 구별되어 있다고 생각했지. 그렇지만 세계가 명징하게 나누어져버리면 어떤 양상이 되는가 내 자네에게 설명해주겠네.

런던에 가서 헤르츠의 형을 만났을 때의 일이야. 공기가 내게서 차단된 것 같았어. 나는 제대로 숨을 쉴 수가 없었네. 상대편은 나에 대해서 아무것도 아는 바가 없었지. 그러면서도 내가 이렇듯 젊다는 것만으로는 도저히 만족할 수 없었는지 곧 이렇게 물어왔어 — 그동안 당신은 어디에 있었고 무엇을 하셨습니까? 나는 학교에 있었으며 나의 형제들은 도망병이라서 사살되었다고 대답했네. 그리고 다른 모든 동급생과 마찬가지로 결국은 나도 전투에 참여하지 않으면 안 되었다고 대답을 했네. 그러자 상대방은 더 캐묻지는 않았지만 그가 알고 있는 몇 사람의 친지들에 대해 묻기 시작했어. 하데러나 베르토니에 대해서, 그리고 많은 사람에 대해서. 나는 내가 알고 있는 사실을 말하려고 애를 썼지. 그러다 보니까, 그 사람들 중에 몇 사람은 불행한 일을 당했고, 몇 사람은 난처한 입장에 있다는 것이 밝혀지더군. 아무리 해도 그 이상은 말할 수가 없었네. 그 밖의 사람들은 이미 죽었고, 대부분의 친구들은 부인하든가, 은폐했어. 그런 점도 나는 말했네. 하데러는 언제까지나 부인하겠지. 자기의 과거를 은폐하겠지, 안 그런가? 그렇지만 나는 곧 그 사내가 내말에 귀를 기울이고 있지 않다는 것을 깨달았어. 그는 어떤 생각에 사로잡혀, 완전히 굳어버린 것 같았어. 그리고 내가 여러 가지 상위

점(相違點)에 대해서 이야기를 시작했을 때, 곧 정당성을 기하기 위해서, 베르토니는 아마도 그 시기에 아무런 나쁜 짓을 한 것이 아니며 기껏해야 비겁했을 뿐이라고 말했을 때, 상대방은 내 말을 가로막고 이렇게 말했어 ― 아니, 하여간에 그렇게 구별을 짓지 마십시오. 나로서는 그런 경우 아무런 구별이 있을 수 없습니다. 앞으로도 영원히 그럴 겁니다. 나는 저 오스트리아라는 땅에 다시는 발을 들여놓지 않을 작정입니다. 살인자의 무리 속으로는 들어가지 않겠습니다.”

“이해할 수 있네. 헤르츠보다도 그자를 더 잘 알 것 같군. 그렇긴 해도 ― ”

나는 천천히 말했다.

“도대체 그렇게 될 수는 없어. 다만 잠깐 동안일 뿐이야. 악 중에도 최악의 사태가 지속되는 바로 이 기간 동안뿐이야. 인간은 한평생 희생이 되어 있을 수는 없어. 그렇게는 될 수 없어.”

“내가 보기에는 이 세상에서는 아무래도 가망이 없어! 우리는 이곳에서 방황하면서도 하찮고 우울한 이 상황을 스스로에게 해명할 능력조차 갖고 있지 못하네. 이전에는 또 다른 친구들이 아무런 해명을 할 능력도 없이 이곳에서 방황하면서 파멸의 구렁 속으로 빠져버렸지. 그들은 희생자이거나 아니면 형리(刑吏)였네. 우리가 시대의 바닥으로 깊이 내려가면 갈수록 더욱 길은 없어지네. 때때로 나는 이 역사 속에서 어떻게 해야 할지를 알 수 없게 되는 거야. 내 마음을 어디에다 걸어두어야 좋을지 모르겠어. 어느 당(黨), 어느 그룹, 어느 세력에 걸어야 할지. 왜냐하면 누구나가 하나의 수치스런 법칙을 인정하며, 모든 것이 이 법칙에 의해 요리되고 있으니까 말일세. 그리고 우리는 언제나 희생자의 편에 있을 수밖에 없지만, 그렇다고 해서 이렇다 할 결과는 없네. 희생자는 아무런 길도 제시하지 않으니까!"

프리들은 다시 소리쳤다.

"무서운 것은 바로 그 점일세. 저 희생자들, 수없이 많은 희생자들이 전혀 길을 제시해주지 않는 거야! 게다가 시대는 살인자에게 편리하도록 변해가네. 희생자는 희생자일 따름이지. 그것으로 전부야. 나의 부친은 돌푸스* 시대의 희생자였고, 할아버지는 군주 체제의 희생자였고, 나의 형제들은 히틀러의 희생자였네. 그렇지만 그것이 내게는 아무런 도움이 되지 않는 거야. 내가 말하는 것을 알겠나? 그들은 모두가 벽 앞에 세워져 총살당하고 치어 죽고, 쓰러져갔을 따름이야. 거창한 것을 생각지도 의도하지도 않는 소시민들이 말이지. 그런데 그중의 불과 몇 사람이 그것에 대해 무엇인가 생각해냈네. 예컨대 나의 할아버지는 다가올 공화국을 생각하셨지. 그렇지만, 말 좀 해보게. 무엇 때문이었을까? 그들의 죽음이 없었다면 공화국이 올 수 없었겠나? 그리고 나의 부친은 사회민주주의를 생각했지. 그렇다면 말 좀 해보게. 누가 부친의 죽음을 요구할 수 있단 말인가. 선거에서 이기려고 애쓰는 우리의 노동당이라 하더라도 그럴 수는 없네. 이기기 위해서 죽음이 필요한 것은 아닐세. 그것은 아니야. 유대인은 유대인이라는 이유로 살해당했지만, 그들은 어디까

---

* 1892~1924. 오스트리아 수상. 반나치로 암살됨.

144

지나 희생자에 지나지 않았어. 그렇듯 수많은 희생. 그렇다고 해서 그 희생이, 오늘날에 와서 유대인도 인간이라고 아이들에게 말할 수 있게 만들려고 있었던 것은 아니잖은가? 늦은 감이 있네. 그렇게 생각지 않나? 정말로, 희생이란 아무런 소용이 없다는 것을 알고 있는 자는 아무도 없어! 그런 점을 엄밀하게 이해하는 자는 아무도 없네. 어차피 이런 희생자들 중에 사물의 정체에 대한 날카로운 시선을 갖기 위해서 모든 것을 참고 감수해야 하는 존재라는 사실 때문에 피해를 입는 자는 아무도 없네. 그렇지만 도대체 그런 형안이 무슨 소용이 있나. 도대체 이 땅에서 죽여서 안 된다는 것을 모르는 자가 어디 있나?! 그 점은 이미 2천 년 전부터 주지되어온 사실이네. 그런 것에 대해 한마디 단어라도 더 낭비할 필요가 있을까? 아아, 그런데도 하데러는 최근의 연설에서 그 점에 대해 여러 가지 얘기를 했지. 그 연설을 하면서 비로소 그는 그 점을 발견해냈네. 그 작자는 입속에서 휴머니즘을 실뭉치 모양으로 둘둘 뭉쳐서, 고전 작가를 인용하는가 하면, 교부(敎父)의 설교와 최신의 형이상학적이고 상투적인 문구를 나열했네. 그렇지만 그것은 역시 망상이야. 일개 인간이 어찌 그것에 대해 큰소리를 칠 수 있단 말인가. 그것은 그야말로 저능한 짓 아니면 저속한 짓이야. 그 따위 연설을 들어야 하다니 도대체 우리는 무슨 존재란 말인가?"

그리고 그는 또다시 입을 떼었다.

"우리가 여기서 함께 모이는 이유를 누구인가가 설명해주었으면 좋겠어. 누구든 설명해주면 나는 열심히 경청하겠네. 왜냐하면 그런 것은 전혀 뜻밖의 독자적인 이야기일 테니까. 그로부터 나오는 결과도 역시 독자적인 것일 테니까 말일세."

나로서는 이 세계를 도저히 이해할 수가 없어! — 술을 마시고 지껄이며, 토론을 벌이는 밤마다 우리는 곧잘 이런 말을 했다. 그러면서도 이 세계가 순식간에 이해할 수 있는 것으로 여겨지는 순간이 누구에게나 있었다. 나는 프리들에게, 나는 무엇이든지 이해를 하는데 그가 아무것도 이해하지 못하는 것은 부당하다고 말했다. 그렇게 말하다가도 나 역시 문득 아무것도 알 수 없으며, 이번에는 이 사내와 어울려서는 도저히 살 수 없을 것 같은, 더구나 다른 사람들과도 공존하기 한결 어려울 것 같은 생각이 들었다. 많은 점에서 일치하지만, 가족을 논거의 방패로 내거는 프리들 같은 사내, 혹은 예술을 내세우는 슈테켈 같은 사내와는 결코 한 세상에 어울려 살 수 없었다. 내가 제일 좋아하는 말러와도 나는 때때로 공존할 수가 없었다. 내가 다음번 결정을 내릴 때, 그도 똑같은 결정을 할 것인지의 여부를 도대체 내가 깨닫기라도 했단 말인가? '뒤를 돌아보는 것'이라면 우리는 대체로 동의를 했다. 그렇지만 미래에 관해서라면? 아마도 나는 곧 말러에게서도 프리들에게서도 떨어져나갈 것이다 — 우리가 바랄 수 있는 것은 다만 그때 가서 서로 떨어지지 않았으면 하는 것뿐이었다.

프리들은 흐느끼며 몸을 일으키더니 가까운 화장실 문을 향해 비틀거리며 걸어갔다. 그가 토하며 목을 그르렁거리며, 그러는 사이에 이렇게 말하는 소리가 들려왔다.

"이것이 몽땅 올라오면 되는 거다. 모든 것을 다 뱉어버리게 되면. 모든 것을 몽땅!"

화장실에서 나오자 그는 일그러진 얼굴로 나는 보고 웃으며 이렇게 말했다.

"나는 곧 저 안에 있는 작자들과 의형제를 맺고 마실 것일세. 아마 라니츠키와도. 나는 이렇게 말하겠네……"

나는 그의 얼굴을 수도꼭지 밑으로 밀어넣어 닦아주고는 팔목을 잡았다.

"아무 말도 하지 말게!"

우리는 너무나 오랫동안 떠나 있었기 때문에 이제 테이블로 돌아가지 않으면 안 되었다. 커다란 홀 옆을 지나칠 때 '전우의 모임'에 어울린 사내들이 커다란 소란을 피우고 있어서, 프리들이 계속해서 이야기하는 소리를 한마디도 알아들을 수 없었다. 그는 다시 기분이 좋아진 모습이었다. 별실의 문을 밀어젖혔을 때, 우리는 무엇인가에 대해서, 아마도 우리 자신에 대해서 크게 웃었던 것 같은 생각이 든다.

방 안에는 아직도 담배 연기가 자욱했다. 그래서 우리는 테이블조차 분간할 수 없었다. 우리의 혼미한 망상을 벗어버리고 연기를 헤치고 가까이 다가갔을 때, 나는 말러 옆에 낯선 사나이가 한 사람 앉아 있는 것을 보았다. 그들 두 사람은 말이 없었고, 그 밖의 사람들만이 떠들고 있었다. 프리들과 내가 다시 자리를 잡고, 베르토니가 몽롱한 시선을 우리에게 던졌을 때, 그 낯선 사내는 일어서서 우리에게 악수를 청했다. 그러면서 무엇이라고 이름을 중얼거렸다. 그는 친밀감이라고는 한 점도 찾아볼 수 없고 도대체 접근할 틈이라고는 없는 인물이었다. 그의 시선은 냉담하게 죽어 있었다. 나는 이 사나이와 아는 사이임에 틀림없는 말러에게 질문의 시선을 던졌다. 그는 대단히 키가 컸으며, 첫눈에는 더 늙은 것 같은 인상을 주었지만 30대의 초반에 들어선 사내였다. 복장은 허술하지 않았지만, 자기 몸에 맞지 않게 커다란 양복은 누구한테선가 얻어 입은 것 같았다. 한참이 지나고 나서야 나는 그 장면의 대화를 어느 정도 이해할 수 있었다. 그 화제에는 말러도 낯선 사내도 입을 다물고 있었다.

하데러가 후터에게 말했다.

"그렇다면 당신도 츠비를 장군과 친분이 있겠군요!"

후터는 기쁜 듯이 하데러에게 대답했다.

"그야 물론이지요. 그라츠 시절 이래로."

"교양이 높은 사람이지요. 그리스에 관해 가장 정통한 전문가지요. 내 오랜 친구의 한 사람입니다."

이렇게 되면 하데러가 프리들이나 나의 불완전한 그리스어 및 라틴어의 지식을 트집잡아 훈계할 염려가 있었다. 바로 자기네 같은 부류들이야말로 우리가 그 지식을 적기에 습득하는 일을 방해해놓고서는, 정작 그 점은 고려하지 않고서 말이다. 그렇지만 나는 하데러가 즐겨 내세우는 테마 중에 어떤 것에 끼여들거나, 더욱이 하데러를 흥분시킬 기분이 아니었기 때문에, 아무것도 못 들은 척하고 말러 쪽으로 몸을 굽혔다. 말러는 나지막한 목소리로 그 낯선 사나이에게 무슨 말인가 건넸고, 상대방은 똑바로 눈앞을 바라보며 큰소리로 대답하고 있었다. 질문을 받을 때마다 그는 한마디로 잘라 대답했다. 이 사나이는 말러의 환자이거나, 아니면 그가 치료해주는 친구쯤 되는 인물에 틀림없을 것이라고 나는 짐작했다. 말러는 항상 가능한 모든 방면의 인물을 천지로 갖고 있었고, 우리로서는 도저히 알 수 없는 교우 관계를 유지했다. 사내는 한 손에 담배 봉지를 쥐고 또 다른 손으로 담배를 피우고 있었다. 나로서는 일찍이 누구에게서도 본 적이 없는 흡연 방법이었다. 그는 기계적이었는데, 아주 규칙적인 간격을 두고 담배를 빨아들였다. 마치 자기가 할 수 있는 일은 오로지 담배를 피우는 일뿐이라는 듯이, 짧은 담배꽁초에다, 화상을 입을 만큼 아주 짧아진 꽁초에다, 그는 태연자약하게 불을 붙였고 목숨을 걸고 담배를 피웠다.

문득 그는 담배를 피우다 말고, 우악스럽고 흉한 불그스름한 두 손을 부들부들 떨면서 담배를 붙들고는, 고개를 갸우뚱했다. 내게도 그것은 들려왔다 — 문은 모두 닫혀 있었지만 복도 저편의 큰 홀로부터 거침없이 목청을 뽑는 노랫소리가 우리의 귀에까지 들려왔다. 그것은 대체로 "고향에서, 고향에서, 다시 만날 때……"처럼 들렸다.

그 사나이는 급히 담배를 한 모금 빨더니 말러에게 대답할 때와 똑같이 큰 음성으로 우리를 보고 말했다.

"저 자들은 아직도 고향에 돌아가는 도중에 있군요. 아마 아직도 완전히 고향에 돌아가지 못한 모양이지요."

하데러가 웃으며 말했다.

"당신 말을 어떻게 해석해야 할지 모르겠습니다그려. 어쨌거나 저것은 정말 터무니없는 횡포입니다. 내 경애하는 친구, 폰 빙클러 대령이라면 자신의 부하들을 좀 더 진정시킬 수 있을 텐데……

만약 이대로 계속된다면 우리는 다른 술집으로 옮길 수밖에 없겠군요."

베르토니가 이의를 제기하며, 자기가 이미 집주인과 얘기를 해보았는데, 저것은 일선 장병들의 기념 축제이기 때문에 예외이며, 더 자세한 것은 자기도 모른다고 했다.

하데러는 자기도 자세히는 모르지만 자기의 존경하는 친구이며 지난날의 전우인…… 운운하며 말했다.

낯선 사나이는 계속 떠들었지만 하데러와 베르토니의 큰 목청에 눌려서 우리에게 무슨 얘기를 했는지 내 귀에는 들리지 않았다 — 오로지 프리들만이 들을 수 있었을 것이다. 따라서 왜 그가 느닷없이 자기는 살인자라고 말했는지 나로서는 영문을 모를 일이었다.

"……아직 스무 살도 채 되기 전의 일이었습니다만, 그때 나는 이미 깨닫고 있었습니다."

이렇게 그는 이미 자신의 역사를 말하는 것이 처음이 아닌 듯 익숙한 솜씨로 이야기를 했다. 어디에서든 이 밖의 다른 화제는 입에 올릴 수도 없고, 정해진 경청자도 필요치 않으며 어떤 상대라도 있기만 하면 된다는 식으로 이야기했다.

"내가 살인자가 될 운명을 타고났다는 사실을 깨닫고 있었습니다. 대부분의 사람들이 영웅이 되거나 성자가 되거나, 아니면 평범한 인간이 되도록 정해져 있듯이 말입니다. 그렇게 되기 위해 부족한 점은 하나도 없었다고 말씀드려도 좋겠지요. 그리고 모든 것이 죽인다고 하는 하나의 목표를 향해 나를 휘몰아갔습니다. 내게 부족한 것은 희생자뿐이었습니다. 그 당시 나는 밤마다 큰길을 돌아다녔습니다. 이곳에서."

그는 연기 사이로 앞을 가리켰다. 프리들은 그의 손이 닿지 않도록 재빨리 몸을 뒤로 기대었다.

"이곳에서, 나는 골목길을 달렸지요. 밤나무의 꽃향기가 퍼지고 있었습니다. 환상가(環狀街)에도 좁은 골목길에도 언제나 공기는 밤꽃의 향기로 가득했지요. 그래서 나의 심장은 궤도를 잃었고 나의 폐는 억지로 가두어 넣은 날짐승처럼 거칠게 작동했고, 호흡은 마치 질주하는 늑대의 숨결처럼 터져나왔지요. 어떻게 죽이는가, 누구를 죽여야 되는가, 그것만은 그때까지 몰랐습니다. 내게는 두 맨손밖에 없었어요. 그렇지만 사람의 목을 조르기 위해서라면 그것으로 충분할는지 어떨지?

그 시절의 나는 한결 약골이고 영양 상태도 나빴지요. 나는 미워할 만한 상대를 한 사람도 모르는 상태로, 혼자 이 도시에 있었습니다. 게다가 희생자도 발견하지 못했고, 밤이면 그로 인해 거의 미칠 지경이 되었지요. 내가 일어나 내려가 밖으로 나가게 되는 때는 항상 밤이었습니다. 그러고 나서는 바람 부는, 인적 없는 어두운 길모퉁이에 서서 기다려야 했지요. 그 당시의 거리는 그야말로 정적에 싸여 있었습니다. 지나가는 사람도, 말을 건네오는 사람도 없었지요. 그리고 나는 기다렸습니다. 몸이 얼어붙고, 마음이 약해진 나머지 눈물이 흐를 때까지. 그리고 광기가 내게서 사라질 때까지. 그 일은 잠시 동안밖에 지속되지 않았습니다.

그러고 나서 나는 곧 징집을 당했지요. 총이 내 손에 쥐어졌을 때, 나는 이제는 끝장이 난 것이라고 생각했습니다. 언젠가는 나는 쏠 테지요. 나는 이 총신(銃身)에 몸을 맡겼습니다. 화약의 발명자이기라도 한 듯이 능숙하게 나는 탄환을 장전했지요. 그것은 확실합니다. 사격 연습을 할 때 나는 표적의 옆을 쏘았습니다. 그렇지만 그것은 겨냥을 할 수 없어서가 아니었지요. 저 흑점 눈알 모양으로 생겼지만 눈알은 아니고, 다만 대체물로 설치해놓은 표적, 죽음을 가져올 수도 없는 연습용 표적일 뿐이라는 것을 깨닫고 있었기 때문이지요. 표적은 나를 초조하게 했습니다. 그것은 유혹적인 함정에 불과했을 뿐, 현실은 아니었습니다. 나는 확실히 표적의 중심 바로 옆을 쏘았다고 말씀드릴 수 있습니다. 이런 연습을 할 때마다 나는 굉장히 땀을 흘렸고, 나중에는 툭하면 얼굴이 파랗게 질리고, 토하며, 드러눕지 않을 수 없게 되었습니다. 광인이 아니면 살인자, 둘 중의 하나가 될 수밖에 없었지요. 그것만은 정확히 깨닫고 있었습니다. 그리고 이런 운명에 저항하는 최후의 남은 힘을 모아서 나는 다른 사람들에게 그것에 관한 얘기를 했습니다. 나 자신을 지키기 위해서, 또 내 앞에서 다른 사람을 지켜주기 위해서, 그들이 상대하는 나라는 자가 어떤 인간인가를 깨닫게 하기 위해 말입니다.

그렇지만 나의 방에 있던 젊은 농사꾼이나, 직공, 월급쟁이들은 그런 점에 대해 조금도 아랑곳하지 않았지요. 그들은 나를 불쌍히 여기든가, 비웃든가 했습니다. 그렇지만 나를 살인자로 여기지는 않더군요. 아니 그렇게 생각했는지도 모르지만 나로서는 알 수 없는 일이지요. 어떤 자가 나더러 '잭 더 리퍼'*라고 불렀습니다. 영화

---

* 런던에 출몰했던 살인마.

관에도 자주 가고 책도 읽던 집배원이었는데, 교활한 녀석이었지요. 그렇지만, 마음 밑바닥에서는 그자도 그런 일을 믿고 있지는 않았다고 생각합니다."

낯선 사나이는 담배를 비벼 끄고 갑자기 시선을 떨구었다가 얼굴을 들었다. 나는 그의 차가운 눈길이 오랫동안 내게 머무르고 있음을 느꼈고, 왜인지는 알 수 없었지만 그 눈길을 견뎌내고 싶다는 마음이 들었다. 나는 그 시선을 견뎌냈다. 그 시선은 연인이나 원수들이 주고받는 시선보다도 더 끈질기게 지속되었다. 마침내 내가 아무런 생각도 의견도 품을 수 없는 완전히 공허한 상태에 이를 때까지 지속되었다. 그리하여 여전히 커다란 그 사나이의 음성이 다시 들려왔을 때, 나는 소스라치게 놀라지 않을 수 없었다.

"우리는 이탈리아의 몬테카시노*로 갔습니다. 그곳은 여러분이 상상할 수 있는 한 최대의 도살장이었습니다. 그곳에서는 살덩어리에 유감없이 최후의 결정타가 가해져서, 살인자라면 필시 만족스런 유흥이라고 여길 만한 광경이었습니다. 그런데도, 스스로 살인자라고 철저히 확신도 했고, 이미 반 년 동안 공공연하게 총을 메고 돌아다녔는데도, 나로서는 그렇게 만족스런 오락이 아니었습니다. 몬테카시노의 진지에 도착했을 때 내게는 이미 한 조각의 정신도 남아 있지 않았습니다. 나는 시체의 냄새, 병화(兵火)의 냄새, 방공호의 냄새를 신선한 산바람이나 되는 듯이 호흡했지요. 내게는 다른 사람들이 지닌 공포감이 느껴지지 않았습니다. 나는 마치 나의 최초

---

* 남이탈리아의 수도원. 제2차 세계대전의 격전지.

의 살인과 결혼식이라도 올릴 수 있을 것 같았어요. 왜냐하면 다른 이들에게는 단순히 하나의 전쟁터에 불과한 장소가 내게는 살육장이었기 때문이었지요.

그렇지만 일이 어떻게 되었는가를 말씀드리지요. 나는 쏘지 않았습니다. 한 부대의 폴란드 병사를 눈앞에 보았을 때 나는 처음으로 총을 겨누었습니다. 그곳에는 여러 나라의 군대가 진을 치고 있었지요. 그때 나는 마음속으로 말했습니다─안 돼. 폴란드인은 안 돼. 다른 사람들이─폴란드내기, 미국내기, 깜둥이처럼─흔히 쓰는 속된 명칭으로 부르는 것이 나의 성미에는 맞지가 않았어요. 그러니까 미국인은 안 돼, 폴란드인은 안 돼, 였습니다. 나는 어차피 한 사람의 살인자였고 변명은 있을 수 없었습니다. 그리고 나의 언어는 명백했고, 다른 이들의 언어가 그렇듯이 꾸밈이란 없었지요. '깎아내다' '소탕하다' '그을려내다' 이런 유의 말은 내게 문제로 등장하지를 않았지요. 그 말은 듣기만 해도 구역질이 났습니다. 나로서는 그 말을 입에 올릴 수조차 없었지요. 그러니까 내 언어는 명확한 것이었습니다. 나는 자신에게 이렇게 말했지요. 너는 사람을 죽여야 하며 죽일 작정이다, 라고. 그렇습니다. 나는 그것을 바라고 있었습니다. 오래 전부터, 꼭 1년 전부터 나는 그 일로 인해 열에 들떠 있었던 것입니다. 한 사람의 인간을! 나는 쏠 수가 없었습니다. 이 점을 당신들은 알아주어야 합니다.

당신들에게 완벽하게 설명할 수 있을는지는 나도 잘 모르겠습니다. 다른 이들은 대수롭지 않게 죽이고 있었습니다. 이를테면 그들의 과업을 수행했습니다. 그들은 대개의 경우 자기가 누구를 쏘았는지 얼마나 많이 쏘았는지를 알지 못했고 또 알려고 하지도 않았습니다. 그런 사내들은 물론 살인자가 아니었습니다. 그렇잖습니까? 그들은 살아남으려고 했고, 훈장을 타고 싶어했고, 가족이나, 승리, 조국이라는 생각에 사로잡혀 있었어요. 당장, 그 당시로서는 거의 그것밖에 아무것도 생각지 않으면서 그들은 그렇게 올가미 속에 걸려 있었습니다. 그렇지만 나는 집요하게 살인을 생각했지요. 나는 쏘지 않았습니다. 일주일 뒤, 전투가 일단락되고 연합군의 자취를 하나도 볼 수 없게 되었을 때, 그곳에서 사라져야만 할 육체들이 미처 전멸당하기 전, 오로지 비행기만이 우리에게 최후의 일격을 가하려고 노리고 있던 시기에, 나는 로마로 송환되어 군사 재판에 회부되었지요. 그곳에서 나는 자신에 대해 온갖 것을 진술했지만 도저히 이해받지 못했고, 결국 감옥에 들어갔습니다. 적 앞에서의 비겁한 태도와 아군의 사기를 저하시켰다는 이유로 유죄 판결을 받았고, 그 밖에도 나로서는 정확하게 기억해낼 수 없는 몇 가지 점이 있었습니다. 그 뒤, 나는 느닷없이 호출되어 북쪽으로 이송되어 정신병리학상의 임상 치료를 받게 되었지요. 아마 그 뒤 회복되어 반 년 후에는 다시 다른 군단에 편입된 것 같습니다. 왜냐하면 먼저 있었던 군단이 흔적도 없이 사라졌기 때문이지요. 그리고 새 군단과 함께 나는 동부를 향해서 퇴각전에 참전하게 되었지요."

이런 긴 얘기를 참을 수 없었던 후터는 될 수 있으면 다른 누군가의 에피소드나 재담으로 화제를 돌리고 싶은 마음이었지만, 비스킷을 하나 분지르면서 물었다.

"그래서, 이제 마침내 사격이 벌어지게 된 것입니까? 여보시오."

사내는 후터를 거들떠보지도 않았다. 그리고 이 순간을 타서 다른 여러 사람이 술잔을 비웠는데도 자기는 마시지 않고, 잔을 테이블 가운데로 밀어붙였다. 그는 나를 쳐다보더니, 그다음에 말러를, 그리고 다시금 나를 쳐다보았다. 하지만 이번에는 내가 다른 곳으로 시선을 돌렸다.

그는 다시 말했다.

"아니오. 나는 치유되었지요. 그렇기 때문에 쏘게 되지 않았습니다. 여러분들 이해하시겠지요. 한 달 뒤 나는 다시 체포되어서 전쟁이 끝날 때까지 어느 수용소에 들어가 있었습니다. 이해하시겠지만 나는 쏠 수가 없었습니다. 한 사람의 인간을 쏠 수 없는 내가 하물며 일개 추상에 지나지 않는 '러시아인'에게 어떻게 총을 겨눌 수 있었겠습니까. 러시아인이라는 이름 가운데서 나는 아무런 표상을 해낼 수가 없었습니다. 그런데도 우리는 무엇인가를 표상할 수 있어야만 한단 말입니다."

"괴상한 친구야."

베르토니가 후터에게 속삭였다. 나지막한 목소리였지만 나는 들을 수 있었다. 그러면서 사나이에게도 들리지 않았을까, 걱정했다. 하데러가 종업원을 불러 계산서를 요구했다.

큰 홀에서는 우렁찬 남성 합창이 들려왔다. 그것은 마치 막(幕) 뒤로 추방당한 오페라 속의 코러스처럼 들렸다. 그들은 '고향이여, 너의 별이⋯⋯'를 노래하고 있었다.

미지의 사나이는 다시 한번 귀를 기울여 듣는 자세로 고개를 숙이더니 말했다.

"마치 그로부터 하루도 지나지 않은 것 같군요."

그러고는 "안녕히 주무십시오!" 하며 일어서서 거대한 체구를 아주 꼿꼿이 세운 채 문께로 나갔다. 말러도 일어서서 목청을 높여 외쳤다.

"자아, 들어보십시오!"

그것은 틀에 박힌 그의 어투였지만, 이때만은 진실로 들어주기를 원한다는 것을 깨달을 수 있었다. 그런데도 나는 그가 생전 처음으로 자신을 잃은 것 같은 모습을 보았다. 그는 프리들과 내게 눈길을 돌려서 무엇인가 조언을 구하고 있었다. 우리는 말러를 응시했지만, 우리의 시선에는 아무런 조언도 떠오르지 않았다.

우리는 계산을 하는 데 시간을 흘려보냈다. 말러는 울적하게 생각에 잠긴 모습으로 조급하게 왔다갔다하더니, 갑자기 문 있는 곳으로 몸을 돌려 문을 열어젖혔다. 우리도 그를 따랐다. 합창 소리는 갑자기 그치고 제가끔 흩어진 몇 사람의 노랫소리가 여전히 들려왔다. 그와 동시에 복도에서는 싸움이나 불상사를 연상시키는 심상치 않은 소동이 벌어졌다.

우리는 복도에서, 뒤얽혀 외치고 있는 몇 사람의 사내들과 부딪쳤다. 그 밖의 사내들은 난처한 모습으로 침묵을 지키고 있었다. 그 사내의 모습은 아무 곳에도 보이지 않았다. 누구인가 하데러를 향해 항의를 했다. 아마도 대령인지, 창백한 얼굴을 하고 몹시 흥분된 고음으로 말했다. 드문드문 말소리가 내게 들려왔다.

"이해 못 할 도발이야…… 부탁이다. 옛 일선 장병들이……"

나는 말러에게 따라오라고 외치고 계단까지 달려갔다. 그리고 두

세 번 껑충 뛰어서, 마치 갱도에서 뻗어나온 듯이 어둠과 바깥으로 통하는 어둡고 축축한 돌 층계를 올라갔다. 이 지하 술집 입구에서 멀지 않은 곳에 사나이는 나자빠져 있었다. 나는 몸을 구부려 그를 살펴보았다. 여러 군데 상처에서 피가 흘렀다. 말러는 나와 나란히 무릎을 꿇고, 사나이의 가슴에서 내 손을 떼어내면서 그가 이미 죽었다는 의미의 신호를 보냈다.

나의 내부에서는 밤이 메아리쳤고 나는 광기에 사로잡혔다.

다음날 아침, 집으로 돌아와 이미 마음속의 격동이 완전히 가라앉았을 때, 내 방에 서서 꼼짝못하고 침대에까지 몸을 끌고 갈 수도 없이 마냥 선 채 멍하니 넋을 잃고 있었을 때, 나는 손바닥에 핏자국을 발견했다. 그것이 몸서리치게 하지는 않았다. 오히려 그 핏자국으로 인해 비호(庇護)를 받은 느낌이었다. 그렇지만 그것은 상처를 입지 않기 위한 비호가 아니라, 나의 절망, 나의 복수심과 나의 노여움의 발산물이 체내에서 베어 나오지 않게 하기 위한 비호였다. 다시는 결코. 이제는 결코. 그리고 내 속에 일어나던 파괴적인 감정이 비록 나를 소모해버린다 해도, 그것이 어느 누구도 쏘아 맞혀서는 안 될 것이다. 마치 그 살인자인 사나이가 사람 하나 죽이지 않으면서도 희생자에 불과했듯이 — 무(無)에 바쳐진 희생자에 불과했듯이. 그렇지만 그것을 누가 알고 있는가? 누구 감히 그것을 말하는가?

고모라*를 향한 한걸음

　마지막 손님들도 가버렸다. 오로지, 까만 스웨터에 빨간 스커트를 입은 그 소녀만이 다른 손님들과 함께 일어서지 않고 여전히 앉아 있었다. 저 소녀는 취했구나. 방으로 되돌아온 샤를로테는 생각했다. 저 소녀는 나랑 단둘이 얘기하고 싶어하는구나. 아마 내게 무슨 할 얘기가 있는 모양이야. 하지만 지금 나는 피곤해 죽을 지경인데. 그녀는 이 마지막 손님에게 문이 열려 있다는 것을 깨달을 기회를 주려고 한참 동안 문가에서 머뭇거리다가 문을 닫았다. 그러고 나서 서랍장에서 재떨이를 꺼냈다. 재떨이 가장자리에는 자디잔 엷은 담뱃재가 넘쳐 사르륵 무너져 내렸다. 방 안에는 의자들이 어지럽게 널렸고, 바닥에는 냅킨 한 장이 구겨져 있었다. 발산으로 부풀

---

* 성서에 나오는 도시. 퇴폐와 향락에 빠져 신의 노여움을 사 멸망했다고 한다.

어오른 공기. 황량함. 기습당한 뒤에 오는 적막함. 그녀는 욕지기를 느꼈다. 그리고 불이 붙은 담배꽁초를 꽁초 섞인 잿더미 틈에서 비벼 끄느라 애를 썼다. 꽁초에서는 여전히 연기가 피어 올랐다. 그녀는 눈을 가느스름하게 모아 뜨고 구석에 있는 의자 쪽을 넘겨다보았다. 길게 늘어뜨려진 반짝이는 붉은 머리칼과 빨간 스커트를. 스커트는 케이프처럼 넓게 퍼져, 소녀의 다리를 덮으며 흘러내려, 발과 양탄자, 의자까지 감추면서 반원을 그리고 바닥에까지 끌렸다. 샤를로테는 그 소녀보다는 오히려 이 방 안에 어울리지 않게 자리 잡은 온갖 붉은 색조를 바라보았다. 붉은 전등갓 틈으로 새어 나오는 불빛과 불빛 앞에 어른거리는 먼지 기둥. 그 뒤 시렁 위에 줄지어 꽂힌 책의 불그스름한 뒷면들. 야한 느낌을 주는 소녀의 털 스커트와 우중충하게 붉은 머리칼. 그렇게 한순간 동안 모든 것이 다시는 되돌릴 수 없이 고정된 듯했다— 단 한 번 세계는 붉은빛 속에 착색되어 잠겨 있었다.

소녀의 두 눈은 두 개의 축축하고 몽롱한 검은 물체로 변하더니, 여인의 눈과 마주쳤다.

샤를로테는 생각했다— 기분이 좋지 않아 자러 가야겠다고 말해야지. 그녀가 가도록 예의에 어긋나지 않는 적당한 말을 한마디 찾아야 될 텐데. 마땅히 가야 하는데 왜 저 소녀는 안 가는 걸까? 나는 피곤해서 죽을 지경인데. 왜 손님은 가지 않는 걸까? 왜 유독 저 소녀만 다른 손님과 어울려 가버리지 않았을까?

하지만 이 순간도 별수없이 지나가버렸다. 그녀는 너무 오랫동안 말없이 우두커니 서 있었던 것이다. 그녀는 살그머니 부엌으로 가서 재떨이를 비우고, 서둘러 얼굴을 씻으면서 지루했던 밤을 함께 씻어버렸다. 숱한 미소와 세심한 친절과 신경을 곤두세우고 모든 것을 두루 보살펴야 했던 일들을. 그래도 그녀의 눈에는 여전히 남는 것이 있었다— 북소리를 울려야만 할 듯한 죽음의 붉은빛 넓은 스커트가.

그녀는 내게 무슨 이야기를 할 것이다. 왜 하필 나에게? 그녀는 나와 이야기를 나누고 싶어서 남아 있다. 돈이 떨어진 걸까? 아니면 빈의 사정에 어두운 걸까? 저 남쪽 출신일지도 모른다. 슬로베니아 여인, 아니면 부모의 한쪽이 슬로베니아인일까? 국경 지대에서, 어쨌든 남쪽에서 왔을 것이다. 마라라는 이름이 주는 울림으로 미루어보면. 어쨌든 분명 무슨 용무가 있을 것이다. 어떤 부탁이든가, 어떤 이야기든가, 그런 무슨 일을 해치우고 나서야 그녀는 나를 자러 가게 놔줄 모양이다. 그녀는 분명히 빈에 혈혈단신이거나 아니면 어떤 사건에 휘말려들어 있으리라. 내일이면 프란츠가 이 소녀에 대해 물어보겠지.

내일이 되면!

샤를로테는 소스라치듯 놀라 자신의 임무를 후딱 기억해냈다. 내일 새벽 프란츠를 데려와야지. 자명종을 맞춰놓고 충분히 수면을 취해서, 생기 있고 기분 좋은 인상을 주어야지. 한순간도 허비할 수 없어. 그녀는 서둘러 두 개의 잔에 미네랄워터를 채워서 방으로 들고 가, 한 잔을 소녀에게 건네주었다. 소녀는 말없이 들이켜더니, 잔을 내려놓으면서 불쑥 말을 내뱉었다.

"그러니까 내일이면 그분이 돌아오시는군요."

"그래요."

샤를로테는 말했다. 그러고는 뒤늦게야 기분이 상해서 덧붙였다.

"누구 말이지요?"

너무 늦은 밤이었다.

"그분은 자주 여행을 하시는군요. 그래서 당신은 혼자일 때가 많군요."

"가끔이죠. 그렇게 자주는 아니에요. 아가씨도 아시다시피."

"당신은 제가 가기를 원하세요?"

"아뇨."

샤를로테는 대꾸했다.

"아까 그렇게 많은 얘기를 하던 그 남자도 역시 남아 있을 거라고 생각했어요……"

"아뇨."

샤를로테는 고개를 저었다.

"저는 그런 느낌이 들었어요……"

마라는 입을 삐죽거렸다.

샤를로테는 화가 났지만, 한결 상냥하게 대답했다. 아니, 절대 그렇지 않아요 — 그녀는 일어섰다. 커피를 끓일 테니 같이 마셔요. 그러고 나서 택시를 불러드리지요.

이제야 그녀는 그 말을 할 수 있었다. 다시 안정된 지반을 찾은 것이었다. 그녀는 소녀에게 택시비를 자신이 지불하리라는 것까지 암시했다. 무엇보다 그 이야기를 입 밖으로 꺼내는 걸 삼가면서 말이다.

마라가 벌떡 일어나 샤를로테의 팔을 잡았다.

"아니에요. 그러지 마세요. 당신은 오늘 저녁 너무 분주하게 부엌에 드나들었어요. 밖에서도 커피를 마실 수 있어요. 가세요. 우리 나가요. 멀리 가요. 제가 저기 바를 한 군데 알고 있어요. 나가는 거예요. 네……?"

샤를로테는 팔을 잡아 빼고는 대답도 하지 않고 외투를 가지러 갔다. 그녀는 소녀를 문 쪽으로 밀었다. 이제 기분이 가벼워졌다. 오직 들쭉날쭉한 굴곡 면에만 정원의 외등이 희미하게 빛을 비추는 계단에서 마라는 그녀에게 손을 내밀더니 다시금 팔을 덥석 잡았다. 그녀는 이 소녀가 털썩 주저앉지나 않을까 겁이 났다. 그래서 소녀를 부축하고 끌면서 아래층까지 내려와 대문에 이르렀다.

프란치스카너 광장은 시골 장터처럼 숙연하게 잠들어 있었다. 분수의 첨벙대는 물소리가 났지만 그 외에는 고요했다. 마치 풀밭과 숲의 향기가 가까이서 물씬 풍겨오는 것 같았다. 달이나 소란스러운 낮이 지난 후 푸른 밤의 빛으로, 짙은 공기로 되돌아간 하늘을 바라보고 싶었다. 바이부르크 거리에는 인적이 전혀 없었다. 그들은 빠른 걸음으로 케른턴 거리까지 올라갔다. 그때 마라는 공포에 질린 아이처럼 또다시 샤를로테의 손을 잡았다. 그들은 손을 맞잡고 누군가에게 쫓기는 듯 한층 서둘러 걸었다. 마라는 달리기 시작했다. 걷고 있을 수만은 없는 것처럼, 그들은 두 여학생처럼 뛰었다. 마라가 차고 있는 여러 개의 팔찌가 쩔렁거렸다. 그리고 그중 하나가 샤를로테의 손목을 압박하고 아프게 하면서 그녀를 몰아냈다.

어리둥절한 기분으로 샤를로테는 후끈하고 탁한 바의 홀을 휘둘러보았다. 마라가 그녀를 위해 안으로 통하는 문을 붙들고 있었다. 이곳에도 모든 것이 붉은빛이었다. 사방의 벽까지 붉었다. 연옥처럼 붉었다. 의자와 식탁, 등불 할 것 없이. 등불은 신호등처럼 새벽 초록빛과의 교체를 앞두고 있으면서도 밤을 붙잡아두려 했다. 밤과 연기와 도취 속에 인간들을 잡아두려 했다. 하지만 이곳의 붉은 색조가 전혀 뜻밖의 것은 아니었기 때문에, 어쨌든 아까의 숱한 붉은빛보다 한결 덜 강렬한 인상이었고, 그 붉은빛에 대한 기억까지 흐리게 해주었다. 그리고 이제 마라의 머리칼과 폭 넓은 스커트도 딱 벌린 붉음의 아가리 속으로 삼켜 들어가버렸다.

사람들은 살벌하게 마시고 춤을 췄다. 이렇게 춤을 추는 장면을 보니 샤를로테는 지옥에 도착한 듯, 자신도 미처 알 수 없는 괴롭고 극심한 고문을 당하는 듯한 기분을 느꼈다. 음악과 웅성거리는 소음이 고문하듯 그녀를 괴롭혔다. 그녀는 아무런 준비 없이 자신의 세계에서 떨어져 나왔기 때문에, 그녀를 아는 사람의 눈에 띄거나 들킬까 겁이 났다. 고개를 숙이고 그녀는 마라의 뒤를 좇아 웨이터가 안내하는 테이블로 걸어갔다. 그 기다란 테이블에는 이미 검정 양복을 입은 사나이 둘이 자리를 잡고 있었고, 좀 더 떨어진 곳에는 젊은 남녀 한 쌍이 잠시도 고개를 들지 않고 서로의 손끝을 어루만지며 앉아 있었다. 마치 침몰하는 배의 갑판에서부터 미끄러져 떨어지듯이, 춤추는 사람의 물결이 테이블 있는 데까지 부딪치며 밀려들고 바닥에 발을 굴러서 테이블이 넘어질 지경이었다. 그들은 마치 나락으로 떨어지려는 것 같았다. 모든 것이 붉은 조명 속에서 흔들리고 연기를 내뿜으며 발산하고 있었다. 모든 것이 나락으로 떨어지려는 것 같았다. 소음에 뒤얽혀, 살벌하게 아래로, 아래로.

샤를로테는 커피와 포도주를 주문했다. 그녀가 다시 고개를 들었을 때, 마라는 일어서서 1미터쯤 떨어진 곳에서 춤을 추기 시작했다. 언뜻 봐서는 그녀 혼자만 춤을 추는 것 같았지만 함께 춤을 추는 사내의 모습을 곧 알아챌 수 있었다. 그는 대학생 같은 인상의 바싹 마른 애송이 청년으로 잔뜩 흥분해서 엉덩이와 다리를 흔들며 역시 따로 떨어져 춤을 췄다. 그러다가 다만 이따금 마라의 양손을 잡거나 잠깐 품에 안았는데, 곧 서로를 밀어붙이고 자기네들 멋대로 독창적인 동작에 빠져들었다. 마라는 샤를로테에게 얼굴을 돌리고 미소를 짓더니, 몸을 돌려 손으로 머리칼을 높이 쓸어 넘겼다. 한번은 샤를로테에게까지 스텝을 밟으며 바싹 다가와서 애교스럽게 인사를 했다.

괜찮으세요?

샤를로테는 딱딱하게 고개를 끄덕였다. 그녀는 고개를 돌리고 몇 모금 술을 마셨다. 너무 열심히 쳐다봐서 소녀를 방해하고 싶지는 않았다. 어떤 사나이가 그녀의 의자 뒤로 다가오더니 춤을 청했다. 그녀는 고개를 가로저었다. 그리고 의자에 바싹 매달렸다. 혓바닥은 어느 틈에 다시 바싹 말라서 입 안에 딱 들어붙어 있었다. 마라가 이쪽을 건너다보지만 않는다면 일어나서 몰래 나가고 싶었다. 하지만 그녀는 가지 않았다─그 점을 한참 뒤에야 분명히 알게 되었지만─마라는 춤을 추기 위해서 추는 것이라는 느낌이 전혀 들지 않았기 때문이었다. 또는 마라가 누구와 춤을 추고 싶다거나, 그냥 여기에 있고 싶다거나, 스스로 즐기고 싶어하는 것이 전혀 아니라는 느낌이 들었기 때문이었다. 사실 마라는 끊임없이 이 편을 건너다 보며 오로지 샤를로테의 시선을 끌기 위해서 춤을 추었다. 그녀는 물속을 떠 가듯이 허공으로 팔을 내뻗고 몸으로 공간을 누볐고, 헤엄을 치듯 스스로를 과시했다. 샤를로테는 마침내 체념하고 확실한 방향에 시선을 두기로 하고는 마라의 동작을 눈으로 쫓아다녔다.

음악이 끝났다. 잔뜩 상기된 마라가 숨을 헐떡이며 와서 앉더니 샤를로테의 손을 잡았다. 서로 얽혀 부여잡은 손들. 속삭임. 화나셨어요? 머리를 가로저음. 이 얼마나 심한 감정 탐닉인가. 이제 일어서서 나갈 수 있다면. 귀찮게 달라붙는 이 조그만 손에서 벗어날 수 있다면. 샤를로테는 갑자기 오른손을 빼내어 술잔을 집어들고 마셨다. 아무리 마셔도 술은 줄어들지 않았다. 시간도 쉽게 가지 않았다. 이 시선, 이 손, 그것들도 물러설 줄을 몰랐다. 같은 테이블에 앉아 있던 두 사나이가 마라 쪽으로 몸을 돌리더니 그녀와 귓속말을 하고 웃음을 보냈다.

우리 브뤼케*를 할까요, 아가씨?

마라는 두 손을 치켜들더니, 샤를로테로서는 알아채지 못할 짧은 손짓을 사나이들에게 해 보였다. 아니오. 브뤼케는 안 해요, 브뤼케는 안 해요! 그녀는 웃으면서 소리를 치더니, 사내들과 통하는 게 있는 듯 후딱 그들에게서 등을 돌렸다. 그러고는 고향으로 돌아오듯, 테이블 위에 가지런히 놓인 샤를로테의 차갑고 흰 손 밑에 자기의 손을 감췄다.

---

*   브리지 게임.

아아, 숙녀들께서 숙녀끼리 어울리실 모양이로군. 사내 중의 하나가 말하더니 마음 좋은 표정으로 친구를 향해 웃었다. 샤를로테는 눈을 감았다. 그녀는 마라의 딱딱한 손이 꼭 쥐며 눌러오는 감촉을 느끼면서, 원하지도 않으면서 왜 그랬는지 모르게 무의식중에 응답했다. 그렇다. 바로 그것이었다. 이것이 그것이었다. 그녀는 서서히 제정신으로 돌아왔다. 그리고 꼼짝 않고 자기 앞의 테이블을 뚫어져라 내려다보면서 가만히 앉아 있었다. 그녀는 이제는 다시 움직이고 싶지 않은 기분이었다. 나가거나, 그냥 머물러 있거나, 그것은 이제 그녀에게 아무래도 상관없는 것 같았다. 내일 아침까지 충분히 잠을 자거나, 못 자거나, 음악이 계속되거나, 누가 그녀에게 말을 걸어오거나, 그녀를 알아보거나…… 상관없는 것 같았다.

"당신(du), 무슨 말 좀 해봐요! 당신은…… 여기가 맘에 안 들어요? 도대체 춤을 추러 가지도 않고, 술 마시러 외출도 안 하나요……? 무엇이든 말해봐요!"

침묵.

"무엇이든 말 좀 하라니까요. 조금 웃기라도 해봐요. 당신은 저 위의 당신 방에서 배겨날 수 있어요? 나 같으면 그런 거 견디지 못할 거예요. 혼자 왔다갔다 서성대고, 혼자 잠자고, 혼자 밤을 지내고, 낮이면 일하고, 노상 연습하고…… 아아, 그것은 끔찍한 일이에요. 그런 걸 배겨낼 사람은 아무도 없어요!"

샤를로테는 가까스로 말했다. 우리 가지.

그녀는 울음이 터질까 겁이 났다.

거리에 나왔지만 아까 잠시라도 그녀를 구원해주었던 그 말을 그녀는 다시 찾아낼 수가 없었다. 아까는, 내가 당신에게 택시를 불러 드리지요, 같은 말을 할 수 있었는데…… 하지만 지금 그녀는 그 말을 두(du)로 된 문장으로 통역해서 써야 하리라. 그런 문장을 지금 그녀는 지을 수가 없었다. 그들은 천천히 걸어서 되돌아왔다. 샤를로테는 양손을 외투 주머니에 찔러 넣었다. 적어도 마라한테 다시금 손을 잡히지 않기 위해서였다.

이번에는 마라도, 어둠 속에서도 도움이나 질문 없이 프란치스카너 광장의 계단을 찾아내었다. 그녀는 이미 여러 번 이 계단을 오르내린 사람처럼 앞서서 걸었다. 샤를로테는 자물쇠에 열쇠를 꽂아놓고 주저했다. 아닌 게 아니라, 마라를 계단 아래로 밀쳐 떨어뜨리지 않고 지금 문을 연다면, 이미 이 집은 '우리의 집'일 수 없다. 나는 마라를 층계 아래로 밀쳐버려야 한다, 하고 생각하며 샤를로테는 열쇠를 돌렸다.

안으로 들어서는 순간, 마라는 그녀의 목에 팔을 감고 어린애처럼 매달렸다. 사람을 사로잡는 이 조그만 육체가, 그녀 자신, 갑자기 다른 때보다 훨씬 우람하고 강하게 생각되는 자신의 육체에 매달려 있었다. 샤를로테는 날쌘 동작으로 몸을 빼고 팔을 뻗어 불을 켰다.

그들은 아까처럼 방 안에 자리잡고 앉아 담배를 피웠다.

그것은 광기야. 너, 제정신이 아니로구나. 샤를로테는 말했다. 어떻게 그런 일이 가능하단 말이냐……? 그녀는 말을 잇지 않았다. 자신이 우스꽝스럽다는 생각이 들었다. 그녀는 담배를 피우며 이 밤이 끝나지 않으리라는 생각을 했다. 이 밤은 이제 겨우 시작이고 어쩌면 끝이 없으리라는 생각을.

어쩌면 이제 마라는 영원히 머물는지 모른다. 언제나, 언제나, 언제까지든지. 그리고 마라가 거기 존재하며 머무는 것에 책임을 짊어지기 위해서, 이제 그녀 자신, 영원히 자신의 행동과 언어를 되새겨봐야만 하리라.

그녀는 어쩔 줄 몰라서 건너다보고는 마라의 눈에서 눈물이 흐르는 것을 깨달았다.

울지 말아. 제발, 울지 마.

당신은 나를 원치 않는군요. 나를 원하는 사람은 아무도 없어요.

제발, 울지 마. 너는 아주 사랑스럽고 굉장히 아름다워. 하지만……

그렇다면 왜 당신은 나를 원치 않아요? 왜? ─ 또다시 눈물을 흘렸다.

난 할 수 없어.

당신은 날 원치 않아요. 왜? 말해봐요. 왜 나를 좋아하지 않는지, 그럼 가겠어요! 마라는 무릎을 꿇었다. 천천히 그녀는 안락의자에서 미끄러져 내려와 무릎으로 기어와서는 샤를로테의 품에 머리를 기댔다. 그러면 가겠어요. 그럼 당신은 내게서 벗어날 수 있어요.

샤를로테는 꼼짝하지 않았다. 그녀는 담배를 피우며 소녀를 내려다보고, 그 얼굴에 담긴 모든 특징, 모든 시선을 자세히 관찰했다. 오래오래, 자세하게 그 얼굴을 뜯어보았다.

그것은 광기였다. 그녀는 지금껏 한 번도…… 아니, 단 한 번, 학생 시절에 역사를 가르치던 여선생에게 회의실로 연습장을 제출하러 갔을 때, 그리하여 방 안에 둘밖에 아무도 없었을 때 선생님이 일어나더니 그녀를 팔로 안고 이마에 키스를 했다. "귀여운 소녀야."

보통 때는 너무나 엄격한 선생님이었기 때문에 그때 샤를로테는 깜짝 놀라 몸을 돌려 문 쪽으로 뛰쳐나왔다. 그러고도 오랫동안 그녀는 이 두 마디의 애정어린 단어에 쫓기는 느낌이었다. 그날부터 그녀는 다른 아이들보다 한층 엄격하게 시험을 겪었고 점수는 한층 나쁘게 나왔다. 하지만 그녀는 어느 누구에게도 불평을 털어놓지 않고 이 부당한 냉대를 견디어냈다. 그런 상냥한 애무 뒤에는 오로지 가혹함만이 이어진다는 것을 그녀는 깨달았다.

샤를로테는 생각했다― 하지만 내가 어떻게 마라를 건드릴 수 있단 말인가? 나와 똑같은 실체로 구성되어 있는 마라를. 그리고 그녀는 서글픈 마음으로 프란츠를 생각했다. 지금쯤 프란츠는 그녀를 향해 오는 도중이리라. 기차는 이미 국경에 닿았으리라. 기차가 계속 달리는 것을 막을 자는 아무도 없었다. '우리의 집'이 존재하기를 포기한 이 지점으로 되돌아가지 말라고 프란츠를 말릴 사람은 아무도 없었다. 우리의 집이 아직 존재하는 것일까? 모든 것은 여전히 제자리에 놓여 있었고 자물쇠는 잠겨 있었다. 그리고 만약 마라가 지금 기적처럼 사라지거나 홀연히 가버린다면, 내일은 모든 것이 한낱 어리석은 환영처럼 생각되리라. 전혀 아무런 일도 없었던 듯이 되어버리리라.

"제발 분별 있게 굴어. 나도 자야겠고, 내일은 새벽에 일어나야 해."

"나는 제정신이 아니에요. 아아, 사랑스럽고 아름다운 사람. 당신은 지금 일부러 거짓말을 하는 거예요. 그렇지요."

"왜? 무엇 때문에?"

샤를로테는 졸음과 피로로 허탈해져서 정신을 가다듬을 수가 없었다. 그녀의 머릿속에서는 여전히 보초를 서듯 상념들이 왔다갔다 하며, 상대편의 언어에 귀를 기울이고 감시했다. 그렇지만 경보를 울릴 수도 없었고, 방어 자세를 취할 수도 없었다.

"거짓말을 하는군요! 아, 당신은 거짓말이 대단하군요!"

"나는 네가 무슨 얘기를 하는지 모르겠어. 왜 내가 거짓말을 하겠어? 그리고 대체 무엇을 거짓말이라고 여기는 거지?"

"거짓말을 하는군요. 당신은 내게 전화를 했고, 나를 당신의 집에 오게 했고, 또 한밤중에 나와 함께 있었어요. 그런데 이제 와서 나를 역겨워하는군요. 이제 와서 당신은 자신이 내게 이리로 오도록 전화를 했다는 것조차 인정하려 하지 않는군요!"

"내가 너를……"

"당신이 나를 초대하지 않았나요? 그것은 무슨 뜻이었지요?"

샤를로테는 울었다. 그녀는 갑자기 터져나오는 눈물을 억제할 수가 없었다.

"나는 여러 사람을 초대했어."

"거짓말을 하는군요."

마라의 젖은 얼굴은 웃음을 터뜨리고는 여전히 젖은 채로, 샤를로테의 얼굴을 눌러왔다. 다정하고 따스하게. 그들 두 여인의 눈물은 서로 뒤섞였다. 이 조그만 입이 베푸는 키스. 샤를로테 위에서 흔들리는 곱슬머리. 샤를로테의 머리에 부딪치는 조그만 머리 ― 이 모든 것은 일찍이 샤를로테를 향해 다가왔던 어떠한 키스나 어떠한 머리보다 조그맣고, 부서질 듯하며, 공허했다. 그녀는 자신의 감정 속에서 어떤 명령을, 손에서 어떤 본능을, 머릿속에서 어떤 성명(聲

明)을 추구했다. 하지만 아무런 명령도 없었다.

샤를로테는 어릴 때, 이따금 귀여워 어쩔 줄 몰라 그녀가 기르던 고양이에게 키스를 하곤 했다. 조그만 주둥이, 온통 부드럽고 낯선 것으로 에워싸인 축축하고 차갑고 보드라운 것에다—키스를 하기에는 생소한 부위에다 말이다. 이 소녀의 입술은 그때 고양이의 그것처럼 축축하고 보드랍고 낯설었다. 샤를로테는 고양이를 생각하며 이빨을 맞부딪치지 않을 수 없었다. 그리고 동시에, 이 생소한 두 개의 입이 서로를 어떻게 감촉하는지 느끼려고 애를 썼다.

그러니까 그녀들의 입술이 바로 그런 것이었다. 그와 비슷하게 그 입술들은 사나이와도 마주칠 것이다. 근육이라는 것이 없이, 거의 무저항으로 가느다랗게—심각하게 생각할 것 없는 한낱 조그마한 주둥이로서.

"한 번만 키스를 해주어요."

마라가 간청했다. 꼭 한 번만 더.

샤를로테는 손목시계를 보았다. 문득 시계를 보고 싶다는 마음이 솟아올랐다. 그러면서 그녀는 마라가 그것을 눈치채기를 바랐다.

"대체 몇 시예요?"

소녀의 음성은 새로웠다. 지금껏 샤를로테가 들어본 적이 없는, 버릇없고 반항적인 어투였다.

"4시야."

그녀는 냉담하게 대꾸했다.

"여기 있을 거예요. 듣고 있나요? 나는 여기 있겠어요."

다시금 위협적으로 천박한 중간 음. 하지만 그녀 자신도 언젠가 그렇게 누구에게 말하지 않았던가. 나는 있을 거예요, 하고. 그녀는 자신이 결코 그런 말투로 말하지 않았기를 간절히 바랐다.

"너는 아직도 이해하지 못한 모양이지만, 여기 있어봤자 소용없어. 그리고 6시가 되면 우리 하녀가 올 거야."

그녀는 화가 나서 마라의 어조에 대해 앙갚음을 하지 않을 수 없었다. 그래서 '우리'라는 말을 했고, 게다가 거짓말까지 했다. 실제로 그녀는 하녀에게 9시에 오라고 부탁해놓았다.

마라의 눈에 불꽃이 튀었다.

"그런 말 말아요. 아, 당신, 그런 말 말아요. 야비하군요. 너무나 야비해요. 그것을 의식했다면, 왜 내게 그런 행동을 보이셨지요…… 당신이 정거장으로 가서 그이와 함께 돌아오게끔 내가 내버려둘 줄 아는군요! 그이는 당신을 멋있게 포옹하나요? 멋있게? 어떻게요?"

샤를로테는 입을 다물었다. 너무나 화가 끓어올라 입을 열 수가 없었다.

"그이를 사랑하나요? 아니지요? 사람들은 말하지요…… 아아, 사람들은 수다스럽게 말하지요……"

그녀는 손을 내저었다.

"아아, 나는 이 모든 것을 말할 수 없이 증오해요. 빈을 증오해요! 이 학업과 잡담과 이 남자들, 이 여자들, 아카데미, 모든 것을 증오해요. 다만 당신만은, 당신을 본 이후부터…… 당신은 결코 그럴 리 없어요. 당신은 결코. 아니면 당신은 거짓말을 하는 거지요!"

"누가 무슨 말을 한다는 거야? 무엇을?"

"오지 말 걸 그랬어요. 절대로 오지 말 것을…… 당신에게 충실할 것을 맹세하겠어요. 하지만 그것은 어쨌든……"

샤를로테는 말을 이을 수가 없었다. 그녀는 비틀거리며 일어섰다. 마라도 일어섰다. 그들은 마주보고 섰다. 마라는 아주 서서히 몸을 움직였다. 그리고 흥분이 가실 때까지 식탁 위의 글라스를 집어 던졌고 글라스들이 소리 없이 양탄자에 굴러 떨어지자, 빈 꽃병을 집어 들어 벽을 향해 던졌다. 그리고 나서 보석 상자를 던졌다. 보석 상자에서는 조개 껍데기와 보석들이 요란한 소리를 내며 날아 가구 위로 굴렀다.

샤를로테는 이렇듯 굉장한 분노, 절규, 격분, 모욕을 터뜨릴 힘을 애써 찾았다. 그녀는 무기력했다. 차례차례 물건을 파괴해가는 소녀를 멍청히 바라볼 뿐이었다. 파괴는 무슨 화재처럼, 홍수처럼, 전복처럼, 지루하게 계속되었다. 문득 마라는 허리를 굽혀 과일 접시의 깨어진 조각 중에서 큼지막한 것을 두 조각 집어 올리더니 나란히 붙여 들고 말했다― 이렇게 예쁜 접시인데 용서하세요. 당신은 이 접시를 분명히 좋아하셨을 텐데요. 제발 저를 용서해주세요.

샤를로테는 아무런 아쉬움도 동요도 없이, 파손되거나 박살이 나버린 물건들을 헤아렸다. 몇 개 안 되는 물건들이었지만, 그녀로서는 이 방 안에 있는 모든 것을 다 넣어 헤아리고 싶은 마음이었다. 그래야만 그렇듯 굉장했던 파괴의 정도를 정확하게 표현할 수 있을 것 같았다. 사실 모든 것이 얼마든지 박살이 날 수도 있었다. 그녀는 오로지 구경꾼으로서, 손가락 하나 까딱 않고 깨어지고 산산조각이 나는 현장에서 침묵을 지켰으니까.

그녀는 몸을 구부리고 조개와 보석을, 파편들을 쓸어 모으면서,

마라를 쳐다보지 않으려고 웅크린 채 돌아다녔다. 그러다가 곧, 지금 여기를 치운다는 것이 무의미하다고 여겨진 듯, 몇 조각 물건을 다시 흘려버리고는 마냥 침묵을 지키면서 바닥에 웅크리고 앉았다. 그녀의 감정과 생각은 일상적인 궤도에서 뛰쳐나와 갈 길을 잃고 허공으로 질주했다. 그녀는 자신의 감정과 생각이 자유롭게 달리도록 내버려 두었다.

그녀는 자유로웠다. 무엇이든 불가능할 것이 없다는 생각이 들었다. 무엇 때문에 똑같은 실체로 구성된 존재와 함께 살아서는 안 된단 말인가?

이번에는 마라가 그녀 옆에 무릎을 꿇고 입을 열었다. 마라는 끊임없이 그녀를 위로했다. 나의 사랑, 당신, 나쁘게 생각 말아요. 아, 가슴이 아파 죽겠어요. 내가 무슨 생각을 했는지 전혀 알 수가 없어요. 나를 나쁘게 생각 말아요. 나는 미쳐 있어요. 당신한테 미쳐 있어요. 내가 바라고, 믿고, 할 수 있는 것은……

샤를로테는 생각했다. 이 소녀가 무엇을 이야기하는지 내게는 아무래도 불투명하다. 같은 시간에 사내들의 언어에는 매달릴 수가 있었다. 하지만 나는 마라의 말에 귀를 기울일 수가 없다. 근육이 없는 언어, 이 아무런 쓸모없는 보잘것없는 언어에는.

"들어봐, 마라. 진실을 알고 싶다면. 우리는 얘기를 하도록 노력해야 돼. 진실로 대화를 하도록, 한번 그러도록 해봐. (분명 그녀는 진실을 알려 하지 않을 것이다. 그렇다면 우리 둘 사이에서 진실의 의미는 어떠해야 하는가, 그것 역시 문제이다. 그것에 대해서는 지금껏 아무런 언어가 없다.) 나는 네가 하는 말을 종잡을 수가 없어. 너의 말은 너무나 불투명해. 나는 네 생각을 상상할 수가 없어. 네 머릿속에는 분명히 어떤 이질적인 것이 달리고 있는 모양이야.”

“내 가엾은 머리! 당신은 내 머리를 가엾게 여기셔야 해요. 머리을 어루만지고, 무슨 생각을 해야 하는지를 일러주어야 해요.”

샤를로테는 마라의 머리를 고분고분하게 쓰다듬기 시작했다가는 곧 멈췄다. 그러한 말을 그녀는 언젠가 들은 적이 있었다 ― 언어가 아닌 그런 말투를. 바로 그녀 자신이 그렇게 말했던 것이다. 특히 프란츠와 처음 만나던 시절에. 또 밀란 앞에서도 그녀는 그러한 말투에 빠졌고, 음성에 주름을 잡았다. 그러니까 그 사내는 이렇듯 노래하듯이 알아들을 수 없는 말투를 듣지 않으면 안 되었다. 그녀 자신이 버릇없는 입으로 그를 향해 쓸데없는 소리를 끊임없이 재잘대었으니까 말이다. 약자가 강자에게, 의지할 데 없는 무분별한 인간인 그녀가 분별 있는 그 남자에게, 지금 마라가 그녀를 향해 드러내는 것과 똑같은 나약함을 그녀 자신이 연출했던 것이다. 남자가 어떤 다른 것을 생각하려 하면 남자의 팔을 느닷없이 움켜잡고 애무를 강요했다. 지금 그녀 자신이 마라의 강요에 못 이겨 그녀를 쓰다듬고 다정하게 대하며 분별 있게 굴듯이.

하지만 지금 그녀는 사태를 통찰할 수 있었다. 휩쓸려 들어가지 않았다. 그렇다 한들 무슨 소용이 있을까? 그녀가 소녀를 알아보고 투시한다는 것은 아무런 소용이 없는 듯싶었다. 동시에 그녀는 문득 자신을 상기하며 스스로를 알아보았기 때문이었다. 그녀는 자신이 한결 나이 든 것처럼 여겨졌다. 이 소녀가 그녀 앞에서 어린애 노릇을 하며 스스로를 축소시키는 반면, 그 목적을 위해 상대방을 확대시키기 때문이었다. 그녀는 다시 한번 근심스럽게 마라의 머리 칼을 쓰다듬으며 그녀에게 무슨 약속이라도 해주고 싶은 마음이었다. 어떤 달콤한 것, 꽃, 하룻밤, 또한 하나의 예속을. 오로지 소녀를 달래주기 위해서, 그리하여 샤를로테 자신이 이제는 일어서서 어떤 다른 것을 생각할 여유를 찾기 위해서, 이 조그맣고 성가신 존재를 쫓아내기 위해서 말이다. 그녀는 프란츠를 생각하며 자문해보았다. 프란츠 역시 나 때문에 성가셔서 나를 쫓아내버리고 싶은 마음이 든 순간이 종종 있었을까. 보잘것없는 한 마리 동물인 나를 달래기 위해서.

샤를로테는 커튼이 닫혀 있지 않은 것을 깨닫고 일어섰다. 창문이 밝게 비치도록 얼마든지 내버려둘 수 있었을 텐데, 들여다보도록 얼마든지 열어놓을 수 있었을 텐데 말이다. 아무것도 꺼릴 것이라고는 없었다. 그녀가 생각하고 주장하는 것이 이제 효력을 발휘할지 모를 일이었다. 그리고 세상에서 그녀에게 그렇게 하도록 재촉한 것, 그렇게 살아도 좋다고 한 것이 이제는 힘을 잃게 되는지 모를 일이었다.

그녀가 마라와 함께 산다면…… 그렇게 된다면, 예컨대 그녀는 한층 즐겁게 일할 수 있으리라. 하기야 지금껏 그녀는 항상 즐겨서 일을 해오기는 했지만, 그 일에는 저주가 결여되어 있었다. 강요와 절대적 필연이 결여되어 있었다. 또한 그녀는 자신의 주변에, 옆에, 그리고 밑에, 그녀가 열심히 일하는 목적이 되는 대상, 뿐만 아니라 그녀가 세계를 향한 통로가 되어주어야 하는 대상을 필요로 했다. 그녀가 앞장서고, 사물의 가치를 규정해주며, 하나의 장소를 선택해주어야 하는 그런 대상을.

그녀는 방 안을 둘러보았다. 침실의 전등과 몇 가지 꽃병, 소도구를 제외한 모든 가구는 프란츠가 선택한 것이었다. 이 집 안에서 그녀의 것이라고는 한 조각도 없었다. 그녀가 한 사내와 함께 사는 한, 그 집 안에서 어떤 일이든 그녀가 앞장서서 관여해 벌어진다는 것은 도저히 생각할 수 없었다. 집을 떠난 뒤에 그녀는 1년간 어느 대학생과 함께 산 적이 있었다. 먼지 덮인 비단 전등갓, 벨벳 의자, 사방의 벽에 포스터와 현대 화가의 싸구려 복제화가 다닥다닥 붙어 있는 방에서. 그녀는 그중에서 어느 것도 바꿀 엄두를 못 내었다. 그것은 어디까지나 그 학생의 세계였다. 지금 그녀는 프란츠의 소유인 투명한 질서 속에서 살고 있었다. 그리고 이제 프란츠를 떠난다면, 그녀는 다른 질서 속으로 ─ 휘어버린 낡은 가구가 있는 곳, 농부의 가구가 있는 곳, 장비를 잔뜩 수집해놓은 곳, 어쨌거나 그녀의 것이 아닌 어떤 질서 속으로 갈 것이다.

그 점만은 결코 변함이 없을 것이다. 엄밀히 말하면 그녀는 스스로가 원하는 것이 무엇인지를 대체 알지 못했다. 그녀가 원하는 것이라고는 애당초 존재하지도 않기 때문이었다. 물론 프란츠는 물건을 구입할 때마다 그녀에게 물었다 ─ 이것이면 되겠어? 어떻게 생각해? 아니면 푸른색이 나을까? 그러면 그녀는 생각나는 대로 말했다. 이를테면 ─ 푸른빛으로 해요. 아니면, 좀 더 낮은 테이블로 해요, 라고. 그렇지만 그녀는 프란츠가 질문을 했을 때에야 비로소 어떤 소망을 표현할 수 있었다. 그녀는 마라를 바라보며 미소를 지었다. 그리고 발끝으로 테이블을 밀었다. 그것은 불경스러운 짓이었다. 그녀는 '우리의 테이블'을 비방했다.

마라는 기꺼이 그녀에게 순종할 것이다. 유순하고 부리기 쉬우리라. 그녀는 이제 그녀의 콘서트를 앞두고 걱정하며, 그녀가 땀을 흘리며 홀에서 나올 때면 따스한 상의를 받쳐들고 있을 누구인가를 갖게 되는 것이다. 그녀의 인생에 관여한다는 것만이 오로지 중요한 일이며, 그녀를 모든 사물의 척도로 삼는 어떤 인물. 그녀의 속옷을 정돈하고 잠자리를 펴주는 것을 어떠한 다른 명예욕을 만족시키는 일보다도 중요하게 생각하는 인물 ― 특히 자기의 생각을 갖는 것 이상으로 그녀의 생각으로 사고하는 것을 중요하게 여기는 그런 누구인가를.

그리고 그녀는 문득, 지나간 모든 세월 동안 자신이 아쉬워하며 은밀히 추구한 것이 무엇인지 알 듯한 생각이 들었다 ― 기다란 머리칼을 가진 연약한 생명체. 그것에 기댈 수도 있고, 또 끊임없이 어깨를 기대어오는 존재. 어찌할 바를 모르거나 지쳤거나 독단에 빠졌음을 느낄 때, 부르거나 보낼 수 있는 존재. 그리고 공정을 기하기 위해서 마땅히 걱정하면서 보살펴주다가도, 그것을 향해 화를 낼 수 있는 존재. 그녀는 프란츠에게 도저히 화를 낼 수 없고, 그가 그녀를 향해 이따금 소리를 지르듯이 그를 향해 소리를 칠 수가 없었다. 그녀는 결코 결정을 해본 적이 없었다. 결정자는 그였다(아니면 그들 둘이 결정했다고 그는 말할 것이다 ― 하지만 어쨌든 간에, 무의식중에 결정자는 항상 그였고, 그녀가 원한 것은 다른 것이었다). 비록 그는 그녀의 일과 독립성을 좋아하며, 그녀의 발전을 기뻐하고, 그녀가 일과 집안 살림 사이에서 균형을 잃을 때면 위로를 해주고, 공동 생활을 해가는 데 도울 수 있는 한 많은 것을 돕기는 하지만, 그래도 그가 자신의 불행에 대한 권리나 또 다른 고독을 그녀에게 양도할 성질이 아니라고 여기는 것을 그녀는 깨닫고 있었다. 그녀는 그의 불행을 같이 나누거나 동정을 가장했다. 그들은 이런 위선과 사랑, 우정에 묻혀 불가분의 관계를 맺은 적이 많았다. 그렇지만 그런 위선, 사랑, 우정 가운데 얼마나 성실성이 자리잡고 있는가, 은폐의 기질이 얼마나 섞여 있는가 하는 것은 중요하지 않았다― 중요한 것은 그녀만이 이 문제를 깨달았으며, 그 문제로 인해 종종 동요를 느꼈지만 도저히 해결책을 상상할 수가 없었다는 점이다.

자기 자신의 불행과 고독을 고집하려는 오만이 항상 그녀 안에 잠재해왔다. 그런데 이제야 비로소 그 오만이 형체를 드러내어 꽃을 피우고 번성하여 그녀의 위로 보금자리를 틀었다. 그녀는 구제받을 수 없는 존재였다. 그리고 어느 누구도 그녀를 구제할 수 있다고, 천년의 세월을 아노라고 감히 주장할 수 없었다. 서로 엉겨붙었던 붉게 꽃핀 나뭇가지들이 흩어져 떨어져 자유로운 길을 열게 될 천년의 세월. 잠이여, 오라. 천년의 세월이여, 오라. 그리하여 타인의 손에 의해 나를 깨어나게 하라. 오라, 내가 깨어나도록― 남자와 여자라는 것이 효력을 잃을 때에, 이런 관계가 종말을 맞을 때에!

그녀는 마치 죽은 자를 애도하듯이 프란츠를 생각하고 슬퍼했다. 그는 지금 집을 향해 달리는 기찻간에서 잠을 자거나 깨어 있으리라. 그리고 자기가 죽어버렸다는 것을, 모든 것이 무위로 되돌아갔다는 사실을 깨닫지 못했으리라. 사실 그로서는 그녀에 대해 무엇을 순종해야 할지 몰랐을 테니까, 그보다는 그녀가 흔히 보여주었던 굴종이 무위로 되돌아가버렸다는 사실을 깨닫지 못했다. 어쨌든 그는 그녀로 인해 많은 힘을 썼고 항상 그녀에 대한 배려에 몰두해 왔다. 그녀에게 그와 함께 살고자 하는 바람이 진실로 여겨지는 한은, 그가 그녀로 인해 부담을 지지 않으면 안 된다는 현실이 그녀는 항상 슬펐다. 그에게는 아무런 소득이 없었다. 그녀는 그를 보살펴주고 감탄할 수 있는 아내가 한 사람 있기를 그에게 바랐어야 했다. 그렇다고 해도 그는 조금도 손상받지 않을 것이다. 아무것도 그의 품위를 떨어뜨릴 수 없었다 — 언젠가 그랬듯이 아무리 그녀가 고통을 당한다 해도 그것이 그의 품위를 조금도 손상시키지 않았고, 마찬가지로 그녀의 고통 역시 그의 도움이나 이득을 입은 바가 전혀 없었다. 그녀의 고통이란 불합리한 불치의 것이기 때문이었다.

그는 관대하고, 그녀의 고통에 반응했다. 그는 한결 가볍게 그녀와 함께 살 수도 있다는 것을 알면서도 어쨌든 그녀와 함께 산다는 것이 그에게는 기쁜 일이었다. 어떤 다른 여자라도 그렇게 되었겠지만, 그녀는 이제 그에게 습성이 되어버렸고, 샤를로테보다 한결 현명하게도, 그는 이미 오래 전부터 결혼이라는 것을 자기 안에 들어서 있는 개체보다 한결 강력한 상황으로 이해하고 있었다. 그리고 그들이 결혼이라는 것을 새겨내거나 변경시킬 수 있는 가능성보다도, 결혼이 그들 양자에 공통적으로 새겨주는 상황이 한층 강력하다는 사실을 깨닫고 있었다. 모름지기 일반적으로 결혼이라는 것이 그렇게 영위되듯이 — 결혼이란 임의적으로 독창적으로는 영위될 수 없었다. 아무런 개혁도 변혁도 견디어낼 수가 없었다. 결혼에 순응한다는 것은 결혼의 형식에 순응함을 뜻하기 때문이었다.

샤를로테는 마라가 내쉬는 한숨 소리에 깜짝 놀라 쳐다보았다. 소녀는 잠이 들어 있었다. 이제 그녀는 혼자였다. 그렇게 혼자서 얼마든지 그럴 개연성이 있는 상황에 깨어 있었다. 그리고 순간적으로 도대체 왜 자신이 지금껏 사내들하고만 같이 지내왔고, 그중의 한 사내와는 결혼까지 했는지 알 수가 없어졌다. 그것은 너무나 불합리한 일이었다. 그녀는 웃음을 삼키고는 깨어 있으려고 한쪽 손을 물어뜯었다. 이제 밤을 새워야만 했다.

만약에 곧 낡은 동맹이 산산조각이 나버린다면? 그녀는 이 와해가 가져다줄 결과가 무서웠다. 곧 그녀는 일어서서 마라를 깨워 함께 침실로 가리라. 그들은 옷이라는 허물을 벗을 것이다. 곤혹스럽겠지만 그것은 그 일의 속성이었다. 그렇게 시작되어야만 한다. 그것은 하나의 새로운 시작이다. 하지만 최초의 순간에, 우리는 어떻게 나신이 될 수 있단 말인가? 피부와 체취에 의존할 수 없다면, 여러 가닥의 호기심 중에서 하나로 추출된 호기심에 의존할 수 없다면, 어떻게 그런 사태가 발생할 수 있단 말인가? 지금껏 선행된 사례라고는 전혀 없는 마당에, 최초로 어떻게 하나의 호기심이 생겨날 수 있단 말인가?

그녀는 이미 여러 번 반라로, 또는 얇은 속옷 차림으로 여자 앞에 선 적이 있었다. 한순간일망정, 그것은 언제나 곤혹스러운 일이었다. 욕탕의 탈의실에서 여자 친구와 같이 있을 때, 속옷 상점이나 의상실에서 여점원의 도움을 받으며 코르셋이나 옷을 입어볼 때. 하지만 그녀가 어떻게 발단을 소홀히 하지 않고, 마라 앞에서 옷을 벗어 미끄러뜨릴 수 있단 말인가. 아마도 — 그 점이 그녀에게는 문득 신기하게 느껴졌다ー 그들은 똑같은 옷을 걸친 까닭에 당황하지 않을 것이다. 그들은 웃음을 터뜨리며 서로를 훑어보고 젊어져서 속삭일 것이다. 일찍이 학교에서, 체육관에서, 옷 조각으로 인해, 분홍, 파랑, 흰빛의 얇은 물건들로 인해 늘상 이런 소동이 벌어졌다. 소녀 시절에 그들은 그것을 가지고 놀았다. 속옷을 상대방의 머리 위로 던지며, 웃어대고 다투어 춤을 추며 서로의 옷을 감추곤 했다ー 만약 그때 하늘이 소녀들을 위해 주선해주었다면, 분명히 그들을 우물가로, 숲속으로, 동굴 속으로 옮겨놓았으리라. 그리고 그중 하나를 메아리로 선정했으리라. 이 지상이 젊음을 지니도록 하기 위해서, 연령을 초월한 전설로 가득 차게 하기 위해서.

샤를로테는 지금 아무런 위험도 드러내지 않고 잠든 마라 위로 몸을 굽혔다. 그리고 창백한 얼굴에 아름다운 곡선을 그리며 엄숙하게 자리잡고 있는 눈썹에 입을 맞추고 또 안락의자에 축 늘어진 한쪽 손에 입을 맞췄다. 그러고 나서 지극히 수줍고 은밀한 마음으로 밤 사이 립스틱의 빨간빛이 지워져버려 창백한 입 위로 몸을 굽혔다.

하여간 이 종족이 다시 한번 열매를 딸 수가 있단 말인가! 다시 한번 분노를 일으키고 자기의 땅을 위해 또 한 번 결정을 내릴 수 있단 말인가! 하나의 다른 각성, 다른 수치를 체험할 수 있단 말인가! 이 종족은 결코 확정된 적이 없었다. 여러 갈래의 가능성이 있었다. 열매는 결코 고갈되지 않았다. 오늘에는, 오늘까지는. 똑같은 값을 지닌 온갖 열매의 향기가 공중에 걸려 있었다. 얼마든지 다른 유의 인식이 존재해서 누구에겐가 주어질 가능성이 있었다. 그녀는 자유로웠다. 다시 한번 유혹에 빠질 수 있을 정도로 자유로웠다. 그녀는 커다란 유혹을 원했다. 일찍이 언젠가 유혹에 대해 책임을 지게 되었듯이, 유혹을 책임지며 저주받게 되기를 원했다.

맙소사, 그녀는 생각했다. 나는 오늘 살고 있지 않다. 일어나는 모든 사태에 개입하며, 모든 일에 빠져들어가고 있다. 그리하여 단 하나의 독자적인 가능성도 포착할 수 없이 되었다. 시간은 너덜너덜하게 찢겨 내게 걸려 있다. 나는 어느 누구의 여자도 아니다. 나는 지금껏 한 번도 존재하지 않았다. 나는 내가 누구인가를 규정하고 싶다. 그리고 나 역시 내 피조물, 참을성 있고 당연하며 그림자 같은 나의 관여자를 거느리고 싶다. 나는 그녀의 입, 그녀의 성 ― 나 자신의 것이기도 한― 을 원하기 때문에 마라를 원하는 것이 아니다. 그런 것은 전혀 아니다. 나는 나의 피조물을 원한다. 그리고 나는 그것을 만들 것이다. 우리는 항상 우리의 관념에 힘입어 살아왔다. 그런데 이것은 나의 관념이다.

그녀가 마라를 사랑한다면 모든 것은 달라질 것이다.

그렇다면 그녀는 세계 속에 입회시킬 수 있는 한 존재를 소유하게 되리라. 그녀는 모든 척도, 모든 비밀을 양도해줄 것이다. 그녀는 항상 세계를 양도하게 되기를 꿈꾸어왔다. 사람들이 세계를 그녀에게 넘겨줄 때면, 그녀는 항상 굴종했고, 사람들이 그녀를 기만하려 할 때면, 찌푸린 채 침묵으로 응수했다. 그리고 소녀 시절을 상기했다. 결심하는 방법을 알고, 아무것도 두려워할 것이라고는 없음을 깨달았던 시절, 한마디 가느다란 밝은 외침으로도 여러 음성에 앞장설 수 있었던 소녀 시절을 상기했다.

마라를 사랑할 수 있다면, 그녀는 이제 더 이상 이 도시, 이 땅 안에, 한 사내의 집에 살지 않으리라. 길들여진 언어를 사용하지 않으리라. 그리고 본연의 그녀 자신으로 돌아가리라 — 그리하여 소녀에게 집을 마련해줄 것이다. 새로운 집을. 그렇게 되면 그녀는 집과 일정한 기간, 언어를 선택하는 문제에 부딪치게 될 것이다. 그녀는 이제 선택된 여자가 아니며, 다시는 지금의 언어 속에서 선택당할 수 없게 되리라.

뿐만 아니라 사내들에 대한 사랑이 그녀에게 아무리 온갖 기쁨을 가져다주었더라도 여전히 미결로 남은 것이 있었다. 지금 깨어 있는 이 시간, 그녀가 아직도 사내들을 사랑한다고 아무리 믿는다 해도, 여전히 발을 들여놓지 않은 처녀지가 한 군데 존재했다. 서로 어떠한 애무를 해도 좋은가를 별과 수풀, 돌보다는 한결 더 잘 알아야 할 인간들이, 너무도 좋은 조언을 모른다는 게 샤를로테에게는 기이스럽게 여겨졌다. 옛날에는 하다못해 백조라든가 골트레겐*까지도 좀 더 넓은 활동권을 상상했음에 틀림없으리라. 그리고 좀 더 넓은 활동장이 있다는 사실, 인간이 기르고 세상에 전달한 애무의 조그만 체계가 가능성의 전부는 아니라는 사실이 세상에서 전혀 묵살될 수는 없었다.

어린애였을 때, 샤를로테는 모든 것을 사랑하고 싶어했고, 바위 앞에서 나타나는 물의 소용돌이라든가 뜨거운 모래, 손에 잡히는 나무토막, 보라매의 절규에 이르기까지 모든 것으로부터 사랑받기

---

* 콩과의 낙엽교목의 하나.

를 원했다— 어떤 별은 그녀의 피부 밑으로 박혀왔고, 그녀가 부둥 켜안았던 어떤 나무는 그녀에게 현기증을 일으켰다. 그녀가 사랑의 부추김을 받은 후로 무수한 세월이 흘렀지만, 그로 인해 얼마만 한 대가를 치렀는가! 어쨌든 간에 무릇 대부분의 인간에게는 서로 약속을 맺는다는 것이 하나의 서글픈 인종에 불과한 듯했다. 그러면서도 그들은 그것밖에 아무것도 제시된 것이 없으므로 그것을 필연이라고 생각했다. 그리고 곧, 그것이 옳고 아름다운 것이며, 바로 자기들이 원하던 것이라고 극구 믿으려고 노력해야만 했다.

그녀는 지금껏 자기가 알고 지내던 남자들 가운데 단 한 사람만이, 진정 여자를 지주로 삼고 있었다는 생각이 들었다. 그녀는 밀란을 생각했다. 그녀에게 만족하지 못한, 도대체 아무것에도 만족하지 못하던 밀란, 바로 그런 까닭에 그녀 역시 아무것에도 만족하지 못한다는 사실을 깨달았던 밀란, 이미 잘못 길들여진 그들의 육체가 벌써 잊혀진, 또는 앞으로의 미지의 애무를 향해 출발하는 데 장애가 된다고 해서 자기 자신과 그녀를 저주하던 밀란을. 한순간은, 법열, 도취, 심연, 귀의, 향락의 경지에 이르기까지 — 손에 잡힐 듯이 가까이 다가와 있었다. 그 이후에 그녀는 선의와 애정, 호의, 배려, 의존, 안정, 보호, 충실, 그리고 온갖 존경할 만한 것들을 바탕으로 한 남자와 화합했다. 그것은 다만 초안 속에 박혀 있는 상태가 아니라 산 체험으로 이루어졌다.

이렇듯 그녀에게 결혼의 가능성이 주어졌다. 그녀는 때에 따라서 반항하고 계율을 뒤흔들고 싶은 성벽의 소유자임에도 불구하고, 결혼이라는 상황에 몰입하여 거기에 순응하겠다는 전제 조건을 갖추었다. 하지만 계율을 뒤흔들려고 시도할 때마다, 어느덧 그 계율에 대치할 것이 무엇인지 알 수 없다고 자각했다. 또한 그녀에게는 아무런 다른 묘안이 떠오르지 않으며, 결국은 프란츠의 미소와 그녀를 향한 동정에 흡수되고 말았다는 것을 자각하게 되었다. 그녀는 그의 배려 속에서 기꺼이 살고 싶었다. 그렇지만 상대편에서도 그녀의 배려를 원하고 있는지, 그녀 역시 그에 대해 배려를 하고 있음을 그가 알아채는 경우, 어떠한 일이 벌어지게 될는지 확신할 수가 없었다. 예컨대, 그녀로서는 그들 서로의 상황을 필연으로 도저히 믿지 못한다는 사실을 그가 깨닫는다면, 또 상대방이 자기의 육체를 이해한다고 그녀가 도저히 믿지 못한다는 사실을 그가 깨닫는다면, 실제로 그녀의 훌륭한 결혼 ― 그녀 자신이 그렇게 불렀다 ― 은 그가 그녀의 육체를 조금도 이해하지 못한다는 점에 바탕을 두었다. 이 미지의 지역에 그는 어김없이 발을 딛고 들어서서 섭렵했고, 얼마 안 가 가장 편안한 장소에 보금자리를 마련했다.

반쯤 잠이 든 상태에서 한 손은 그녀의 뺨을 향해 내뻗고, 손가락으로 그녀의 무릎에 달라붙어 오금을 쓰다듬으며 음미하듯 더듬는 소녀의 동작에서, 샤를로테는 이 소녀가 어느 누구도 탐지하지 못한 그녀의 비밀, 그녀 자신까지도 깨닫지 못하고 있었던 비밀을 간파했음을 알아챘다. 은연중에 그녀는 그 암시에 몸을 맡기고 있었다. 샤를로테는 전율하며 소스라치듯 놀라면서 몸을 뒤로 빼고 굳어졌다. 그녀는 새로운 암시를 거부하고 말았다.

"내버려 둬."

그녀는 퉁명스럽게 말했다.

"그만둬, 당장."

마라는 눈을 번쩍 떴다.

"왜요?"

그렇다. 어째서일까? 왜 그녀는 생각을 하고, 깨어 있는 상태로 죽은 과거를 묻어버리지 못하는 걸까? 일이 이미 이렇게 되어버린 이상, 왜 그녀는 과감하게 일어나 마라를 데리고 같이 잠자리에 들지 않는 걸까?

마라는 공모자의 시선으로 속삭였다.

"나는 다만 당신을 당신의 방으로 데려가고 싶을 뿐이에요. 다만 침대로 같이 가서 당신이 잠드는 걸 보고 싶을 뿐이에요. 그러고 나면 나는 가겠어요. 그것 말고는 바라는 게 없어요. 다만 당신이 잠드는 것을 보고 싶을……"

"제발 부탁이야. 말하지 마. 가만히 좀 있어."

"당신은 겁을 내고 있군요. 나를, 당신 자신을, 그를!"

모든 것을 침전시키고 마는 저 음성, 샤를로테 자신을 침전시키는 저 음성.

그리고 마라는 의기양양한 투로 덧붙였다.

"당신은 대단한 거짓말쟁이예요. 너무나 비겁해요!"

마치 그것이 더없이 중요한 일이라는 투로! 마치 문제는 하나의 금령을 범하는 일, 조그만 어리석은 행동, 부수적인 호기심을 백방으로 다하지 않으면 안 되는 데 있다는 듯이!

아니, 그녀가 과거의 모든 것을 던져버린다면, 과거의 모든 것을 불살라버린다면, 그때야말로 비로소 그녀는 자기 스스로에게 도달하게 되리라. 그녀의 왕국이 도래할 것이다. 그리고 그 왕국이 찾아왔을 때, 그녀는 이미 타인의 척도로는 측정될 수도 없고, 평가받지도 않을 것이다. 그녀의 왕국에서는 새로운 척도가 효력을 발할 것이다 — 그때에는 아마도 — 그녀는 이러이러하다든가, 매력이 있다, 매력이 없다, 이성적이다, 비이성적이다, 정숙하다, 부정하다, 얌전하다, 또는 거침이 없다, 접근이 어렵다든가, 불장난을 좋아한다 등의 방법으로는 말할 수 없으리라. 말할 수 있는 것은 무엇인지 어떤 카테고리 안에서 사고를 펼 수 있으며, 이것이냐 저것이냐를 말할 수 있는 자는 누구인가, 그리고 그것은 무슨 이유에서인가, 그러한 일을 그녀는 깨닫게 될 것이다.

그녀는 항상 이러한 언어를 꺼려왔다. 그녀를 향해 찍히는 모든 인장, 그녀가 누구에게인가 찍지 않으면 안 될 인장 — 이를테면 실존을 말살하려는 시도를. 하지만 그녀의 왕국이 오면, 이런 언어는 효력을 잃을 것이다. 그리고 언어는 스스로를 조절할 것이다. 그때에 샤를로테는 탈출해서, 온갖 판결을 일소에 부치고, 세상에서 그녀를 무엇이라고 생각하든 전혀 개의치 않을 것이다. 지금까지 사내들의 언어란 여인을 향해 사용되는 한, 이미 충분히 저열하고 의심스러웠다. 그렇지만 여인들의 언어는 한결 더 저열하고 쓸모가 없었다 — 그녀의 어머니, 자매나 여자 친구들, 남자 친구의 아내들을 꿰뚫어보며, 그 여인들의 언어, 그들의 경박하거나 경건한 판정이나 서투른 판단, 의견, 탄식 섞인 비탄이야말로 다시 생각해보거나 관찰해볼 가치가 없다는 것을 터득한 이래로, 그녀는 일찍이 여인의 언어의 저열함에 진저리를 내고 있었다.

샤를로테는 여인들을 다만 즐겨 바라보았다. 여인들은 그녀를 곧잘 감동시켰고, 아니면 눈을 즐겁게 해주었다. 그렇지만 그녀는 한사코 여인들과 대화를 나눌 만한 자리를 피했다. 그녀는 여인들과 인연이 없으며, 그들의 언어, 그들의 십자가, 그들의 심장과 아무런 인연이 없음을 느끼고 있었다.

그렇지만 그녀는 마라에게 말하는 방법을 가르쳐주리라. 천천히, 정확하게 일상의 언어로 인해 탁해지는 일이 허용되지 않는 언어를. 그녀는 마라를 교육할 것이다. 달리 좋은 표현을 찾지 못했기 때문에 ― 어떤 의미로는 일종의 외래어인 ― 일찍이 로열리티[忠誠]라고 이름붙인 행동을 몸에 익히게 할 것이다. 그녀가 이 로열리티라는 낯선 외래어를 좇는 까닭은 더없이 생소한 다른 언어를 고집할 수 없기 때문이다. 사랑이라는 말. 이 말이야말로 가장 생소한 단어로, 그것을 자기 나름대로 해석할 줄 아는 인간은 없다.

샤를로테는 마라를 내려다보았다. 그리고 마라의 마음속에 도사린 엄청난 점에, 자기가 이 소녀에게 던졌던 모든 희망에 감탄했다. 이제야말로, 그녀가 새로운 날, 모든 날 가운데에서, 전에 없이 엄청난 것을 낱낱이 분해하여 섬세한 행동으로 옮겨갈 방안을 찾지 않으면 안 되었다.

"이리 와. 내 말 좀 들어봐."

그녀는 마라의 어깨를 흔들며 말했다.

"네 모든 것을 알아야겠어. 네가 원하는 것을 알고 싶어……"

마라는 놀란 표정으로 몸을 일으켰다. 그녀는 이해했다. 그 순간 그녀가 이해했다는 것, 그것만으로 벌써 충분하지 않은가! 그녀가 유용하게 된다는 것! 그녀가 결국은 이해한다는 것! 그것만으로 충분한 것이 아닌가!

"아무것도 없어요."

마라는 말했다.

"아무것도 바라는 것이 없어요. 나는 함정에 빠지는 것을 원치 않아요."

"아무것도 원치 않는다는 것은 무슨 의미야?"

"바로 있는 그대로의 의미예요. 물론 저 자신도 무엇인가를 하지 않으면 안 돼요. 사람들은 저더러 재능이 있다고 말하지요. 당신의 남편도 그런 말을 해요. 그렇지만 그것은 제게는 아무래도 상관없어요. 저는 장학금을 받았어요. 그렇지만 저는 대단한 존재는 못 될 거예요. 저는 아무것에도 흥미가 없어요."

마라는 잠시 동안 입을 다물고 있더니 이렇게 물었다.

"당신은 무엇이든 흥미를 느끼는 게 있나요?"

"그야 물론. 여러 가지 일에."

샤를로테는 더 이상 말을 이을 수가 없다고 느꼈다. 또다시 차단기가 내려졌다. 그녀는 더듬더듬 말이 막혀버렸고, 자신의 권위를 세워 이 어리석은 잡담을 씻어버리고, 그녀 자신만의 음성으로 되돌아갈 용기를 불러일으킬 수가 없었다.

"당신은 거짓말을 하는 거지요!"

"그런 투로 내게 말하는 것을 당장 집어치워."

샤를로테는 날카롭게 말했다.

마라는 반항적으로 팔을 깍지 끼고 뻔뻔스럽게 그녀에게 시선을 고정시켰다.

"음악이라는 당신의 직업, 그것 역시 전혀 당신의 관심의 대상은 아니지요. 그런 것은 공상에 지나지 않으니까요. 사랑 — 사랑하는 것, 중요한 건 그것이에요. 사랑하는 것이 전부예요."

마라는 침울하게 단호한 표정으로 바라보았다. 이미 뻔뻔스러운 표정은 사라지고 없었다.

샤를로테는 당황해서 중얼거렸다.

"그런 것을 그렇게 대단한 일로 생각하지는 않아. 그것보다 다른 일에 대해 이야기하고 싶었는데."

"다른 것은 중요하지 않아요."

"무엇이 중요한지 네가 나보다 더 잘 안다고 주장하고 싶은 거니?"

마라는 의자에서 미끄러져 바닥에 털썩 내려앉아 우울하게 입을 다물었다. 조금 뒤 그녀는 또다시 말하기 시작했다. 그렇지만 그녀의 말은 언어를 구사할 줄 모르는 사람의 말처럼, 그렇게 말을 고지식하게 힘들여 함으로써 무슨 효과를 얻으려 하는 사람의 말처럼 들렸다.

"이를테면 저는 아무것에도 흥미가 없어요. 사랑한다는 것만 생각해요. 그렇기 때문에 저는 당신의 말을 믿지 않아요."

아마도 마라는 진정으로 그것밖에 아무것도 원치 않는지 모른다. 적어도, 다른 무엇엔든 흥미를 느낀다는 태도를 전혀 보이지 않는다. 그녀는 그런 점을 시인할 만큼 정직한 것이다. 필시 그녀의 말이 정당한 것일는지 모른다. 그것을 인정하지 않는 그 밖의 숱한 인간들이야말로 스스로를 기만하며, 사무실이나 공장, 또는 대학에서 각자의 일에 충실한 척 거짓 태도를 취하는 것인지 모를 일이었다.

마라는 문득 무슨 생각이 났는지 수줍은 듯이 말을 덧붙였다.

"저, 라디오로 당신의 피아노 연주를 들었어요. 지난 주에. 이번 콘서트에서 아주 훌륭했다고 생각해요."

샤를로테는 부정하듯이 어깨를 으쓱했다.

"아주 훌륭했어요."

마라는 고개를 끄덕이며 말을 이었다.

"분명히 당신은 무엇인가 진정, 해낼 수 있는 능력을 갖고 계세요. 그리고 당신에겐 야심이 있고요……"

샤를로테는 당황해서 대답했다.

"나는 모르겠어. 그렇게 말할 수도 있겠지만……"

"나쁘게 생각 말아요!"

마라는 일어서더니 느닷없이 샤를로테의 목을 두 팔로 휘감았다.

"당신은 대단한 분이세요. 당신이 원하는 것은 무엇이든지 하고, 믿겠어요. 나를 사랑해주시기만 한다면! 나를 사랑해주세요. 그렇지만 나는 음악도 피아노도, 주위의 사람들도, 모든 것을 미워해요. 질투가 나요. 그렇긴 해도 역시 당신을 자랑스럽게 여기겠어요. 당신의 집에 같이 있게 해주세요."

마라는 생각에 잠기며 두 팔을 떨어뜨렸다.

"그래요. 당신 생각대로 하세요. 하지만 나를 내보내지만은 마세요. 당신을 위하는 일이라면 무엇이든 하겠어요. 아침이면 당신을 깨워드리겠어요. 차를 나르고, 우체국에도, 전화국에도 가겠어요.

당신을 위해 요리도 하고, 당신이 걷는 모든 길을 받아들이겠어요.
당신 몸의 모든 것을 소중히 하겠어요. 당신이 소원하는 것을 더욱
잘 이뤄나갈 수 있도록 말이에요. 그러니까 저를 사랑해주기만 하
세요. 저만을 사랑해주세요."

샤를로테는 마라의 손목을 잡았다. 지금이야말로 그녀는 자기가
원하는 상태 그대로의 마라를 수중에 넣은 것이다. 그녀는 이 노획
물의 가치를 가늠해보았다. 그것은 유용했고 나쁘지 않았다. 그녀
는 자기의 피조물을 찾아냈다.

이제 시간이 교체되었다. 지금이야말로 그녀는 세계를 인수하고
자기의 반려를 지명하며, 권리와 의무를 확립해서 낡은 형상을 무
로 돌리고, 최초의 새로운 형상을 설계할 수 있다. 남녀 양성에 의해
협정되고 논란된 모든 결론이 일소된 뒤에도 의연히 남아 있는 것
은 형상의 세계이기 때문이었다. 평등과 불평등, 양성(兩性)의 성질
이라든가 법적 관계를 결정하려는 모든 시도가 일찍이 공허한 언어
로 변하고, 새로운 공허한 언어와 교체된다 해도, 형상만은 그대로
남는다. 이를테면 색채가 지워지고 곰팡이 자국이 생겼다 해도 그
형상은 그대로 지속되어 새로운 형상을 낳는다. 사냥하는 여인 상
(像), 위대한 어머니*, 위대한 창녀**, 사마리아의 여인, 나락에서 유
혹하는 새, 그리고 별 밑에 자리잡은 여인, 그러한 형상들은……

나는 어떠한 형상에도 합치되도록 태어나지 않았구나, 하고 샤를

---

* 예수의 어머니 마리아.
** 마리아 막달레나 등의 창녀.

로테는 생각했다. 그러기에 나는 모든 것을 깨뜨리고 싶은 심정이
되곤 한다. 그러기에 나는 나와 대치한 상(像)을 원하며 내 스스로
그것을 확립하고 싶다. 아직은 무엇이라 이름할 수 없다. 아직은. 우
선은 도약이다. 모든 것을 뛰어넘어야 한다. 탈출을 완수해야 한다.
북이 울리고 붉은 포장이 마룻바닥으로 미끄러져 끌리고 결과가 어
떻게 될지 아무도 알지 못하는 때에. 왕국을 대망한다. 남자들의 왕
국도 여자들의 왕국도 아닌 왕국을.

저것도 아니고 이것도 아닌.

이미 그녀는 아무것도 볼 수가 없었다. 피로에 지쳐 눈꺼풀이 무
거웠다. 그녀는 마라를 보는 것도 아니고, 자기가 지금 앉아 있는 방
을 보는 것도 아니었다. 이제부터 영원히 자물쇠를 채워둘 수밖에
없는 그녀의 최후의 밀실을 보고 있었다. 이 방에서는, 저 백합의 기
치가 펄럭였다. 벽은 온통 흰빛이며, 이 깃발이 마룻바닥에 심겨 있
었다. 남자, 프란츠는 죽었고, 남자, 밀란도 죽었다. 루이스도 죽었
고, 그녀가 얼굴 언저리에서 숨결을 느꼈던 일곱 명의 사내들이 모
두 죽어 없어졌다. 그녀의 입술을 원하며, 자기네들의 체내로 빨아
들였던 저 사내들은 숨을 거두고 말았다. 죽어버렸다. 모아 쥔 그들
의 손에는 일찍이 그녀에게 선사했던 꽃송이들이 말라 바삭거렸다.
그 꽃들은 그들에게 되돌려보낸 것이다. 죽은 자들을 넣어둔 방이
어떠하며, 또 그들이 어떤 표지 아래서 죽어갔는가 마라는 절대 모
를 것이다. 알아서는 안 된다. 샤를로테는 이 방 안을 혼자 돌아다니
며 자신의 유령들 주변을 유령처럼 배회했다. 그녀는 죽은 사내들
을 사랑해서 몰래 만나러 왔다. 대들보에서 바삭거리는 소리가 났

다. 지붕을 부술 듯 윙윙거리는 아침 바람에 천장은 당장이라도 떨어져 내릴 것만 같았다. 그 방문을 여는 열쇠는 아직 기억에 남아 있었다. 속옷 밑에 숨겨져 있다…… 그녀는 꿈을 꾸었지만 아직 잠이 든 것은 아니었다. 그 열쇠가 어디 있는지 알아내도록 마라가 그냥 내버려 두지 않는다. 아니면 마라 역시 죽은 자와 한 무리일지도 모르는 일이다.

"나는 죽어 있어요."

마라가 말했다.

"나는 이 이상 어쩔 수가 없어요. 죽었어요. 분명히 죽었어요."

마라는 호소하듯 계속 말했다.

"내가 가버리기를 당신은 벌써 전부터 원하셨지요."

"아니."

샤를로테는 쉰 음성으로 대답했다.

"그냥 있어. 우리 같이 마시자. 목이 타서 죽겠어. 여기 그냥 있어."

"아니, 더 이상은 안 되겠어요. 더 이상 마실 수 없어요. 나는 죽었어요."

마리는 고개를 저으며 말을 이었다.

"자, 이제는 저를 쫓아내주세요!"

샤를로테는 일어섰다. 피로에 겨운 그녀의 육체는 마비된 듯 자기 뜻대로 움직이지 않았다. 문까지, 아니면 침대까지 갈 수 있을지 알 수가 없었다. 마라가 여기에 남는 것도 이미 원하지 않았다. 둘이서 유예의 시간을 갖는 것도 원치 않았다.

시간이라는 것은 유예를 허용치 않는다. 미처 장밋빛으로 변하지 않은 새벽 광선이 창으로 새어들었다. 지나가는 자동차의 첫 소음이 들려오고, 곧 이어 발자국 소리 — 점점 멀어져가는, 딱딱하게 거리에 울려 퍼지는 발자국 소리가.

둘이서 침실에 들었을 때, 이미 무엇을 하기에도 때가 늦었음을 샤를로테는 깨달았다. 둘은 옷을 벗고 나란히 누웠다. 새하얀 어깨, 몸에 착 달라붙는 흰 내의를 입은 두 사람의 잠자는 여인. 그들은 죽어 있었고 무엇인가를 죽이고 있었다. 한 여인은 다른 여인의 어깨를, 가슴을, 두 손으로 쓰다듬었다. 샤를로테는 눈물을 흘리며 돌아누웠다. 그리고 자명종 시계에 손을 뻗어 태엽을 감았다. 마라는 냉담하게 그녀를 바라보았다. 그리고 나서 두 여인은 잠에 빠져 어지러운 꿈속으로 줄달음쳤다.

붉은빛 스커트는 형편없이 구겨져 침대 앞에 보기 싫게 내던져진 채였다.

빌더무트라는 이름의 사나이

'빌더무트라면 모름지기 항상 진실을 택한다.'

고등법원 판사 안톤 빌더무트는 법복과 법모를 벗으면서, 교사였던 부친 안톤 빌더무트에게서 익히 들어온 이 거창한 문구를 다시한번 상기했다. 그는 정리(廷吏) 사브라찬이 내미는 쟁반에서 물컵을 집어들고, 바지 주머니에서 두통약이 들어 있는 조그만 양철갑을 꺼냈다. 그리고 통을 흔들어 약 두 알을 꺼내어 입에다 털어넣고는 물 두세 모금과 함께 쓰디쓴 알약을 씹어 억지로 삼켰다.

굉음처럼 울리는 저 문구가 마음속에서 반향을 일으키는 것을 느끼면서 빌더무트는 멍하니 허공에 시선을 던졌다. 그리고 밖으로 나가려는 사브라찬을 향해 그냥 있으라는 신호를 보냈다. 그렇게 하지 않으면 자신의 머리가 떨어지기라도 할 듯이 그는 신중한 자세로 의자에 파묻혀 앉아, 자기는 이제부터 그 진실이라는 것과 영원히 이별이라고 생각했다. 그리고 목을 길게 빼고는 지금 바깥의 재판소 앞거리나 도심의 거리에서, 아니 전 세계가— 이 정체 상태를 이미 깨달은 건 아닌가 하고 귀를 기울였다.

"내가 무엇이라 말하던가, 사브라찬?"

노인은 입을 다물고 있었다.

"내가 고함을 질렀나?"

노인은 고개를 끄덕였다.

그러고 나서 잠시 후, 검은 법복을 입은 몇 사람의 신사가 마치 복수의 사자처럼 묵묵히 방으로 들어왔다. 빌더무트는 그 무리가 이끄는 대로, 밑에 있던 택시에 실려 그의 집으로 운반되어갔다. 그는 침대에 누운 채 수주일 동안 주치의와 신경과 의사의 주시를 받으며 일어나지 못했다.

열이 내리면 그는 빌더무트 사건에 관한 신문 기사를 읽었다. 보도 기사와 논평을 읽고, 곧 그것을 외다시피 알게 되었고, 마치 자신은 그 사건과는 아무런 관계가 없는 사람인 양, 대중을 위해 그 사건에서 만들어낸 이야기를 마음속에서 곰곰 되새기다가는 곧 마음속에서 마멸시켜버리려고 애를 썼다. 그중의 어떠한 줄거리도 사건의 핵심을 뜯어 맞추어내지 못했고, 아무런 의미상의 관련성도 드러내 보여주지 못했다는 것을, 그의 정신 속에서 일어난 정신상의 쇼크로 불행이 단 한 번 가시적으로 드러나기는 했지만, 그것 역시, 이 세상에 잠깐 몽매한 혼란을 일으키는 것 외에는 아무짝에도 소용이 없는 짓이었음을 아는 유일한 사람은, 실로 빌더무트 자신뿐이었다.

1

요제프 빌더무트라는 이름의 한 농부가 자기의 부친을 괭이로 때려 죽이고, 아버지가 모아둔 돈을 가로챈 바로 그날 밤 술을 진탕 마시고 남에게 주고 하여 나머지 돈을 다 써버리고는 다음날 아침 경찰에 자진해서 출두했다. 경찰의 조서에 따르면, 그 사나이는 범행을 자백했다. 그의 진술이 정당함은 의심할 여지가 없었으므로 그는 범인으로서 취조를 받았고, 그의 조서는 곧 예심 판사에게 송치되었다. 고등법원 판사 빌더무트의 학교 동창인 예심 판사 안데르레는 이 용의자 때문에 좀 곤혹스러운 일을 겪게 되었다. 용의자가 돌연 자기 진술을 부인하기 시작했기 때문이었다— 좀 더 정확히 말하자면 경찰이 조서에 기재한 모든 것은 사실과 일치하지 않는다는 식의 졸렬하기 짝이 없는 방법으로 부인하고 나섰기 때문이었다.

그렇지만 취조를 계속하는 동안, 예심 판사는 요제프 빌더무트가 물론 고의는 아니고, 그렇다고 돈 때문도 아니고, 증오에 못 이겨 부친을 살해했다고 자백했기 때문에, 조서를 작성해 재판의 다음 단계로 넘길 수 있었다. 피고는 어릴 때부터 부친을 미워했는데, 그것은 부친이 그를 학대하고 공부는 시키지 않고 거짓말이나 도둑질을 시켰기 때문이라는 것이다. 그래서 조서에는 고통스러웠던 젊은 날과, 짐승처럼 야비했던 부친, 일찍 세상을 떠난 모친에 대해 어느 정도 기재되어 있었다.

고등법원 판사 빌더무트는 이 사건을 인계받았을 때, 피고, 빌더무트와 인척 관계가 아닌지 조회를 받았다. 그러한 관계를 부인할 만한 근거는 얼마든지 있었다. 아주 먼 인척 관계도 있을 수 없었다. 그의 가족은 케른텐 주* 출신인데 피고는 알레마니아** 출신이었다. 이 살인은 흥미를 끌기에는 하찮고 흔한 사건이었으므로 신문에서도 특별히 신경을 써서 취급하지 않았다. 이 재판이 세상에 알려진 것도, 가두 판매 신문의 한 기자가 우연히 경찰 통신부의 간부와 길게 이야기를 하다가 빌더무트 재판이 고등법원 판사 빌더무트의 담당이라는 사실을 알아냈기 때문이었다― 즉 판사와 피고가 같은 성을 가지고 있다는 사실을 말이다. 같은 성이라는 사실이 기자에게 흥미와 호기심을 일으켰고, 그는 이 사건에 대해 자기네 신문에 잘난 척하고 대서특필하기 시작했다. 그러다 보니 다른 신문들도 주저치 않고 통신원을 파견하게 되었다.

아무런 까다로운 점도 없어 보이는 이 사건에 대해 판사는 사뭇 고마운, 마치 휴가를 받은 것처럼 고마운 마음이었다. 그가 처음 얼마 동안 취급한 몇 가지 사건은 정치적인 배경을 가진 곤혹스러운 소송이었기 때문이었다. 정부 요인들이나 권력층 인사의 음모를 그는 직접 체험했고, 의회에서 질의를 겪어야만 했다. 그런가 하면 정치적인 지하 조직에게서 당장 죽이겠다고 예고하는 협박장도 받았다. 그러느라고 그는 완전히 탈진 상태에 빠져 있었다. 게다가 겨우 얻은 짧은 휴가 동안에는 집안에 초상이 나서 휴식이라고는 엄두도

---

* 오스트리아의 한 주.
** 남서 독일과 스위스 지방.

낼 수 없었다. 시골에 왔다갔다하고, 장례식을 치르고, 유산 정리를 하고 나니, 결국 그는 전에 없이 컨디션이 악화되어 있었다. 빌더무트 사건은 이른바 '훈련'이라고 할 수 있는 사건으로, 빈에서 그가 처음 자기 손으로 처리한 재판을, 한결 행복했던 시절을 생각나게 해주었다. 그래서 그는 활기를 얻어, 이 사건이 지닌 명확성과 단순성에 몰두하기 시작했다. 당장 누구든 그에게 와서 질문을 던진다면 그는 얼마든지 자인했으리라. 이를테면, 괴물처럼 엉클어진 재판에서 매수할 수 없는 혁혁한 인물로 등장하는 일은 이미 자기에게는 흥밋거리가 되지 못한다는 것을. 단순한 살인이나 도둑질, 강간 따위의 일은 일어나지 않지만 한층 무의미하고 저열하며 비개인적인 형태로 일어나는 범죄의 세계야말로 그를 한결 몸서리치게 하고, 구역질나게 한다는 것을.

그렇다. 그는 부친을 괭이로 때려 죽이고 경찰에 자수하는 유의 세계가 훨씬 낫다고 생각한다. 거기에는 심층 심리학의 까다로움도, 대량 살인이나 전쟁 범죄를 가져오는 어두운 충동에 대한 궁극적인 인식도 필요 없었다. 신문의 위선적인 절규를 들으며, 어떤 사회 계급의 더러운 속옷을 통째로 세탁할 필요도 없었고, 공적인 생활에서 최고 지위를 지닌 인물들에 대해 신중히, 아니면 신랄하게 맞설 필요도 없었고, 줄타기를 할 필요도, 정치적으로 민감할 필요도 없었다. 그리고 무엇보다 이런 사건에서는 자신이 실추될 위험 같은 것이 없다. 단지 한 사람의 인간과, 그가 범한 하찮고 잔인한 행위와 대면하면 된다. 다시금 단순하게 생각할 수 있고, 정의와 진실의 탐구를, 판결과 형량을 믿어도 되는 것이다.

빌더무트의 조서를 살펴보는 동안, 안톤 빌더무트는 어느덧 불안을 느끼기 시작했다. 그것은 오로지, 자신의 이름을 전혀 낯선 사람의 이름에서 몇 번이나 거듭해서 읽지 않으면 안 되었기 때문이었다. 아직 그라츠에서 공부하던 시절, 어느 가정에 몇 번인가 초대를 받은 일이 생각났다. 그 건물의 대문 옆에 초인종과 함께 달린 여러 개의 문패 가운데는, 빌더무트라는 이름의 문패가 있었다. 그 문패를 보았을 때도 지금과 같은 불안을 느꼈다. 알지도 못하는 빌더무트의 집 문 앞을 지나갈 때마다 그는 발걸음을 멈추고 집 안에서 새어나오는 냄새를 맡으려 했다 — 어느 때인가는 비누향이 섞인 수증기 냄새가, 또 어느 때인가는 양배추 냄새가 났다. 지금 문득 그 두 가지 냄새가 그의 콧속으로 스며들어왔고, 그는 자신이 죽음 같은 정적에 싸여, 구토와 싸우고 있음을 깨달았다.

그는 끊임없이 그 이름을 읽지 않을 수 없었다. 피 묻은 괭이와 칼로 잘라낸 빵 한 덩어리, 비옷, 그리고 무엇보다도 그 비옷에서 떨어졌고, 어떤 그럴듯한 역할을 할 것임에 틀림없는 단추 하나. 이런 것들과 연관을 지어서 — 어느 부엌에선가 빛을 비추다가 그 후에는 다시 켜지지 않은 등불, '22시 30분'이라느니 '23시 30분'이라느니, 숫자로 표현되어 있고, 우리가 살아가는 시간과는 맞지 않는 범행 시간, 세상의 이목은 오로지, 이들 증거품의 우화에만 기대를 걸고 있다는 듯 수다스럽게 언급된 이러이러한 모양의 괭이, 이러이러한 상표의 비옷 등의 증거물들과 관련지어서 말이다. 언젠가 한 번 양배추 냄새나 수증기 냄새, 또는 갑자기 계단까지 터져나오던 라디오 음악과 연관되었던 그의 이름이 그때와 똑같이 무의미하게,

이번에는 이런 여러 사실들과 결합되어 나쁜 우화 속에 등장했다. 다른 때는 조서에 기재된 사건의 전말이 그를 이렇게까지 동요하게 만들지 않았다. 어쨌든 그는 지금껏, 하나의 이름이 어떻게 살인이나 망가진 자동차, 횡령, 그리고 간통 따위의 일에 관련되게 되었는가를 한 번도 문제삼아 본 적이 없었다. 이름이 범행 사실을 알려준다는 것, 사건이라는 것은 피고와 증인을 인식하는 단서인 그 이름들과 연관되어 있다는 사실이 그에게는 지금껏 너무나도 자명했다.

재판이 시작되고 피고의 모습을 몇 번이나 거듭 바라보게 되었을 때, 그는 사전의 조사 단계 때보다 훨씬 조여오는 감정을 마음속에 느꼈다. 이전에는 세상에서 칭찬의 대상이던 침착성과 냉정한 무심함을 이번에는 애써서 가장할 도리밖에 없었다. 한 시간이 지난 다음, 그는 문득 자신이 무엇을 물었는가, 어떤 대답을 들었는가 의식하지 못함을 깨달았다. 이틀째, 이제 재판의 지루한 예심이 끝나고 좀 더 활기 있는 단계로 접어들 때가 되었는데도, 그는 여전히 몽롱한 상태였다. 증인들은 마치 미리 연습해둔 역할을 해내듯이 답변했고 불명료하거나 애매한 구석이라고는 어디서도 찾아볼 수 없었다. 피고는 조용하고, 서투르고 우둔한 인상을 주었다— 누가 보아도 그렇게 느낄 만큼 성실하고 순박한 모습이었다. 판사만이 악의를 가지고 부산스럽게 서류를 뒤적거리며 두 손을 잡았다 놓았다 너무나 자주 올렸다 내렸다 하고, 손가락을 폈다 오므렸다 하다가는 무엇에 의지하려는 듯 떨리는 한 손으로 책상 모서리를 감싸 쥐기도 했다.

사흘째 되는 날 점심 시간이 가까워 올 즈음에서야 판사의 손은 안정을 되찾았다. 그것은 피고가 겸허한 동작으로 일어나 이런 말을 했기 때문이었다.

"그렇지만 그것은 진실이 아닙니다."

물을 끼얹은 듯 조용한 분위기에서 그는 더욱 낮은 음성으로 이렇게 덧붙였다.

"애당초 전혀 틀렸습니다. 모든 것이 어쨌든 전혀 틀렸습니다."

답변을 요구하자, 피고 요제프 빌더무트는 아마도 자신이 부친을 살해한 것은 사실이겠지만, 그러나 이처럼 엄밀하게 심문을 당한다면 자신도 좀 더 엄밀하게 대답하지 않을 수 없으며, 모든 것이 전혀 틀렸다는 사실을 고백하지 않을 수 없다고 말했다. 사건의 전말은 경찰에서 그의 입을 통해 나오게끔 유도한 것에 불과하며, 예심 판사에 대해서도 얼마든지 반박할 용기가 있다는 것이다. 예를 들어, 그와 부친 사이의 싸움은 돈 때문에 일어난 게 아니고, 떨어졌다는 단추도 싸우는 동안 부친이 뗀 게 아니라고 했다. 이미 몇 주일 전부터 그 단추는 자신의 비옷에 달려 있지 않았으며, 문제의 단추는 외투, 곧 여기에도 증인으로 와 있는 어느 이웃 사람의 외투에 달려 있던 것으로, 그 이웃 사람이 부친과 싸움을 했다는 것이었다.

그 이상 피고는 말을 잇지 못했다. 검사가 벌떡 일어나서 짧고 신랄한 논고를 시작했기 때문이었다. 논고에서 검사는 '궤계(詭計)'라는 말을 사용했고, 피고의 얼굴에 핏기가 없어졌다. 짐작컨대 지금껏 그런 단어를 들어본 적이 없으면서도, 아니 오히려 들은 적이 없기 때문에 창백해졌는지 모른다.

하지만 오후에 재판이 속개되자, 판사는 심문을 다시 시작하여 피고 빌더무트에게 다시 진술을 하도록 했다. 피고는 다시금 온순하게 대답했다. 그러면서 조용하게 사건의 경과를, 전혀 새로운 사실을 전했다. 조서의 페이지마다 꽉 채워진 모든 내용 중에서 유효하게 확인된 것은 하나도 없었다. 범행의 경과도 하나도 정확하게 기록된 것 같지 않았고, 범행의 동기에 대해서도 진실에 가까운 추측조차 기록되어 있지 않은 듯했다. 이렇듯 숱한 오류가 있었기 때문에, 새로운 감정을 청구하기 위해서 공판은 연기되었다.

재판이 다시 진행되자 여론은 확실히 흥미를 나타냈다. 전문 감정가가 불려왔다. 그중에는 명성이 높은 전문가, 이를테면 유럽에 널리 알려진 단추와 실의 전문 감식가까지 동원되었다. 이것은 변호인측에서 경찰과학감정소의 감정이 정확한지 의혹을 제기한 데다가, 문제의 단추가 피고의 외투에 달려 있던 것인가, 이웃 사람의 외투에 달려 있던 것인가를 확실히 판가름해야만 범행의 경위가 철저히 규명되기 때문이었다.

그 단추 전문가가 소환되기까지 아직 하루의 여유가 있었다. 증인들은 새로이 드러난 사실에 대해서 심문을 받았고, 피고는 이제 처음으로 명백히 밝혀진 이런저런 상세한 사실들을 어떻게 해명할지, 도대체 무엇이 그에게 범행을 일으키게 한 동기였는지 말하려고 애썼다. 하지만 지금껏 어김없이 정직하게, 아무런 핑계도 대지 않고 대답해오던 그가, 정작 이번에는 말을 더듬기 시작하더니 곤혹스럽게 침묵을 지켰다. 아니오. 아버지가 정말로 집에서 내쫓는다고 위협을 했는지, 솔직히 말씀드리자면 이미 기억에 없습니다. 아닙니다. 제가 아버지를 옛날부터 늘 미워해왔는지도 확실히 자신

206

이 없습니다. 오히려 미워하지 않았던 것 같습니다. 어린 시절에는 아버지를 미워하지 않았나 봅니다. 아버지가 장난삼아 나무로 동물을 조각해준 일도 있었으니까요. 어떻게 보면 당연스럽지만요 — 이렇게 대답하면서 그는 또 무엇인가 새로운 것이 생각난 듯 뚫어지게 앞을 바라보았다. 그는 기억해내는 것을 어려워했다. 그가 기억하는 일에 익숙지 않다는 것은 그의 태도를 보면 어느 누구라도 알 수 있었다.

이때 관선 변호인이 수다스럽게 가로막고 나섰다. 이 마당에 어떻게 해야 피고를 가장 최선으로 변호할 수 있을지 아직 판단하지 못한 듯 보였지만, 문득 맡은 바 어떤 책임을 자각했고 재판이 진행되면서 동요되고 확대되는 분위기를, 법정에 충만한 기대의 분위기를 깨달은 모양이었다.

"우리는 죄책에 시달리는 이 가엾은 영혼에게서 참을성 있게 진실을 유도해내야 합니다."

그는 간곡하게 법정을 향해 몇 번이나 호소했다. 그것은 투쟁한다기보다 공연하는 느낌이었다. 그는 퍽 선량한 인상의 고전적인 변호사로, 법정을 안타깝게 만드는 동시에 동정의 분위기를 확산시켜놓았다. 그가 젊은 변호사라면 입에 올리기 꺼렸을 어휘를, 따라서 그들이 사용했다면 우스꽝스럽게 들렸을 그런 어휘를 구사했기 때문이었다. 이를테면 고뇌하는 영혼이라든가, 불행한 굴욕의 청춘, 연약한 어린 나무 따위의 어휘를. '잠재 의식'이라는 말조차 그가 머뭇거리며 입에 올릴 때면, 무엇인가 감동적으로 가슴을 에이는 듯이 들려왔다.

또한 그가 과장해서 입에 올리는 진실이라는 말도 마치 서랍이 잔뜩 달린 견고한 골동품 장롱처럼 여겨졌다. 그 장롱의 서랍은 끌어당길 때 덜커덩 소리가 나지만, 집어 넣을 수 있는 자디잔 진실들이 눈처럼 새하얗게, 쓸모 있고 정결하게, 다루기 쉽게 꽉 차 있는 듯했다. 그곳에는 피고가 일찍 여읜 어머니를 그리워하는 마음이, 돈에 집착하는 혼란스런 감정이 들어 있었다. 또한 소박한 한 농부가 한 오라기의 인간미와 온정을, 한 잔의 술을 구하는 애타는 소망이 들어 있었고, 또 한편으로는 정확하고 충실하게 맡은 바 책임을 수행했다는 고용주 편의 유리한 증언이 들어 있었다. 그리고 무해한 시민을 공포에 떨게 하여, 사회로 하여금 보호를 부르짖게 만든 원흉, 핏자국 묻은 괭이까지 그 서랍 안에 놓여 있었다.

숨죽인 공감의 침묵이 법정에 가득했고 그것은 노경의 변호인으로 하여금 평소와는 다른 웅변을 토하게 만들었다. 그리고 예의 전문가, 소위 유럽 최고의 명성을 지녔다는 권위자가 법정에 출두할 단계에 이르자, 변호인은 이 재판이 지닌 의미의 중대성을, 그리고 변호사 자신까지 다시 한번 짊어지게 된 책임의 중요성을 느꼈고, 이 사건에야말로 미묘한 점과 획기적인 점, 애매한 점이 다분히 내포되어 있다는 것을 깨달았다. 그의 이러한 예감은 틀림없을 것이다. 그렇지만 이 돌연한 사태가 애초부터 기대하던 바와는 다르게 엉뚱한 방향에서 일어났기 때문에, 아무튼 그는 내심 당황하고 있었다.

잔뜩 긴장해서 기다리는 법정에 전문가가 등장했다. 그는 자신이 처한 기회에 자신이 없지 않다는 태도였다.

"고등법원 여러분."

이렇게 그는 한 보따리의 서류를 탄원서처럼 받쳐들고 이야기를 시작했다.

"본인이 재검토할 영광을 가졌던 보고서에는 과연 여러 가지 결론과 괄목할 만한 주장이 내포되어 있지만, 유감스럽게도 믿을 만한 확증은 별로 없었습니다. 오늘날 단추의 분석은 과학을 바탕으로 퍽이나 신빙성 있게 이루어지며, 또 참작됩니다. 그 점을 여러분들이 얼마나 명백히 알고 계신지의 여부를 본인은 모릅니다. 이런 분석을 할 경우, 요점만 말씀드리더라도, 단추의 광택, 표면의 성질, 구멍의 간격을 정확히 알아내야 합니다. 또 단춧구멍의 안쪽을 촬영해야 하고, 단추 가장자리에서 구멍까지의 거리를 측정하고, 지름을 밝혀내야 합니다. 하지만 이것으로 끝나지 않습니다. 더욱 엄밀히 규명해내야 하는 것은 단추 특유의 무게, 가장자리의 볼록 나온 두께와……"

법복 위로 솟아 있는 법관들의 얼굴, 선서한 증인들의 얼굴에 석연치 않은 표정이 떠올랐다. 전문가는 잠시 사방을 둘러보고 한층 목소리를 높여 말을 계속했다.

"고등법원 여러분, 단추의 무게를 측정하기 위해서 본인은 스위스제뿐 아니라 미국제 정밀 저울을 동원해서 연구해왔습니다!"

법정 안의 누구인가가 웃음을 참느라 킥킥거렸다.

재판장은 웃음을 머금고 몸을 굽혀 말했다.

"선생님, 제가 당신 말씀을 올바로 알아들었다면 당신은 이 단추에게 공정한 자백을 요구하고 계시는데, 결국 이곳의 실험실 감정원은 단추에게서 신통한 자백을 끌어내지 못했음을 비난하시는 것 같군요."

법정은 온통 웃음바다가 되었다.

변호인은 격분해서 벌떡 일어나, 떨리는 듯한 노인 특유의 음성으로 이렇게 말했다.

"법정 안에서 방청객이 지켜야 할 본분은 — 침묵입니다!"

재판장은 다시 본론으로 돌아가, 자신이 웃음을 터뜨리게 한 것을 사과하고는, 전문가에게 증언을 계속해달라고 청했다. 하지만 그는 이런 돌발 사고와 웃음판은 도저히 이해할 수 없다는 듯 어안이 벙벙해서 사방을 둘러보았다.

잠시 후 경찰감정소의 소장이 소환되어 단추에 달려 있는 실이 피고의 비옷에 쓰인 실과 동일한 것인가의 문제를 놓고, 전문가와 함께 해명하게 되었다.

"여러분!"

전문가는 황망하게 외쳤다.

"몇 번이나 거듭해서 본인의 귀에 들려온 말은 '동일하다'는 것입니다! 그렇지만 이 실들은 결코 동일하다고 할 수 없습니다. '동일하다'는 단어 안에는 최고도의 엄밀한 개연성이 표현되어 있습니다. 우리는 아마도 — 아마도 말입니다! — 한 장의 원판에서 뽑아낸 두 장의 사진을 보고는 동일하다고 말할 수 있겠지요. 그렇지만 이 실들에 대해서는 아무래도 그런 동일성을 주장할 수 없습니다. 도대체 이 법정에서 누구도 그것을 이해하지 못한다는 말입니까? 본인의 이야기를 이해하는 사람이 대체 하나도 없단 말입니까?"

소장은 이번에는 경찰과학감정소에서 작성된 다른 보고서를 꺼내어, 두 가지 실의 '완전한 부합'에 대한 대목을 낭독했다.

"아니, 그렇지 않습니다."

전문가는 지친 듯이 중얼거리더니, 다시 한번 다음과 같이 항변했다.

"그렇지만, 지금의 보고서는 각기 다른 두 올의 실이 동일한 가닥에서 나누어진 것임을 증명하기에는 미흡합니다. 생각해보십시오. 유럽에는 현재 겨우 몇 군데의 단추, 실 제조 공장이 있을 따름인데다가, 그들은 수년 동안 동일한 방법으로 상품을 제조해내고 있습니다. 단추에 관해서도 역시 똑같이 말할 수 있습니다. 이 법정에서 여러분이 목적으로 추구하는 것이 무엇인지 본인은 아는 바 없습니다. 그렇지만 여러분이 단추에 대해서, 실에 대해서, 그토록 쉽사리 논의할 수는 없다는 점을 명백히 하는 것이야말로 본인의 의무라고 생각합니다. 불과 한 개의 단추에 대한 진실이라도, 여러분이 생각하고 계시듯이 그렇게 쉽사리 해결할 수 없는 것입니다. 본인은 30년이라는 긴 세월을 단추에 관한 모든 것을 알아내기 위해 몰두하고 노력해왔습니다. 본인이 보는 바로 여러분은 단추 하나에 진지하게 몰두하는 데에는 단 반 시간도 과하다고 여기시는 듯싶군요……"

그는 물러섰다. 그리고 포기하지 않을 수 없는 강력한 힘에 맞부딪친 듯 고개를 떨구었다.

이번에는 아무도 웃는 이가 없었다.

부드럽던 분위기는 증발해버리고, 법정 안의 공기는 질식할 것만 같았다. 재판은 다른 질의로 이어졌다. 유죄측의 증인이나 무죄측의 증인이나, 이제는 한 사람도 자신 있고 이성적인 답변을 할 수 없는 것 같았다. 단추가 눈앞에 제시되고, 단추에 대한 전모가 밝혀지고 난 지금, 모두가 불확실이라는 병에 감염되고 만 것이다. 그 단추 때문에 염두에 두어서는 안 되었던 무엇인가가 백일하에 드러나 버렸음을 누구나 깨달은 것 같았다. 그러니까 단 한 개의 단추에 대해 정확하게 말하는 것조차 지극히 어려운 일이었다. 학식 있는 사람들은 단추에 대한 모든 것을 미처 모르고 있었음을, 단추와 실의 연구에 자신의 생애를 바치지 못했음을 두려워하는 마음이 되었다. 증인들은 자신들이 앞서 한 답변이 경솔했다는 느낌에 빠졌고, 어떤 시점, 어떤 사물에 관계된 자기네 증언에 대해 책임을 질 수 없다는 의혹이 생긴 모양이었다. 언어는 마치 죽은 나비처럼 그들의 입에서 굴러 떨어졌다. 이미 그들은 자기 자신까지 믿을 수 없게 되었던 것이다.

모든 것이 녹아 흐르고 무너져 없어질 듯 위험한 지경에 이르렀을 때, 검사가 발언을 시작했다. 검사야말로 진실의 최면에 감염되지 않은 인물이었다. 그는 우선 아이러니컬하게 조소까지 머금고 '경탄할 만한, 그렇지만 부질없는' 단추 감정에 대해 감사하고, 그런 것은 시간 낭비일 따름이라고 말하며, 이어서 웃음기를 싹 거두고 '간과할 수 없는, 단순하고 잔인한 범죄 사실'을 상기시켰다.

그는 칼날 같은, 그리고 노련한 음성으로 법정을 휘어잡고 검사다운 준엄한 말투로 넋 잃은 청중을 현실로 돌아오게 했다. 그리고 너무나 구구하고 많은 갖가지 내용 때문에 이 단순한 범죄를 어떻게 읽어야 할지 모르는 방청객과 증인들을 순식간에 자기 편으로 만들고 말았다. 검사 역시 진실을 절절히 호소했다. 피고는 동의하듯이 고개를 끄덕였다. 변호인까지 무의식중에 고개를 끄덕였다.

신문 보도로도 알려졌듯이 일이 벌어진 것은 단추에 대해서 논쟁이 진행되는 도중이나 논란의 클라이맥스에서가 아니라, 바로 이 순간이었다. 고등법원 판사 안톤 빌더무트가 책상을 집고 의자에서 가까스로 일어나 고함을 지른 것은. 이 고함 사건은 전 지방 재판소를 당혹케 했고, 수일간 시중의 화제가 되었으며, 신문마다 대서특필되었다. 애당초 이 고함이 진기하게 느껴진 이유는, 그것이 재판과는 무관했다는 것, 어디에도 속하지 않고, 어느 누구와도 관계없는 절대적인 절규였다는 데 있었다. 어떤 이들은 그가 이렇게 고함을 질렀다고 말했다.

"누구든 이 법정에서 감히 또 한번 진실이라는 말을 입에 올리기만 해보시오……!"

그런가 하면 어떤 이들은 그가 이렇게 고함을 질렀다고 했다.

"진실이라는 말은 끝장내시오. 진실이라는 말은 그만두시오!" 또는 "진실이라는 말은 그만두시오. 이제 제발 진실이란 말은 집어치우시오!"라고. 이어서 계속되는 무시무시한 침묵 속에서, 그는 수없이 이런 비슷한 말을 거듭 되뇌었고 의자를 박차고 법정에서 나갔다는 것이다. 또 어떤 이들은 그가 기절해 쓰러져서 법정에서 실려나갔음에 틀림없다고도 했다.

어쨌든 고함을 지른 것만은 틀림없었다.

2

누구인가, 내가 왜 이 길을 걷게 되었고, 그것에 집착해왔으며, 또 그것을 향해 고함을 쳤는가에 대해 곰곰히 생각하는 자가 있을 것이다. 또한 내가 이 사건 후 재기한다면, 무슨 생각으로 어떤 길을, 어떤 방향으로 내달릴 것인가 문제삼는 이가 분명히 있을 것이다. 나는 어떤 눈빛을 갖고 있는가? 나이는? 신발의 크기는? 지출의 용도는? 생일은 언제인가? 한순간 나는 내 머리의 치수를 매겨보려고 골몰해보았다. 하지만 그것은 별수없이 평균치에 해당되리라. 그리고 그 뇌수는 죽음 뒤에는 좀 더 가벼워질 것이다.

요컨대 내가 문제로 삼는 것은 진실이다. 다른 이들이 흔히 신이나 맘몬(財神)을 문제삼듯이. 명예나 구원의 행복을 문제삼듯이.

오래 전부터, 애당초부터 내게 문제가 되어온 것은 진실이다.

아버지는 교사였고, 할아버지가 농사를 지으시던 시골 우리집에는 우리가 어렸을 때까지만 해도, 희미하게 바랜, 이런 문구가 집의 전면 벽을 꽉 채워 덮고 있었다. 지상에는 우리가 영원히 안주할 땅이 없나니라. 할아버지가 사람을 시켜 쓰게 하신 문구였다. 할아버지는 당신의 자식이나 손자들보다 한층 담대하신 빌더무트셨는데, 이 지당하고 영향력 있는 문구로 온 집안을 다스리셨고, 당신 자신까지 다스리셨다. 할아버지가 돌아가신 후 그 글씨 위에는 석회가 발라지고 벽은 새하얗게 변해버렸다. 하지만 그 문구는 내가 살던 최초의 집에 씌어 있었다는 이유로, 또한 우리가 지상에서 사는 기간이야말로 진실로 덧없이 짧으므로, 내가 진실 하나를 문제로 삼는 데에 대한 변명이 될 수 있을 것이다. 그 진실 하나만을 노획물로 불입해두기에도 지상의 시간은 얼마나 불가능하게 짧은가. 우리는 온 정열을 다해 그것을 좇고 추적하는 데 그칠 수밖에 없지 않은가. 그러니까 나의 텅 빈 두 손을 보고 어느 누구도 웃을 수는 없을 것이다. 또한 모든 인간의 텅 빈 손들을 보고는 더욱이.

모든 인간의 텅 빈 손들.

아버지는 30년 넘게 소도시 H시에서 교사 노릇을 하셨다. H시라면 내가 지방 재판소에 청년 판사로 부임했던 곳이기도 하다. 아버지는 프로테스탄트였다. 뿐만 아니라 나의 전 가족은 대대로 프로테스탄트였고 지금도 그렇다. 어머니만이 유일한 예외자로서 성당에 나가지 않는 일종의 가톨릭 신자였다. 그렇게 많은 학생들의 교육에 관심을 쏟아야만 했던 아버지는 내가 기억하는 한 정작 나와 누이에 대해 유난스럽게 대하신 적이 없었던 것 같다. 그렇지만 우리 중 누구라도 무슨 얘기를 하거나 어머니께서 우리가 저지른 비행이라든지 싸움, 그 비슷한 얘기를 중계해서 보고할 때면, 아버지는 신문을 읽거나 연습장을 검토하는 일을 기꺼이 멈추셨다. 그러고는 지체 없이 이렇게 물으셨다 — 그게 진실이냐?

아버지야말로 가능한 모든 방면에 연관성을 갖고, 모든 방면에 태세를 갖추고 '진실'이라는 말을 쓰던 분이었다. '성실한' '성실' '진실' '참된 것' '있는 그대로의' '진실애' '진실을 사랑하는' — 이런 언어들은 아버지에게서 유래한 것이었다. 아버지는 어릴 때부터 이런 언어들을 내게 주입시키고 다시 확인하는 감탄의 원조였다. 나는 미처 뜻을 이해할 능력도 갖추기 전에 이미 그 언어에 매료되어 굴복하고 있었다. 또래의 다른 애들이 모형에 따라 장난감 모자이크를 정확하게 뜯어 맞추려고 애쓰듯이, 나는 '진실을 말하는' 본보기에다 나 자신을 채우기 위해 무진 애를 썼다. 그때 나는 아버지가 의도하는 바는 일어난 사태에 관해 '엄밀하게' 이야기하는 것임을 어렴풋이 느끼고 있었다. 물론 무엇 때문에 그렇게 하는 게 좋은지 알지도 못하면서 어느 틈엔가 나는, 내 작은 머리가 허용하는 한 항상 진실을 말하는 데 길이 들어버렸다. 그것은 아버지에 대한 두려움에서라기보다 어떤 어렴풋한 갈망에서 우러난 것이었다. 그 대가로 누구든지 나를 보면 '정직한 아이'라고 불렀다.

하지만 나는 곧, 이를테면 하굣길에 시시덕거리느라 늑장을 부렸다느니 주먹질하고 싸우느라고 점심 시간에 늦었다느니 하는 정도의 고백으로 아버지의 요구에 응하는 일에 만족할 수 없었고, 한층 엄밀한 진실을 말하기 시작했다. 문득 나는 사람들이 내게 요구하는 것이 무엇인가 깨달았고 — 아마 그것은 1학년이나 2학년 때였을 것이다 — 나의 정당성이 인정받는다는 것을 알게 되었기 때문이었다. 나의 욕구는 어른들이 내게 바라는 것, 무엇보다도 두드러진 선의의 욕구에 적중했다. 내 앞에는 용이하고 신비스런 인생이 가로놓여 있었다. 그렇다. 내게는 오로지 진실을 말하는 일만이 허용되어 있을 뿐 아니라 온갖 고난을 무릅쓰고 필연적으로 진실을 말하지 않을 수 없었다!

그리하여 아버지가 왜 그렇게 학교에서 늦게 집에 왔느냐고 물어볼 때, 나는 우리가 재잘대고 떠들었기 때문에 선생님께서 방과후에 15분 동안 남는 벌을 주셨다고 말하지 않을 수 없었다. 또 그것

말고도 집에 오는 길에 시몬 부인을 만났기 때문에 더 늦었다고 말하지 않을 수 없었다.

아니, 그것으로 충분치가 않았다. 나는 이렇게 말하지 않을 수 없었다― 산술 시간이 끝날 무렵, 아마 5분 전쯤일 거예요. 선생님은 우리가 소란을 피운다고 이런 말씀을 하셨어요……

그것으로도 미흡했다― 마지막 시간에 소란을 피웠기 때문이에요. 마지막 시간에 안데르레와 제가 종이로 비행기를 접었기 때문이에요. 우리가 연습장에서 종이를 뜯어내어 비행기를 접고, 또 종이 공 두 개를, 그러니까 산술 연습장에서 뜯어낸 종이로 비행기 두 대와 공 두 개를 만들었기 때문이에요. 선생님께 들키지 않게 꺾쇠를 풀 수 있는 산술 연습장 한가운데서 뜯어낸 종이를 갖고 말이에요……

그리고 나는 선생님이 말씀하신 구절들을 세밀한 용어까지 샅샅이 더듬었다. 또 다리 위에서 시몬 부인이 얼마나 느닷없이 내 앞에 우뚝 섰으며 그녀가 어떻게 내 소매를 잡았고 무슨 말을 건넸는가를 시시콜콜하게 설명했다. 이 모든 것을 설명하고 나서 나는 다시 한번 처음부터 시작했다. 투명하게 격앙된 상태에서, 나는 내가 설명한 것이 여전히 완전하게 들어맞지 않는다는 사실을 깨달았기 때문이었다. 그뿐이 아니었다. 내가 이미 입에 올린 모든 것은 그 이전의 사건, 즉 이미 이야기한 사물들의 표피에 닿아 있는 또 하나의 사물과 여전히 얽혀 있었다. 무엇이든 남김없이 철저하게 보고하기는 어려웠다. 하지만 무엇보다 중요한 것은 의욕이었다. 그리고 내게는 의욕이 있었다. 나는 계속 노력했고, 학교 숙제 못지않게 비중이

컸던 이 과제에 매달려 애를 태웠다. 나는 진실을 갈구했다. 그 당시에 그것은 우선 '진실을 말하는' 것을 의미했다.

어느 날 나는, 누이 애니와 몇몇 마을 친구들과 어울려 못된 장난을 쳐서 이웃 사람을 잔뜩 화나게 만들었다. 그때 나는 생전 처음 진실에 대한 도취경에까지 스스로를 끌어올렸고 수년 동안 그 경지에서 헤어나지 못했다.

미처 아버지 앞에 호출당하기도 전에 나는 일어난 일을 혼자서 세밀하게 순서대로 정리해서 암기했다! — 제일 먼저 에디가 우리, 집에 가는 길에 시몬 부인을 숨어 기다리자, 라고 말했다. 우리는 같이 어울려서 부인을 기다리느라 집 모퉁이까지 걸어갔다. 우리, 부인을 기습해서 골탕을 먹이자, 에디가 말했고, 내가 말했고, 또 애니가 말했다. 그 일을 하자고 먼저 제의한 것은 사실 에디였다. 그렇지만 나도 그 전에 내가 잡아온 개구리를 부인의 장바구니에 넣어서 부인을 골탕먹이려고 생각했다. 그런데 개구리를 놓쳐버렸다. 시몬 부인이 나타나지 않자 애니가 돌멩이를 찾았다. 나와 애니는 정원 문 앞에 돌멩이를 놓았다. 에디는 그 앞에 지팡이를 놓았다. 커다란 돌멩이 다섯 개와 숲에서 가져온 나무 막대기 하나. 우리는 시몬 부인이 돌멩이나 지팡이에 걸려 비트적거리게 하려고 돌멩이랑 지팡이를 설치했다. 그리고 또 헤르마가 포석을 하나 날라왔다. 헤르마가 말했고, 내가 말했고, 에디가 말했다. 그렇다. 우리 모두가 그런 말을 했다. 그러고 나자 애니가 자기는 시몬 부인이 고꾸라지는 것은 원치 않는다고 말했다. 그렇지만 나와 에디가 말했다……

이렇게 맨 처음에 되는 대로 성급히 작성한 초안을 그대로 아버지에게 말씀드린다 해도, 아무런 벌을 받지 않고 빠져나올 수 있으리라는 것을 나는 알고 있었다. 하지만 나는 좀 더 자세히 생각해보게 해달라고 청하고, 스스로에게도 세목에 이르기까지 결함 없이 정확하게 납득이 가도록 초안을 수정해서 말했다. 지금 생각해봐도 그것은 산만하기 짝이 없는 이야기였다. 아버지는 의식적으로 표면에 나타내지는 않으셨지만 상당히 만족하신 기색이었다. 이런 말씀을 하시며 이제 가도 좋다고 허락하셨을 때, 나는 아버지가 용서하셨다는 것을 느꼈다.

"진실이 통하지 않는 일은 없단다. 항상 진실을 떠나지 말아라. 그리고 아무도 두려워하지 말아라."

그 뒤로도 나는 비록 불쾌하기 이를 데 없었다 해도, 온갖 탈선 행위를 계속 표현했다. 어머니는 흔히 내 참회를 끝까지 듣지 못하셨고, 툭하면 나로서는 의미를 알 수 없는 시선을 아버지에게 던지셨다. 하지만 아버지께서는 주의 깊게 듣는 자세를 지키셨다. 이런 식으로 심문해서 듣는 일을 즐기신 셈이었다. 그래서 나도 그 일이 갈수록 무섭지 않게 되었고, 그렇게 함으로써 아버지에게 기쁨을 줄 수 있다는 사실에 나도 같이 도취하게 되었다. 그때 내가 입에 올리던 이야기들은, 이를테면 권태롭고 하찮은 학교 내의 사건이며 개구쟁이짓, 바보 같은 짓, 맨 처음 떠오른 훌륭한 착상이며, 그릇된 생각에 관한 이야기들은 오로지 진실이기만 하면 되었다! 그것이 진실이기만 하다면, 만사는 순조로웠다! 내 어린 시절 진실의 주변에는, 뿐만 아니라 진실에 대해 표현하고 그것을 입에 올리며 되풀이하는 일의 주변에는 무어라 이름할 수 없는 후광이 둘려 있었다.

그것은 내게 일종의 학습이 되었고, 그 학습을 통해 나라는 인간이 주조되어 갈수록 통달하게 되었고, 또한 인생 무대에서의 모든 사건, 모든 감정, 모든 사물을 원자로 해체된 상태로 배우게 되었다.

그리고 훨씬 훗날에야 문득 나는 이런 사실을 떠올렸다. 즉 애당초 문제로 제기되지 않아, 나로서는 도저히 변명할 기회조차 없었던 사항이 응당 얼마든지 있다는 사실을 — 따라서 나는 지금껏 모든 것에 관해 진실을 말한 것은 못 된다는 사실을. 참회할 기회를 갖지 못한 사항에 관해 내가 어떻게 생각하며, 내가 뜻하는 것이 무엇이며, 내가 믿는 것이 무엇인가를 물어온 사람은 지금껏 한 사람도 없었다.

열세 살에서 열여덟 살에 이르는 시기 동안 나는 변함없이 지나칠 정도로 진실을 말하는 일에 스스로를 단련시키면서 한편으로는 가족과 무관한 세계, 마치 무대의 뒤쪽 같은 세계를 자유롭게 방황하면서 살았다. 진실을 위해 출연할 때마다, 나는 이 무대의 뒤쪽으로 퇴각했고, 그곳에서 너무나 힘들었던 출연의 피로를 풀었다. 이를테면 바야흐로 진실을 말하는 일로 인해 치르지 않을 수 없었던 힘을, 손실을 만회했다. 모든 것은 점점 더 높은 액면을 요하기 시작했고, 해가 거듭할수록 더욱 많은 대가를 지불해야 했다. 더 많은 호흡과 갈망과 언어를. 그 무대의 뒤쪽에서는 아무도 예감할 수 없는 내 꿈의 모험, 꿈의 연극, 환상이 전개되었다. 그리고 그것은 열매를 맺지는 못했지만, 어느덧, 각광 속의 진실에 못지않게 무성하게 자라났다. 조심스럽게 시니컬한 의미를 붙여 나는 이 세계를 나의 '가톨릭' 세계라고 부를 때가 많았다. 표현 자체야 대수로운 것이 못 되었지만, 그렇게 부르는 가운데, 나는 조금은 퇴폐적이고 다채로우며 풍요한 어떤 세계를, 곧 양심의 탐구 따위와는 유리되어 있고 얼마든지 게을러도 좋은 하나의 밀림 지대를 표현하려 했다.

그것은 나로서는 어머니의 세계와 연관된 세계로, 그런 연관의 책임은 역시 어머니에게 있었다. 아름답고 긴 붉은 머리칼을 가지신 어머니. 아무것에도 진지한 관심을 보이는 일 없이 집 안을 돌아다니시던 어머니. 매섭게 차가운 어느 일요일, 교회에 가려고 아우성을 치는 우리를 보고 어머니는 그저 재미있다는 듯 눈썹을 치켜올리셨을 뿐, 그렇게 무리해서 서두르는 우리의 욕망을 이해할 수 없다는 표정이셨다. 어쨌든 어머니는 자유로우셨다. 나의 안이한 어머니. 우리가 교회에 가 있는 동안, 어머니는 나무 물통 속에서 목욕을 하고 머리를 감으셨고, 우리가 되돌아올 때까지도 속옷 차림으로 부엌에 서서 만족과 상쾌함에 젖어 편안한 기분이셨다. 그러고 나면 애니는 어머니가 빗질하는 것을 도와드려야 했고, 나는 빠져버린 빨간 머리칼을 손가락에 감고, 어머니가 머리를 빗어올리는 데 상담역을 했다. 그렇다. 일요일을 그런 형태로 즐기시던 어머니는 분명히 무엇인가에서—물론 진실로부터도—제외되어 있었고 어머니는 그것이 무엇인지조차 깨닫지 못하셨다. 오로지 아버지만이 진실에 관여하셨다. 일요일이 아니더라도 아버지는 곧잘 진실을 화제로 삼으셨고 우리에게 진실의 가치를 제시해주셨다. 다른 인간들이 어디에 목표를 두고 있든지—무릇 빌더무트라는 이름을 가진 인간의 목표는 한결같이 진실을 추구하고, 진실의 편에 서며, 진실을 택하는 데 있음을 나는 명백히 알게 되었다. 진실—이라는 말은 어린 우리에게는 마치 중국 대륙이라도 향하듯이 진실을 향한 여정이 가능하다는 듯 들렸다. 그리고 추구한다―는 말도 습한 여름날 버섯을 찾듯이, 숲속에서 진실을 추구하여 한 바구니 가득 집으로 가져올 수 있다는 듯이 울렸던 것이다.

우리집에는 진실이, 또 진실이라는 말이 메아리쳤다. 그 밖의 언어들은 이 제왕 같은 언어를 에워싸는 들러리에 지나지 않았다. 한 사람의 빌더무트를 교육한다는 것―은 곧 그를 진실의 편으로 이끈다는 뜻이었고, 한 사람의 빌더무트가 된다는 것은, 곧 진실 속에 사는 인간이 된다는 의미였다.

그 후 나는 이 집을 떠났다. 그리고 첫 번째 진실과 결별했다. 아울러 양친의 집과 일요일, 그리고 교리서와도 결별했다. 대학에서 공부를 시작하면서 나는 또 다른 유의 진실과 접했다. 그것은 아마도 한 단계 높은 진실이라고 말할 수 있을, 학문이 일러주는 진실이었다. 안데르레는 나와 함께 그라츠로 갔다. 그라츠 대학에서 우리는 그 도시 출신인 로시와 후브만이라는 다른 두 학생과 한패가 되었다. 그들 역시 법학이라는 학문에서, 단순히 학위나 취득하고 관례대로 국가의 녹을 먹는 관직을 택하는 가장 안이한 방편이라는 점과는 다른 어떤 것을 간파하고 있었다. 강의는 우리를 만족시키지 못했다. 마땅히 '파고들어야' 할 논문들, 편의를 도모하기 위해 보존해놓은 논문들을 우리는 배척했다. 우리는 다른 것에 뜻을 품었다. 그래서 저녁마다 '주제'를 초월해서 주제를 위한 근본을 추구하는 데 골몰하며 시간을 보냈다. 그러니까 1년인가 2년 동안 우리는 매일 저녁 헌법과 법률에 관한 근원적인 문제에 열을 올렸고, 그것은 우리에게 무수한 논쟁의 계기가 되었다.

결국 나는 우리 각자가 논쟁에 소질을 갖고 있다는 것을 깨달았다. 아니 오히려 걷고 침묵하고 잠자리에서 뒤척이고 하는 버릇처럼, 체취처럼, 그런 어떤 성향이 우리에게 고착되어버렸다는 것을 깨달았다. 이를테면 후브만이 어떤 점을 진실이라고 간주하는 방향으로 기울면, 나는 그 정반대의 입장을 진실이라고 우기려 들었고, 로시는 또 다른 논증을 제시함으로써 우리 둘을 모두 격분시켰다. 그는 현실이라고 부르는 것을 척도로 해서 우리 양극의 관점을 자기류(自己流)로 분석하고, 진실은 결국 가운데에 자리잡고 있다고 주장했다. 하지만 어떻게 진실이 가운데에 놓일 수 있단 말인가? 단적으로 진실을 가운데로 밀어붙인다거나 또는 오른편이나 왼편으로 아니면 허공으로, 아니면 시간 안이나 밖으로 밀어붙인다는 것이야말로 황당무계한 이야기였다.

지금 여기서 어떤 관점을 놓고 우리가 그렇게 흥분에 빠져들었는가를 언급하는 일은 불필요하다고 생각한다. 아마도 우리가 법철학에 대한 책을 읽었듯이, 강제로든 자진해서든, 한 가지 주제에 대해 쓴 책 열 권을 읽어본 사람이면 모름지기 내 말의 의미를 이해할 것이다. 사실상 우리의 발언에 독창적인 점은 거의 없었다. 단지 어느 책에 있는 사상이나 문구를 끄집어내어 해부하거나 결합시켰을 뿐이었다. 우리는 어떤 때는 이곳에서, 또 다른 때는 저곳에서, 때로는 제삼의 대목에서 진실을 보았다. 기운 좋은 개들이 뼈다귀 하나를 놓고 싸우듯이, 우리는 젊음이 지닌 모든 활력과 투쟁욕과 사고욕을 동원해서 진실을 에워싸고 격투를 벌였다. 우리는 이미 앞서간

헤겔과 에링*, 라드부르흐**의 유산인, 어처구니없이 위대한 사상을 우리 자신의 것인 양 착각했다. 하지만 우리가 벌인 관점의 충돌조차도 이미 제시되었던 충돌의 반복임이 실증되었다. 우리는 목이 쉬도록 상대와 절대에 대해, 객체와 주체에 대해 언성을 높였다. 또 우리는 카드놀이의 패를 내놓듯 신과 외래어를 들먹이거나 진실을 상대편의 골로 차넣어 한 점을 기록하기도 했다.

대학 마지막 학년 때 우리는 뿔뿔이 헤어졌다. 언뜻 비치는 섬광만을 보았을 뿐인 끝도 없는 문제들을 놓고 여전히 한가한 논쟁을 벌이기에는 너무나 많은 시험 준비가 피할 수 없이 우리 앞에 가로놓였다. 또 애인이 생겨서 저녁 시간을 앗아갔고 시험 걱정으로 잠을 잘 수 없었다. 그런 이유로 진실을 거들떠볼 틈이 없게 되었다. 우리는 사회 안에 쓸모 있는 요원으로 진출하기 위해서 벼락공부로 성급한 끝막음을 하느라 노심초사했다. 그러느라 우리가 진실을 외면하고 있는 동안, 한 단계 높은 진실은 우리에게서 벗어나 본연의 위치를 회복했다. 우리는 지반을 갖게 되었다. 재판관의 서기로 출발하면서, 애초에 우리가 지녔던 오만을 상실하는 대신 새로운 오만을 지니게 되었다. 그리고 사무실에서나 재판소의 길고 긴 복도에서는 진실을 추구할 시간이 없다는 것을 깨달았다. 우리는 판결문을 작성하고, 조서를 정리하고, 타이프를 치며, 상관에게 인사하고, 비서와 시보, 급사에게서 인사 받는 일에 길들게 되었다. 그리고

---

* 1818~1892, 근대의 역사적 법률학의 창시자.
** 1878~1949, 독일의 유명한 형법학자이자 법철학자.

판결, 기소, 서류철, 분류함, 책장들을 취급하는 일에도 익숙해졌다.

진실은 어디로 증발해버렸던가? 진실을 추구하고 찾아내려 했던 자가 누구였던가? 하지만 만사를 진실 추적이라는 문제에 귀착시키는 한 사람의 빌더무트로서는, 모름지기 그 진실의 자취를 결단코 잃어버릴 수 없었으리라. 그 점을 나는 믿어 의심치 않는다! 다만 그 역시 생활의 쳇바퀴 속에 물려들어 돌아가게 된 것이다. 무릇 인간이라면 피할 수 없는 바퀴 속으로……

우리는 가정을 이뤘고 도당을 조직했다. 또 주거를 마련했다. 나는 우리가 살던 소도시 출신의 처녀 게르다와 결혼했다. 어렸을 때에는 서로 아는 사이가 아니었지만 훗날 약관(弱冠)의 판사가 되어 고향으로 돌아왔을 때, 나는 주말마다 수영을 하러 호반으로 갔고, 그곳에서 그녀를 자주 만나게 되었다. 게르다. 그녀 곁에서 지금 나는 몽롱하니 감탄하며 살고 있다……

나는 내 측근에서 아내처럼 진실을 안중에 두지 않는 인간을 본 적이 없다. 많은 사람들이 그녀를 퍽 좋아한다. 우리 가정에서 그녀는 여신처럼 존중을 받고 있고 나의 친구들까지도, 나보다 오히려 내 아내와 어울리고 싶어한다. 그녀는 일종의 마력을 지니고 있음에 틀림없다. 그녀야말로 하찮은 사건, 지극히 사소한 체험에서 그럴듯한 얘기를 끌어내는 재간을 갖고 있기 때문에, 모두가 그녀를 찬탄해 마지않는다. 그녀는 진실을 희생하여, 끊임없이 다른 이들을 즐겁게 해주고 자기도 즐긴다. 나는 그녀가 어떤 사건을 정확하게 보고하는 모습을 지금껏 한 번도 본 적이 없다. 그녀는 모든 것을, 여행이나 하다못해 우유 가게에 가는 일, 미장원에서의 소문까지 즉석에서 하나의 조그만 예술 작품으로 변형시킨다. 그녀의 모든 이야기는 재치가 있거나 감탄을 불러일으키며, 어떤 핵심을 지니고 있다. 그녀가 무엇이든 이야기의 대접을 베풀 때면, 누구나가 무조건 웃지 않을 수 없고 당황해서 말문이 막히거나 눈물을 흘릴 지경이 된다. 나로서는 도저히 눈에 띄지 않는 것을 그녀는 관찰해 냈다. 그런 까닭으로, 그녀는 마치 누구에게도 답변을 요구할 일이란 영원히 없다는 듯이, 끊임없이 재잘댈 수 있는 것이다. 그녀는 진실이 아닌 거짓을 말한다. 하지만 불과 몇 가지 안 되는 예외를 젖혀 놓으면, 그녀 자신이 그 점을 깨닫고 있는지 어떤지조차 나로서는 도저히 알 수 없다. 여권을 발급 받으러 갔다오면 그녀는 이렇게 말한다. 사람들이 아마도 서른 명은 앉아 있었을 거예요. 아니 그게 아녜요. 마흔 명은……

(그렇다면 그것은 네댓 명을 뜻한다고 나는 확신한다!)

그래서 몇 시간이나 기다렸어요.

(내가 어림해본 바로는 그녀는 불과 반 시간 정도 기다렸다!)

그녀가 어린 시절의 기억을 풀어놓을 때면, 호반에 가 있었던 기간이 수주일이 되기도 하고 어느 틈엔가 일주일이 되기도 한다. 또는 그녀는 자기가 늘상 사내애들하고만 어울려 놀았으며 바지만 입었다고 뽐내며 말한다. 하지만 나는 오로지 치마만 입고 찍은 그녀의 어릴 때 사진을 이미 봐서 알고 있다. 또 그녀는 머리를 아주 짧게, '쇼트 커트'를 했었다고 말하지만 — 내가 알기로는 적어도 2년 동안 그녀는 갈래머리를 땋고 있었다.

내게는 보고할 인생 행로가 오로지 한 길밖에 없다. 하지만 게르

226

다는 여러 가닥의 인생 역정을 지니고 있음에 틀림없다. 그 이유는, 나는 그녀의 과거를 대체로 알고, 어릴 때부터 그녀를 알던 인물들을 충분히 아는데도 불구하고, 그녀가 자신에 관해 이야기를 하다 보면 종종 끝도 없이 이탈하기 때문이다. 아니, 애당초 이탈이라고 할 수도 없을 것 같다. 그녀에게는 이탈이라고 이름 붙일 수 있는 본래의 궤도조차 없었고, 아예 여러 개의 인생 텍스트와 해설본이 주어져 있었다. 그녀가 신나서 수다를 떨 때면 어떤 세목이 머리에 떠오르기가 무섭게 그녀의 인생 행로는 다른 방향으로 굽어든다. 소녀 시절의 그녀는 오로지 피아노만 치려고 했다. 피아노에 달라붙어 음악 속에 빠진 채 음악과 더불어 살고 싶어했다. 그런가 하면 느닷없이, 나는 그녀가 의학 공부를 제일 하고 싶어했음을 알게 된다. 아프리카로 가서 그곳의 어느 병원에서 극빈자들을 도와주고 싶었으며 콩고나 마우 마우스에서 온갖 위험을 무릅쓰고 사명을 다하는 일이야말로 유일한 소망이었다는 것을.

일종의 미신이지만 이따금 나는 이런 생각을 하게 된다. 즉 우리가 가장 견디지 못하는 것을 반드시 견뎌내야 함과 같이, 누구나 자신의 근원적인 욕구를 이룰 수 없는 인간과 철저한 관계를 맺지 않을 수 없는 운명을 타고나는 게 아닌가 하는 생각 말이다. 누구에게나 찬양받는 매력의 소유자 게르다. 그녀야말로, 내 입장에서는 도저히 견딜 수 없다고 명확하게 말할 수 있는 바로 그런 여자이다. '당신의 매력적인 부인……' 칼텐부루너라는 그 작자는 아직도 내게 이렇게 쓰기를 사양치 않는다. 그자에게야말로 그녀는 적격의 매력을 지닌 여자일 수도 있다. 그녀의 매력이 그의 매력에 어울렸을 것이다. 나로서는 무력하게 통분해하며 뿌리째 뽑아버리고 싶은, 한 푼의 가치도 없는 그의 매력에 말이다.

어쨌든 게르다는 얼마나 잘 살아가고 있는가. 다름아닌 바로 나 같은 인물 곁에서 말이다. 또 나는 그녀 곁에서 얼마나 잘 살아가고 있는가! 진실이 개재하지 않더라도 얼마든지 순조롭다. 그럴 수 있다니, 나로서는 아연치 않을 수 없다. 언젠가 아내가 사산을 했을 때 나는 물론 그녀까지 꼭 죽으리라고 생각한 적이 있었다. 그때 나는 이제야말로 그녀에게서 마력이 떨어져 나가고 적나라한 모습이 드러나리라고, 그리하여 그러한 절망 가운데서도 우리 둘을 위한 희망이 열리리라고 생각했다.

그렇지만 그런 와중에도 그녀는 여전히 거짓을 말했고, 심각하거나 우울하면서도 재치 있는 그녀 특유의 언어를 구사했다. 지금까지도 그녀는 자기의 육체가 극한 상황까지 끌려갔던, 자기가 겪은 가장 불행한 몇 시간을 회상하면서 변함없이 거짓을 말한다. 그녀에게는 그때의 상황을 긴박감 있게 말하며, 관찰의 로켓을 발사하는 재간이 있다. 내가 보기에 중요하다고 생각되는 부분, 진실에 접해 있는, 그야말로 진실된 부분은 온통 생략해버리고 말이다. 그녀의 말을 거짓이라고 여기는 사람은 나 이외에 아무도 없으리라. 그 점을 나는 알고 있다. 칼텐부루너 씨의 의견대로 그녀야말로 세계를 바라보는 특유의 방식을 갖고 있는 것이다. 나는 이 특유의 방식을 미워한다. 그것은 진실을 희생하며 세계를 한층 모호하게 어둡게 만들기 때문이다. 세계란 게르다의 아라베스크 문자에 의해 조종되고 치장되기 위해 존재하는 것이 아니잖은가. 굳이 그녀의 힘을 빌려 모호해지지 않더라도, 세계는 자체로서 충분히 모호하게 존재한다.

내가 대상으로 하는 것은 진실을 찾는 일이다. 그것은 비단 직업 때문이 아니라, 나로서는 그것 이외의 다른 어떤 일도 상대할 수 없기 때문이다. 비록 진실을 영원히 발견하지 못한다 하더라도……

빌더무트라는 인간은 애초부터 영원히 달리 될 수 없는 운명 속에 있는 것이다……

빌더무트는 모름지기 진실은 아무리 멀리까지라도 통한다는 사실을 아는 인물이다……

그렇지만 대체 나는 앞으로도 계속 진실을 상대해 나아갈 것인가? 아니, 고함을 지른 이후부터, 그때부터 나는 이미 진실을 원치 않게 되었다. 그 이전에도 진실을 원치 않는 때가 자주 있었다. 대체 무엇 때문에 진실을 상대해 나아간다는 말인가? 어디를 향해서? 아득히 멀리까지, 사물의 이면을 향해, 장막의 배후를 향해, 하늘에 닿을 때까지, 아니면 오로지 일곱 개의 산등성이를 넘을 때까지…… 이 거리들을 나는 무작정 나아가고 싶지 않다. 오래 전부터 내게는 신념이 부족하기 때문이다. 지금도 나는 이것만은 알고 있다 ― 내가 바라는 것은 내 몸과 정신이 일치하는 것임을 ― 끝없는 환희 속에서 영원히 일치하기를. 그렇지만 아무것도 일치하는 것이 없기 때문에, 그렇다고 내가 그것을 강요할 수도 뜻을 이룰 수도 없기 때문에, 나는 고함을 지르게 되리라는 것을.

절규하는 것이다!

나는 나 자신에 대해 진실을 추구해보았다. 하지만 나 자신을 갈

기갈기 분해하여 낱낱으로 나에 대해 생각하거나, 아니면 간혹 전체의 모습대로 암담하게 나에 대해 생각하거나 하는 것이 도대체 어떤 해답을 준단 말인가! 누구에게나 주어질 수 있는 흔하디흔한 표시들로 무엇을 풀어나갈 수 있겠는가?

나는 인색하지만 때로는 관대하다. 나는 퍽 많은 인간들에게 동정을 베풀 줄 알지만, 또한 어떤 인간들에 대해서는 동정을 모른다. 나는 방탕할 만한 충분한 소질을 갖고 있지만, 무엇을 방탕한 것이라고 자신 있게 규정할지 정확히 알지 못한다. 그리고 악덕이 어떤 것인지 잘 식별하지 못한다. 그것은 아마 나의 소질을 사용해보지 못했기 때문일 것이다. 우선 용기가 부족한 데다가 시간이 없었기 때문에, 그리고 그 소질을 꼭 펼쳐보는 것이 대단히 중요하게 생각되지도 않았기 때문에 말이다. 나는 허영심이 있지만, 그것도 어느 특정한 전제가 있을 때의 일이다. 대학 시절, 그리고 그 후 한동안 우리가 같은 사회에서의 길을 걷게 되었을 때, 나는 얼마든지 로시를 헐뜯고 싶은 마음이었다. 그런가 하면 후브만이 나보다 한결 두각을 나타내며 법무부에서 빠르게 승진한 것을 나는 진심으로 기뻐했다. 두 사람 다 친구라고 나는 생각했고 둘 다 좋아했다. 그런데도 내 감정에 왜 차질이 생겼는지 내 마음을 나도 알 수가 없었다. 내가 로시에 대해 미심쩍은 마음을 품는 것은, 어쩌면 내 책임이 아니고 로시에게 책임이 있거나, 아니면 그나 내가 아닌 제삼자에게 책임이 있는지도 모를 일이었다. 아니면 오늘날에 와서는 이미 내게 아무런 애틋함도 불러일으키지 않는 우리의 우정 방식에 책임이 있는지도 모른다. 나는 충실하지만 불충실하다. 나는 어쩔 줄 몰라 하는 상황에 곧잘 빠져들지만, 단호하게 등장할 줄도 안다. 나는 비겁하면서 용감하다. 그리고 대개는 이 두 가지 요소가 끊임없이 변화로운 뉘앙스를 나타내며 나를 지배하고 있음을 안다. 하지만 끊임없이 나의 의식에서 떠나지 않는 것은 내게는 하나의 탐구가, 곧 진실이 문제라는 점이었다. 하지만 나는, 나를 위해 진실을 요청하지 않는다. 진실이 반드시 나와 상관 있을 필요는 없다. 그렇지만 나는 진실과 불가분의 관계이다.

대장장이와 불, 극지 탐험가와 만년빙, 환자와 밤의 관계처럼 나는 진실과 묶여 있다.

그리고 진실과의 관계를 더 이상 유지할 수 없다면, 나는 고함을 지르고는 쓰러져 다시 일어나지 못하고 침묵 속에서 죽은 듯이 살 것이다.

그렇다면 도대체 나에 대한, 아니면 그 누구에 대해서든, 진실이란 무엇인가? 그런 경우 진실이란 점을 찍은 듯 지극히 작은 행위의 순간, 지극히 미세한 감정의 자취, 사상의 흐름에서 흘러나오는 사유의 방울들에 대해서만 이야기될 수 있다. 그렇다면 어느 누구에 대해서든 간에 '인색하다'거나 '관대하다' '비겁하다' '경솔하다'는 식으로 육중한 특성을 덮어씌워 섣불리 결론지을 수는 없을 것이다. 한 인간이 천 분의 1초 동안 행사한 천 번의 호의와 불안, 욕망과 혐오, 안정과 흥분, 그것으로 무엇을 추측해낼 수 있단 말인가! 거기에서 결론을 끌어내는 것이 필연일까! 여하튼 단 한 가지만은 추론할 수 있다 ― 그는 숱한 것을 소유했고 견뎌냈다……

아니면 나 자신은 아무것도 떠올릴 수 없고, 단지 혼자서 여러 각도로 바라보고 느끼고 이해할 수밖에 없는 세계에 대한 진실은 어떠한가! 책상 하나, 이를테면 내 책상처럼 단 하나의 사물이라면! 책상을 취해보라! 나는 지금껏 그것을 대수롭지 않게 여기면서 수없이 책상 앞에 앉거나 건드려왔다. 어둠 속에서는 책상을 더듬었고, 또 친구에게 보내는 편지 속에 스케치하기도 했다. 그때 책상은 불과 몇 획의 연필 자취에 들어가 있었다.

이따금 나는 오랜 작업 끝에 책상에서 어떤 냄새가 나는가 맡아본다. 종이들이 모조리 치워지고 다만 책상만이 홀가분하게, 낯선 물체로 서 있는 것을 보면 놀라운 마음이 든다. 도대체 이 육중한 책상이 이것밖에 또 무엇이란 말인가! 난방용 나무 덩어리, 어떤 특정한 생활 양식을 상기시켜주는 하나의 틀, 그것은 운송 화물로서 무게를 지니고 있고 소유하기 위해 일정한 값을 지불했고 오늘에 와서, 또는 내가 죽은 후에는 또 다른 값이 매겨질 물건이다. 이렇듯 단 하나의 책상을 가늠하기만도 끝이 없다. 파리라면 책상이 한 마리 앵무새와 구별되는 물건이라고 보리라. 그렇다면 책상을 보는 게르다의 시선은 나와 똑같은 것일까? 잘 알 수는 없지만 한 가지만은 확신한다. 내가 책상 위에 내놓은 담뱃불 구멍을 그녀가 알고 있다는 사실만은. 그녀에게 그것은 오로지 불탄 구멍이 있는 나의 책상이다. 그것 말고도 그녀는 선반으로 정교하게 켜낸 책상의 다리를 알고 있다. 그것이 '먼지 잡는 도구'이기 때문이다. 그것이 먼지 잡는 도구라는 것을 나는 그녀 때문에 알게 되었다. 하지만 그 대신 나는 그녀가 모르는 점을 알고 있다. 책상에 두 팔꿈치를 고이고 있으면, 얼마나 편안함이 몰려오는가를. 또 생각에 잠겨 있을 때, 책상의 나무결로 어떻게 시선이 끌려 들어가며, 책상 위에서 어떻게 잠이 드는가를. 몇 번인가 나는 일을 하다가 책상 위에 머리를 떨구고 잠이 든 적이 었었다.

이렇듯 단 한 가지 사물에 대해서도 수많은 것이 적용되는데, 하물며 전체 세계에 대해서는 그 개개의 상황에 따라 얼마나 막대한 것이 적용되며 고려되어야 하겠는가. 또 움직이며 살아가는 한 인간, 한낱 사물을 훨씬 능가하는 생을 사는 인간에 대해서는 얼마나 많은 것이 적용되어야 한단 말인가.

육신 속에서 나는 진실을 추구해보았다. 살아 있는 나의 육체와 살아 있는 또 하나의 육체를 일치시키려고 했다. 나는 억지로 육체의 고백을 들으려고 했다. 아무것도 진실을 말하려 하지 않았기 때문에, 나의 정신도 세계도 입을 벌리려 하지 않았기 때문에, 결국 육체로 하여금 자체의 진실을 말하도록 한 것이다.

그렇다. 실상 오래 전부터 나는 내 육체 안에 하나의 욕구, 여자에 대한 욕구를 훨씬 능가하는 욕구가 도사리고 있음을 느꼈다. 나는 나의 육체가 진실을 겨누고 있다는 생각을 품게 되었고, 그 육체는 내게 어떤 퍽 간단 명료하고 경이스러운 것을 전달해줄 수 있다고 믿었다. 그래서 내 육체를 타인에게로, 여자에게로 보내어 가르침을 받았고, 또 타인의 육체를 가르쳤다. 나는 이 육체에 충실하려고 시도했다. 하지만 그것이야말로 가장 어려운 일이었다. 적어도 두뇌에 충실하는 것 못지않게 어려웠다. 지금은 최초의 여인들과 만났던 기억에도 어느덧 불순물이 뒤섞여버렸다. 어떤 것은 흩어져버렸고 어떤 것은 성스럽게 변용되었고, 아마도 변용되기에 적당한 것일 테지만 대부분의 것은 사라져버렸다. 그렇게 되어버린 지금 내게 남아 있는 것이라고는, 아무런 비밀도 없이 무난하고 단조롭게 신뢰에 차서 흘러가는 우리의 결혼 생활에 대해 골똘히 생각하는 일뿐이다.

거기에 무슨 골똘히 생각해 풀어낼 것이 있으리라고는 누구도 생각지 않으리라. 하여튼 내게는 우리의 대화와 포옹이 무서운 일로, 추악하고 부당한 일로 여겨지는 순간들이 있다. 무엇인가 거기에는, 아아, 그러니까 진실이 결여되어 있기 때문이다. 우리는 우리의 애무 체계를 가지고 있으면서 그 이상은 아무것도 추구하지 않기 때문이다. 그렇게 모든 것이 침체되어 죽어 있기 때문이다. 내가 게르다를 가까이 끌어당길 때면, 그녀와 나의 몸짓을 속속들이 파악하고 있기 때문에 새로운 느낌이 들지 않는다는 것, 그것이 그 이유는 아니다— 아니 거기에는 의외로 놀라운 점이 있다. 그사이에 아무런 번개도 치지 않고, 천둥도 울려오지 않으며, 그녀가 소리지르는 일도, 내가 그녀를 진정시키는 일도 없고, 우리 둘 다 무디어지고 바싹 말라버린 육체를 그 행복한 결합 속에 잠그고, 그것에 대해 전혀 광란하지 않는다는 사실, 그리하여 어떠한 부정이나 소원의 표상, 탈선적인 환상도 진정으로 이 무감각의 상황을 변경시킬 수 없는 경지에 이르렀다는 사실이야말로 바로 의외의 놀라운 점이다. 우리는, 육체로는, 우리의 육체가 사랑이라고 납득하는 상황으로는 도저히 빠져들지 않는다. 주변의 친구들이나 아는 이들을 둘러보아도, 육체에 대한 생각이 떠오르지 않는 부부가 단지 우리뿐이 아니며 우리 모두에게 마땅히 벌어지는 일이라는 느낌까지 슬며시 고개를 든다. 극히 드물게 발작처럼 일어나는 격정의 순간들을 우리는 빈정대면서 범죄처럼 몰아붙이며, 의미심장한 침묵 속에 알알한 냄새를 풍기며 담가두거나, 헐뜯는 잡담으로 산산조각을 내버린다. 내 개인의 입장에서는, 그러한 경우는 대개가 오로지 법률 조서 속에나 존재하는 것처럼 생각된다. '춘사(椿事)와 범죄'라는 항목 속으로 옮겨 앉은 듯 여겨진다.

여하튼 나는 내 육신이 겨누었던 진실에 관해 말하고 싶었다. 수년 전 어느 여름, 거의 다 자신을 잃고, 이 진실에 부딪힐 뻔했던, 단 한 번의 경우에 관해서.

그 여름에 ― 당시 나는 고향의 지방 법원 판사였다― 나는 매주일 둘째 날마다, 방학 동안 내 곁에서 실습하던 학생과 함께 K시에 갔다. K시는 그때까지만 해도 여전히 소도시로, 전쟁 직후 결격 사유 없는 판사가 너무나 부족했기 때문에, 우리는 그곳에 가서 단 하루 법정을 열고, 잡다한 작은 사건들, 교통 사고며 청소년 구제 문제, 농부들의 토지 경계 분쟁 같은 사건을 처리했다. 그때 어떤 여급(女給)이 출두했다. 아마 사생아의 부자 관계에 얽힌 분쟁이었다고 기억된다. 그녀는 자신을 표현하려고 애를 썼는데, 그러다가 어느 틈에 예의 솔직하고 음탕한 말투가 튀어나왔다. 그래서 그때까지만 해도 낯선 말투에 익숙하지 않았던 나는, 냉정하고 친절하며 초연한 척하느라고 바싹 신경을 쓰지 않을 수 없었다. 내 앞에 놓인 조서는 다만 약술된 것이었다. 만약 인상적인 반다의 사진이 거기 있지 않았다면, 이미 오래 전에 기억에서 사라졌을 기록이었다 ― 풀어 헤친 머리카락. 신비스러운 축축한 입. 가슴 위로, 등 위로 늘어뜨린

머리채. 펼치며 구부리며 움직이고자 하는 온갖 가능성, 있을 수 있
는 온갖 가능성을 체험하려 했던 그녀의 육체가 가는 곳마다 어디
든지 따라가는 머리카락. 그녀의 두 팔도 사진에 나와 있었다. 어느
순간이든 살아 있는 팔뚝이고자 하는 두 팔. 그리고 역시 열 개가 틀
림없는 손가락. 그 손가락은 하나하나가 피부에 불을 붙이며 달라
붙거나 그녀의 육체에서 우러나는 정보를 전달할 수 있었다. 욕구
와 투쟁과 쓰디쓴 참패의 상황을 위장할 줄 모르는 그녀의 육체의
정보를.

점심 식사를 하러 가기 전에 나는 복도에 서 있는 반다를 알아보
고, 그녀 쪽을 향해 정중하게 인사를 했다. 그리고 학생이 계속 걸어
가는 사이에 다시 한번 그녀 쪽을 돌아보았다. 그녀는 맹목적으로
그곳에 서 있었다. 누구를 기다리는 게 아니라는 걸 태도에서 알아
챌 수 있었다. 자기를 위해 어떤 결정적인 일이 일어나고 있는 곳이
었기 때문이겠지만, 그녀는 무슨 성역에 들어선 듯이 재판소 건물
안에 서 있었다. 벽에 기대어 교회에서처럼 두 손을 맞잡고 있었다.
그렇다고 나약함을 보이지도, 눈물을 흘리지도 않고, 자기에게 지
극히 중대한 일이 벌어지는 현장을 쉽게 떠날 수 없는 한 인간의 모
습으로.

그 전날은 교회 헌당식이 있었다. 그래서 우리가 들었던 여관에
서는 월요일 저녁까지도 춤이 계속되었다. 잠을 잔다는 것은 생각
할 수도 없었다. 그래서 우리는 같이 축제에 어울리기로 작정했다.
우리는 제일 좋은 자리로 초대를 받았다. 그렇지만 우리의 처지 때
문에 끊임없이 시선을 의식하느라 흥겨움을 느끼거나 기분을 낼 수

가 없었다. 나는 품위를 잃어서는 안 되는 '판사님'으로서 의사와 치과 의사, 여관 주인, 한 상인과 어울려 술을 마시지 않을 수 없었다. 학생까지도 마침내 춤을 추었지만, 나는 추방당한 듯이 물러나 앉아서 점점 침묵 속으로 빠져들며 관객 노릇을 했다.

그즈음 나는 게르다와 약혼 중이었다. 그리고 빈으로의 전임과, 따라서 결혼까지 눈앞에 두고 있었다. 게르다 같은 유의 여인만이 고려의 대상이 됨은 분명했다. 그 선택에 대해서 나는 그 후로도 추호의 의심을 품어본 적이 없었다. 물론 나는 그 이래로 알게 되었고 지금껏 용케도 입 밖에 내어본 적이 없는 사실을, 그 순간까지 깨닫지 못하고 있었다 ― 게르다나 그녀와 같은 유형의 여인은 도저히 내 육체를 진실에 이르게 할 수 없다는 것, 그럴 수 있는 사람은 바로 이 여급이었고, 지상에 그런 능력을 가진 또 다른 여러 명의 반다가 있을지도 모른다는 사실을.

검은 머리털을 가진 창백한 여자라는 종족. 몽롱한 시선. 둥글게 뜬 근시의 눈. 거의 말이 없는 무언의 포로. 지금 고백하고 있지만 영원히 고백할 수 없는 존재의 종족. 이런 유의 여자를 사랑하는 것이 내게 금지되지는 않았을 테고, 그녀들에 대해 공공연하게 고백을 하면 나쁘게 받아들일 사회 속에서 견뎌내지 못할 것도 없을 텐데 ― 그런 진실이 발생하는 지점에서 그것을 사용할 수 없다는 것, 그것이야말로 도저히 알 수 없는 조그만 슬픔으로 내 안에 자리잡고 있다. 내게 게르다와의 결혼을 말로 끝막음하고 반다와 살 용기가 있었더라면. 말이 없고 세상을 어떻게 상대해야 할지 모르며 나의 가족들 때문에 간신히 배겨났을 그런 아내와 세상의 눈앞에서 사는 짐을 짊어질 용기가 있었더라면.

하지만 사실 나는 당장에 깨달았다. 그녀와 같이 산다는 것은 내게 도저히 있을 수 없는 일임을. 그녀와는 결단코, 또한 당시 내 육신을 엄습해 들어와 짓밟았던 그 진실을 나는 계속 견뎌내지 못하리라는 것을. 반다는 몇 사람의 사내랑 내가 앉은 건너편 테이블에 앉아 있었다. 한 사내가 그녀의 팔목을 잡았고, 또 한 사내는 그녀의 어깨에 손을 올려놓았다. 서로 다들 잘 아는 사이인 듯 이야기를 주고받더니 기괴한 소리로 웃음을 터뜨렸다. 그녀는 간간이 웃었는데, 커다랗고 흉칙하게, 짧게, 도저히 내 마음에는 들지 않는 식으로 웃었다. 게르다는 얼마나 멋드러지게 웃는가. 물론 게르다는 꼭 웃어야 될 필연성이 있어 웃는 것이 아니라 웃음으로 다른 이를 매혹시키기 위해서 웃는다.

반다의 웃음은 거침없이 터져나오는 것이었다.

한밤중, 나를 에워싼 모든 것이 몽롱하게 취해버렸을 때, 그래서 눈에 띄지 않게 집 안에서 빠져나와 신선한 바깥 바람을 쏘이러 나갔을 때, 나는 대문 앞에 서 있는 반다를 보았다. 그리고 바람 속에 흔들리는 희미한 불빛 속에서 그녀 곁에 멈춰 섰다. 우리 뒤쪽의 건물은 여전히 음악소리와 폭소, 노래와 스텝으로 흔들리고 있었다.

나는 일찍이 누군가의 얼굴을 똑바로 바라본 적이 없는 사람처럼, 그녀의 얼굴을 똑바로 쳐다보았다. 도저히 뗄 수 없이 시선이 붙박인 것처럼 그녀를 바라보았고, 그녀도 마찬가지로 대담하게 나를 마주 바라보았다. 그녀의 응시는 우울하고 진지한 매와 같았고 또 무시무시할 만큼 어떤 장중함이 깃들여 있었다고 기억된다. 그때 우리는 더 이상 뚫어질 듯 응시하지 못하고, 같이 그 자리를 떠났다. 한마디 말도, 접촉도 없이. 첫발자국부터 우리는 무언의 암시라도 받은 듯이 일정한 간격을 유지하며 아주 천천히 걸었다. 그녀의 스커트가 내게 닿지 않을 만큼 간격을 유지하고 있었다. 바람이 불어도 닿지 않을 만큼. 그녀는 감히 주변을 돌아보지 않았고 나도 되돌아보는 일 없이 서두르지 않고, 그녀를 따라잡지 않았다. 그래서는 안 되는 어떤 금기에 지배당한 것 같았다. 오로지 걸어서 그녀의 뒤를 따라 거리를 내려가고 오르막길을 올라 어두운 집 속으로 층계를 올라갔을 따름이었다. 아무런 질문도 말도 없이. 그녀의 방에 도착했을 때 나는 거의 제정신이 아니었다. 아마도 한 발자국도 더 걸을 수 없는 상태였을 것이다. 나는 그것이 내 육체라는 인식을 확인할 수 없었고, 그러면서 단 한 번 내 육체를 이해했다.

우리는 소리내어 웃어본 적이 없었다. 불가피한 말만 했고 이따금 미소를 지었다. 안으로 기어드는 미소를. 내가 K시에 갈 때면 그녀의 집에서 불과 몇 번 띠었던 미소를. 우리 사이의 모든 것은 끝내 진지하고 암울했다. 참을 수 없이 진지했다. 하지만 그것이 어떻게 다른 형태로 나의 욕구에 일치할 수 있었겠는가? 사랑이라는 것이 일치를 향한 탐색 속에서 쇠진해버리는 것이 아니었다면, 내게 그것이 달리 어떤 가치가 있겠는가? 나는 이 핏기 없고 참을성 있는 반다의 육체와 혼연일체가 되어 있었다. 도대체 모든 말이 사랑의 방해물에 지나지 않을 정도로 우리는 완벽한 사랑을 이룩했다. 사랑을 방해하지 않을 말이란 한마디도 있을 수 없었다.

꽃말을 쓰는 게르다― 그녀라면 그 당시와 같은 침묵에 어떻게 대처할까? 그녀의 언어를 근절시킬 수만 있다면, 그녀에게서 나를 믿게 만드는 그 언어를 떼어버릴 수만 있다면! 여보, 나는 무척 기뻐요. 나를 사랑해주세요. 당신의 사랑하는 아내를 슬프게 하지 말아요. 당신은 아직도 정말 저를 사랑하시나요? 저는 당신의 아내가 아닌가요? 내 사랑하는 남편께서는 벌써 주무시나요? 한마디 한마디가 장밋빛 문자로 이루어졌고 나무랄 데 없고, 결코 천박하지 않고, 본분을 잃는 법이 없다. 게르다는 그녀의 말과 감정이 얼마만큼이나, 그중에 겨우 얼마나 일치하는지 알고 있을까? 그녀는 자신의 언어로 무엇을 은폐하려는 걸까? 어떤 결함을 메우려는 걸까? 그리고 왜 내게도 그런 언어를 요구하는 걸까? 그녀는 마치 가구에 길들이듯이 우리를 그런 언어 속에 적응시켰다. 혼수로 가져온 가구들. 그녀에게 안락함을 느끼게 해주는 가구들처럼 문구를 써먹는다. 이를테면 나는 당신을 사랑해요, 라든가 키스해주세요, 라고.

우리는 거의 다투지 않는다. 그리고 애초부터 우리가 설치했고 내구력이 있는 것으로 증명된 이 언어의 가교를 결코 파괴하지 않는다. 이제 와서야 비로소 나는 게르다에게 적의를 품게 되었다. 그리고 지난 주일, 그녀가 나를 일어나지 못하게 한 날 저녁, 나는 처음으로 그녀와 불쾌한 언쟁에 빠져들었다. 그녀의 친구 중에 누구인가 결혼하기를 원한다는, 시인을 사칭하는 칼텐부루너라는 자가 또 그녀를 방문해서 이야기를 나누고 갔다― 무슨 이야기를 했는지 나는 모른다. 게르다는 그가 썼다는 까만 표지의 조그만 책자를 내게 주었다. 책 속의 첫 장에는 기분에 거슬리는 헌사가 씌어 있었다― 은혜에 감사드리며, 항상 당신과 함께 있는 에드문트 칼텐부루너. 저녁 식사 후에 게르다는 내가 읽고 있는 책을 내려놓게 하더니 그 책을 읽으라고 떼를 썼다. 웬만한 책은 쉽게 속독할 수 있는 나로서도, 이 안개처럼 애매한 문구들을 해독하기란 여간 힘들지 않았다. 한두 페이지 읽는 동안 어느덧 졸음이 몰려왔다. 하지만 게르다가 내 침대 곁에 와 앉더니 감상을 말해달라고 청했다. 나는 우물우물 변명을 하며, 열이 다시 나고 기운이 없다고 슬그머니 핑계를 댔다. 그녀의 시인 따위야 내가 아랑곳할 바가 없었다.

"당신은 인정하셔야 돼요."

게르다가 열을 올리며 말했다.

"거기에는 진실한 참 문구와 묘사가 있어요! 비상한 진실이요!"

나는 굉장히 격분했다. 게르다를 위해서도 진실이 존재한다니 내게는 금시초문이었다. 그녀는 한 권의 책 속에서, 이를테면 이런 책 속에서 진실과 맞부딪칠 수 있다고 생각하는 것 같았다. 그녀의 입장에서 볼 때, 이 책에는 세계가 충분히 신비스럽게 뒤섞여 발효되어 있었다. 그녀는 괴물 같은 문구의 틈바구니에서 진실을 불구로 만들 가능성을 지니고 있었다.

"그것은 다른 종류의 진실이에요. 한층 높은 단계의 진실요."

그녀는 분개해서 소리쳤다.

그러자 내게는 일찍이 내가 부딪쳤던 온갖 높은 단계의 진실이 떠올랐다. 한 단계 높은 진실, 지고한 진실들이. 이제 누구인가 한층 높은 진실과 연관을 맺고, 그 진실을 어느 정도 이해한다고 망상하고 있는 사태가 바로 나 자신의 집 안에서 벌어졌다. 물론 게르다는 흥분해서 말했다. 당신이야말로 이 책에 대해 평가할 자격이 없어요, 라고. 나는 오로지 범속한 진실만을 상대할 뿐, 비범한 진실은 상대하지 않으니까 그럴 거요. 나는 음흉스럽게 문제를 제기했다. 그렇다. 그야말로 나는 한마디 진실된 말을 입 밖에 낸 것이다. 냉정한 법률가인 나! 건조하게 바싹 말라버린 진실의 소유자인 독선가이며 궤변가인 내가!

얼마나 진실된 것인가! 얼마나 진실된 것인가!

나는 기분이 가벼워졌다. 자정이 될 때까지 나머지 시간 동안, 우리는 오로지 싸우기 위해서 싸웠고, 한 말을 또 하고 또 했다. 그리고 마침내 그녀에게 내 건강을 보살펴줘야 한다는 생각이 떠올랐다. 그러나 게르다는 불을 끄고, 화해를 하고 싶을 때면 늘 그러듯이 내 손을 꽉 부여잡더니 억지로 잡아끌어 자기의 가슴 위에 얹었다. 아, 그리고 나서의 애무와 속삭임!

나는 이런 유희와 언어에 지쳐 있다.

아득히 높은 곳에서 나는 진실을 추구했다. 지고한 곳, 위대하고 힘찬 언어 속에서 신에게서 직접 유래한, 아니면 신의 소리를 경청한 몇몇 사람에게서 유래했다고 하는 언어 속에서. 하지만 위대한 언어야말로 너무나 많고, 너무나 많은 모순을 지니고 있음에 틀림없다. 온통 각양각색의 위대한 언어 앞에서 한마디 위대한 말이란 눈에 뜨이지 않기 때문이다. 우리가 의존할 수 있는 언어는 어떤 것일까? 나는 수많은 위대한 언어에 의존해보려고 했다. 모든 말을 동시에, 그리고 한마디씩 낱낱으로. 그러다가 아래로 추락해버렸고 만신창이로 다시금 일어나 담배를 피우고, 음식을 먹고, 잠을 잤고, 한마디 말을 잃은 채 다시 일하러 갔다. 곧 일상적으로 사용되는 진실이 적힌 몇 권의 법전을 향해.

그렇다면 진실이란 사용하는 것일까? 그리고 만약 진실이 사용되기 위해 존재하는 것이라면 그것은 올바르며 정확할까? 그때 진실은 어떤 목적을 가진단 말인가? 만약 우리가 실제로 오전 10시발 기차를 탔다면 그것을 탔다고 말하는 것만으로 곧 진실인가? 분명 그렇긴 하다. 그렇지만 그것이 무슨 의미가 있단 말인가? 그것은 우리의 언어가 행동에 일치했다는 것 외에 아무런 의미도 없다. 우리가 어쨌든 아침에 떠났는데도, 밤 10시에 떠났다고 말한다면 그것은 거짓말이다. 언행이 일치하지 않는 경우, 그것은 거짓말이다. 왜 거짓말은 좋지 않은가? 거짓말은 연쇄적인 거짓말을 낳을 수 있다(진실은 그럴 가능성이 없는가?). 그리고 나는 거짓말을 함으로써 세계에 혼란을 가져온다(진실은 혼란을 일으킬 가능성이 없는가?). 그러면서 나는 누구든 얼마든지 기만할는지 모른다.

진실을 말하는 것은 무엇이 그다지 다른가? 나는 아침 10시에 출발했고, 그것으로써 그대들은 진실을 지닌 것이다! 하나의 사건은 진실을 요구하고 하나의 사실은 진실의 언어를 필요로 한다. 그리고 사실이란 어쨌든 사실대로 남아 있는 것이다.

하지만, 그대들이여, 우리는 왜 진실을 다시 한번 언어로 확인해야만 하는가? 왜 우리는 도대체 이 터무니없는 진실을 선택해야만 하는가? 거짓말에 빠져들지 않기 위해서. 사실 거짓말 역시 인간의 산물이며, 진실로 오로지 인간의 산물의 반쪽이다. 왜냐하면 진실의 다른 면에는, 곧 사실이 있는 장소에는, 진실에 일치하는 어떤 것이 틀림없이 존재하기 때문이다. 진실이 존재하기 위해서는 그보다 앞서 무엇이 존재해야 한다. 독자적인 진실이란 존재할 수 없다.

한 단계 높은 진실이란 무엇인가? 그대들이여. 한층 높은 사건이 존재치 않는 마당에, 한층 높은 진실이 어디에 존재하겠는가! 그대들이여, 진실은 어떤 가공할 점에 에워싸여 있다. 왜냐하면 진실은 거의 아무것도 교시해주지 않고, 다만 지극히 일상적인 것만을 교시해주기 때문이다. 가장 일상적인 것밖에는 아무것도 인도해주지 않기 때문이다. 지금까지의 모든 세월 동안 나는, 진실로부터 이미 확정된 것, 일상적인 고백, 한결 경감된 사실의 고백 외에는 아무것도 받을 것이 없었다. 실제로 진실로부터 그 이상을 취할 수 없었다. 나는 인간에 대해 진실을 탐색하지 않으면 안 되었다.

법 앞에서 죄과를 저지른 그토록 많은 인간들에 대해서, 그리고 법 앞에 아무런 죄를 지은 바 없는 그 밖의 인간들에 대해서 ― 하지만 그것이 무슨 의미가 있는가! 도대체 진실 속에서 법이란 어떤 존재일 수 있단 말인가……

왜? 왜? 라고 우리는 그 살인자에게 물었다. 하지만 그는 오로지 그때의 상황이 이러저러했다고 말할 수 있을 따름이었다. 다만 행동과 더불어 진실은 피비린내를 풍기며 접근해왔다. 도끼와 칼과 권총과 더불어. 수천 가지 자질구레한 것들과 함께 진실은 다가왔다. 하지만 '왜'라는 문제에 적중시키지는 못했다. 그래서 노련한 판검사들은 진실을 끌어내기 위해서, 이치에도 닿지 않는 논리들을 연결시키느라 부심했다. 하지만 이러한 방법으로는 아무런 해답도 쉽게 나오지 않는다.

(아, 왜 내가 그런 행동을 했고 달리 행동하지 못했는가? 왜냐하면 모든 것

244

이 그토록 어마어마하고 굉장했기 때문이었다. 내게는 아무런 진실도 접근해오지 않기 때문에, 나는 도저히 아무 말도 하고 싶지 않고 할 수도 없다. 그리고 그대들의 요구에 응하기 위해 기껏 할말이 있다면 이뿐이다— 나는 그렇게 하지 않을 수 없었고 그럴 기분이었다. 나는 그렇게 느꼈다……)

친애하는 여러분이여, 나는 의사들이 진단하듯이 그렇게 병들어 있지 않다. 그리고 이제는 보호를 필요로 하지 않는다. 더 이상 보호가 필요 없다. 어떤 사나이는 30년 동안 단추에 대해, 그리고 단추에 귀속된 모든 것에 대해 고찰해왔는데, 나라고 해서 앞으로의 내 여가 동안 진실에 대해 고찰해서 안 될 까닭은 없을 것이다. 여러분이여, 그대들도 진실에 대해 한 번쯤 생각해보도록 내가 초대하노라! 그대들도, 그중에 섞인 품위 높으신 분들도 역시 진실을 문제삼고 있음에 틀림없는데, 그렇다면 대체 그대들은 진실로써 무엇을 원하는가? 진실을 가지고 무엇인가 구입하려는 생각은 분명히 아니다. 하늘 나라에 들어가기 위해서? 그러기 위해서 그대들은 아침 10시라고 말해야 할 때에는 밤 10시라고 말하지 않으며 쓸데없는 말을 떠들지 않는 것인가? 그리고 그런 등등의 일만 하는가? 그렇게 함으로써 우리는 하늘 나라 안에 의미를 갖게 되는 걸까?

(하지만 10시라고 말하는 것도 대단히 위험스럽다. 왜냐하면 응당 10시라는 것 역시 애당초 존재하는 것이 아니기 때문이다. 그 점은 그대들도 잘 알 것이다. 계산은 오로지 가정일 뿐 이면의 의미는 없다. 하지만 시간 대조와 표준시에 대해 공연한 걱정은 부디 거두시라!)

아아, 그렇지만 어쨌거나 일치에 이른다는 것은, 상응한다는 것은 얼마나 깊이 만족할 만한 일인가. 비가 올 때에 — 비가 온다고 말하며, 사랑할 때에 — 나는 사랑합니다, 라고 말하는 것은.

하지만 그것이야말로 역시 위험스러운 일이었다. 이제야말로 어느덧 다시 모호해지기 시작한 것이다. 도대체 그대들은 어떻게 사랑하고 있다고 주장할 수 있는가? 그대들은 사랑하는가? 어떻게 사랑을 확신하는가? 그대들의 혈압이 올랐고, 가슴이 부풀어 어리둥절함을 느끼는가? 그렇다면 대체 그대들에게 무슨 일이 일어난 것인가? 그런 까닭으로 그대들은 사랑하고 있다고 미루어 생각한다. 그대들은 생각한다. 생각하는 것이다. 그리고 그대들이 미루어 생각하지 않는 것이 무엇이 있는가? 그대들은 바로 그런 존재들이다. 그러니 좋다. 그대들에게 꼭 그렇다는 생각이 든다면, 그대들이 이런 저런 이유를 여러 가지로 얼마든지 진술할 수 있다고 생각한다면…… 그대들의 심부로부터 아첨스러운 이유들을 진술하라. 세상은 그대들을 믿는가? 아니면 믿지 않는가? 그러니까 증거를 제시할 수 있는 것은 전혀 아무것도 없다. 하지만 거기에는 아마도 그대들을 도와줄 수 있는 어떤 '고유의' 진실이 있을 것이다. 나를 위해서는 어쨌든 하나의 고유의 진실이. 자! 바로 진실 중의 진실이.

나는 지금껏 고유의 진실을 추구했다. 깊은 숲속에 있는 눈부신 느타리버섯을.

하지만 또 한 번 말하노니 그대들이여. 다음과 같은 뉴스를 듣는다 한들, 그것이 우리에게 어떤 만족감을 가져다준다는 것인가 — 대통령이 대통령과 만나 다음과 같은 성명을 발표했다. 한낱 표현을 위한 용어일 뿐이다. 물론 우리는 무엇인가 우리가 체험한 것에 일치하기를 바란다. 우리의 관심이란 항상 우리의 행동에 대한 대가로 어떤 이득을 취하고 싶어하기 때문이다 ― 그리고 산업과 공업, 정치적 도덕의 파수꾼이야말로 진정 행동으로부터 이득을 취할수 있음에 틀림없다. 만약 우리가 잘못 투기한다면, 그릇된 희망이나 절망을 행동에 연결시킨다면, 이제 보충 부대 안에는 거대한 폭탄이 남아 있지 않다면, 세상이 우리를 바보로 취급한다면…… 그것은 물론 생각할 수조차 없다!

차라리 천진하게 4월 1일에 대해 이야기해보자. 아직 어렸을 때에 4월 1일이 되면 우리는 새벽같이 부모님의 방으로 달려가서 소리를 쳤다.

"와서 보세요! 앵두가 익었어요!"

그것은 익살임에 틀림없지만 그대들도 아다시피 특히 우수한 익살은 아니다. 누구를 면전에 대놓고 나는 당신의 따귀를 갈기고 싶습니다, 라고 말하는 것이 한결 우수한 익살이리라. 아니면, 저는 당신을 지금껏 항상 깡패로 생각했어요, 라고 말하는 것이, 그것이야말로 대체로 진실에 통하는 위대한 익살이다. 솔직히 진실을 말한다면, 나는 이미 수차에 걸쳐 그런 익살을 시도해보았지만, 쉽사리 뜻을 이룰 수 없었다. 내 출발의 목적지로 삼으려 했던 진실에 조금도 접근하지 못했던 것이다.

나는 작별을 고한다. 고함을 질렀던 장본인인 나는.

나는 갑자기 단추 하나를 극복할 수 없었고, 역시 빌더무트라는 이름을 가진 한 사나이를 극복할 수 없었다. 우리가 적용할 만한 진실이 명백히 드러난 것은 아니라고 주장할 수도 있었을 그 사나이를. 그는 제가 했습니다, 라고 시인을 했다. 그리고 그 대가는 25년의 징역살이에 해당되는 것이었다. 나는 어떤 진실은 충분히 적발될 수 있으며, 또 다른 진실은 접근해오지도 않고 돌진해오지도 않으며 번개처럼 세차게 튀어오르지도 않는다는 사실에 동조할 수 없다. 그리고 그가 네, 그때는 23시 30분이었습니다, 라고 말했다는 이유로, 아니면 그때는 아침 10시였습니다, 라고 말하는 것을 잊어버렸다는 이유로, 한 인간의 목에 올가미를 씌우는 데 유효한 진실 중에서, 우리가 적용한 진실이 가장 적절했다고 동조할 수 없다.

나는 진실을 추적했다. 하지만 멀리 추적하면 할수록 진실은 어느덧 더 앞서 나아가 있었다. 시간과 장소, 그리고 대상을 막론하고 우리를 현혹시키면서 말이다. 만약 우리가 흔들림 없이, 지나치게 문제삼지 않고, 가장 거친 것과 타협한다면, 진실이란 마치 포착할 수 있는 것, 고체성을 지닌 것으로 여겨지리라. 진실은 평균 온도, 평균의 시선, 평균의 언어를 지향해야 하는 모양이다. 그래야만 그 결과로 대상과 언어, 감정과 언어, 행동과 언어가 지속적으로 정당하게 일치하여 드러나게 된다.

너, 예의 바른 언어여, 말없는 단추의 세계, 심장의 세계를 관대하게 포옹하기 위하여 압류된 언어여! 어떠한 목적을 위해서나 일치를 지향하는 여유 있고 둔감한 언어여. 어디 그뿐인가. 언어를 넘어서 온통 의견만이, 의견들 위의 의견들인 칼날 같은 주장들만이 존재한다. 그리고 진실을 넘어선 하나의 의견이. 그것은 모든 진실 위에 있는 여러 의견보다 한결 나쁘다. 그 하나의 의견으로 인해 그대는 궁지에 몰리게 되는 경우가 적지 않으며, 화형장에까지 가게 되는 것이다. 그 하나의 의견 주변에는 무시무시한 점이 에워싸여 있기 때문이다. 진실의 주변에 못지않게.

또한 과거에 내가 진실로부터 취했던 고매한 의견이라는 것도 역시 곤란한 것이다.

또한 진실에 대해 속수무책이 된 이래로

내가 이미 진실로부터 아무런 의견을 취하지 못한다는 사실도.

진실은 다만, 평균 온도에 대해 미숙하기 짝이 없는 나의 차갑고 뜨거운 부드러운 뇌수 안에 하나의 종양을 남겨놓았을 뿐이었다. 지금까지 대체 내 뇌수 안에는 누가 묵었단 말인가? 누가 나의 혀로 말을 했으며, 누가 나로부터 고함을 질렀는가?

그대들에게 청하노니, 다시 한번만, 일곱 산등성이 너머에 살고 있는 백설공주의 동화를 들려다오!

나는 내 법복과 법모를 벗으려 한다. 세상의 모든 지점에 웅크리고 풀밭과 아스팔트에 다리를 뻗고 눕고 싶다. 그리고 세계에 귀를 기울이고 더듬으며 두드리고 파헤치고 싶다. 세계에 함빡 빠져 몰두하고 싶다. 그러고 나서 세계와 한 몸으로 일치하기를 원한다. 영원히, 그리고 완벽하게―

풀밭과 비에 대한 진실, 우리 인간에 대한 진실이 내게서 성장하기까지.

고함을 지르지 않을 수 없고, 모든 진실에 대해 절규하지 않을 수 없는 무언의 각성으로 성장할 때까지.

아무도 꿈꾸지 않고 아무도 원치 않는 하나의 진실로 성장할 때까지.

운디네* 가다

그대들 인간이여! 그대들 괴물이여!

나로서는 영원히 잊을 수 없는 이름, 한스라는 이름의 그대들 괴물이여!

숲속의 빈터로 갈 때마다, 나무들은 움이 터, 가지는 나의 팔에서 물을 튀기며, 잎새는 나의 머리칼에서 물방울을 핥을 때, 나는 한스라는 이름의 사내를 만났다.

그렇다. 나는 그 사내가 한스라는 이름이어야 한다는 논리를 배우게 되었다. 그리고 그대들은 한결같이 줄지어 한스라는 이름을

---

* 물의 요정.

가졌지만, 역시 단 한 사람의 사내에 불과하다는 논리를. 나로서는 잊을 수 없는 그 이름을 달고 있는 자는 언제나 단 한 사람으로 남아 있는 것이다. 내가 비록, 그대들 모두를 사랑했듯이 그대들 모두를 잊어버린다 해도, 철두철미하게 잊어버린다 해도 말이다. 또한 그대들의 입맞춤과 그대들의 정액이 — 비와 강물, 바다라고 하는 — 숱한 거센 물결로 오래 전에 씻겨 흘러가버렸다 해도, 그 이름은 변함없이 존재하며 물밑에서 번식한다. 한스, 한스…… 하고 부르는 외침을 내가 그만두지 않는 한은……

딱딱하고 불안정한 두 손, 짧고 창백한 손톱, 까맣게 띠가 둘린 생채기투성이의 손톱, 손목 둘레에 새하얀 커프스. 올이 풀린 스웨터, 유니폼 같은 잿빛 양복, 거친 가죽 조끼. 느슨한 여름 셔츠, 이런 것들을 걸치고 있는 그대들 꼴사나운 인간이여! 그대들 괴물이여, 나로 하여금 사물을 정확히 보게 해다오. 이제야말로 그대들을 경멸케 해다오. 이제 나는 다시 돌아오지 않을 것이다. 그대들의 눈짓, 포도주 한 잔, 여행, 극장 구경의 초대에 다시는 응하지 않을 것이다. 나는 영원히 돌아오지 않으리라. 앞으로는 영원히 네(Ja)라고 말하지 않으리라. 당신(du)이라는 말, 네, 라는 긍정의 말을 쓰지 않으리라. 이런 말은 이제 존재하지도 않게 될 것이다. 아마도 나는 그대들에게 왜(warum) 그런가 하는 해명을 할는지 모른다. 그대들이야말로 문제에 관해서 알고 있는 족속이며, 그 문제란 '왜'로써 시작되기 때문이다. 나의 인생에는 문제라는 것이 없다. 나는 물을 사랑할 따름이다. 물의 착실한 투명성, 물속의 초록빛, 물속의 침묵의 생물을(그리고 이제 나 역시 곧 입을 다물게 되리라!), 물밑의 내 머리칼을 나는 사랑하고 있다. 공정한 물, 초연한 수면, 그대들을 바라보는 시선을 바꾸지 못하게 막는 수면 밑에 풀려 있는 나의 머리칼을. 나와 나 사이에 그어진 축축한 한계를……

　나는 그대들의 어린애를 하나도 갖고 있지 않다. 나는 일찍이 문제라는 것에 익숙지 않았기 때문이었다. 주장도 선견(先見)도 의도도 그리고 미래도 몰랐기 때문이었다. 나는 아무런 생계도, 선서(宣誓)도, 보험도 필요로 하지 않았다. 다만 새로운 언어, 새로운 입맞춤, 네, 네 하며 끊임없이 긍정하는 고백을 하기 위해, 호흡이 끊이지 않게 해주는 공기만 있으면 되었다. 밤의 공기, 해안의 공기, 육지에 닿는 경계의 바람만 있으면. 고백을 할 때마다 나는 사랑하도록 판결받았고, 그러던 어느 날 사랑에서 해방되면, 물속으로 되돌아가지 않을 수 없었다. 아무도 새집을 치지 않고, 아무도 들보 위에 지붕을 올리거나 포장을 마련하는 이 없는 이 자연의 원소 속으로. 어느 곳에도 존재치 않고 어느 곳에도 머물지 않기 위해서. 물속에 숨어 휴식하며, 힘을 소모하지 않고 움직이기 위해서 — 그러던 어느 날 의식을 가다듬고 다시 떠올라 숲속의 빈터를 가로질러 가 그 사내를 만나 '한스'라고 부르기 위해서. 발단과 함께 출발하기 위해서.

　"잘 자요."

　"안녕히 주무세요."

　"당신 집은 얼마나 멀지?"

　"멀어요, 아주 멀어요."

　"내 집도 멀단다."

한 가지 오류를 끊임없이 거듭하는 것. 바로 그것이 인간의 특성 이기도 하다. 그렇다면 온갖 물들로 씻긴다 한들! 도나우 강과 라인 강의 물, 티베르 강과 나일 강의 물, 빙해의 투명한 물, 대양과 마법 의 늪지의 잉크빛 물로 씻긴다 한들 그것이 무슨 소용이 있으랴? 격 정적인 여성들은 혀에 날카로운 날을 세우고 눈빛을 번득이며, 온 화한 여성들은 말없이 눈물을 몇 방울을 떨구어 그것이 효력을 가 져오게 만든다. 하지만 사내들은 그런 것을 보고 묵묵히 침묵을 지 킨다. 사내들은 자기네 아내와 아이들의 머리를 성실하게 쓰다듬으 며, 신문을 펼쳐놓고, 계산서를 살펴보거나 라디오의 다이얼을 커 다랗게 돌려놓는다. 그러면서 조개껍질의 음성, 바람의 팡파르를 듣는 것이다. 그리고 집집마다 암흑이 깃들이면, 뒤늦게 다시금 살 그머니 몸을 일으켜, 문을 열고 복도 아래쪽으로 귀를 기울인다. 정 원 쪽으로, 가로수 길 쪽으로. 그리고 어느덧 그들은 아주 분명한 음 성을 듣게 된다. 고통의 음향을, 아득한 곳에서 들려오는 절규를, 유 령 같은 음악을. 오세요! 오세요! 한 번만 오세요! 라고 부르는 음 성을.

그대들 아내를 거느린 괴물들이여!

그대는 말하지 않았던가.

"그것은 지옥이야. 내가 왜 그녀 곁에 머무르는지 아무도 이해하 지 못할 거야."

그대는 말하지 않았던가.

"아내 말인가, 참 놀라운 여자야. 암, 그녀는 나를 필요로 하고 말고. 나 없이는 어떻게 살아야 할지 막막할 거야" 라고.

그렇게 그대는 말하지 않았던가! 또한 그대는 실소하며 건방지게 큰소리치지 않았던가. 결코 어렵게 여기지 말라고. 이런 따위의 일을 어렵게 여기지 말아, 라고. 그대는 말하지 않았던가. 언제나 이렇게 되어야 하는 거야. 달리 될 수는 없어. 타당성이 없어! 하고. 그런 식으로 상투적인 말을 쓰는 그대들 괴물이여. 그러면서도 아무런 유감없이 있고 싶어서, 세계를 빈틈없이 둥글게 하기 위해서 여자들의 상투어까지 탐내는 괴물이여. 여자를 그대들의 애인으로, 아내로, 하룻밤의 여자, 주말의 여자, 생애의 반려로 하고, 그대들 자신을 남편으로 만들어버린 괴물이여(이 점이야말로 분명 각성의 가치가 있다!). 자신의 아내에게 질투를 느끼며, 건방진 관용과 폭군 기질을 행사하는 그대들, 그러면서도 아내에게 비호를 청하는 그대들, 생활비와 이른바 취침 전의 대화라는 그대들 공유의 술, 바깥 세상을 향한 정당성을 가진 그대들, 별수없이 하긴 하되 별수없이 멍청한 포옹의 소유자 그대들이여. 그대들이 아내에게 물건 살 돈을 주고, 옷과 피서 여행을 위한 비용을 준다는 것은 나를 놀라움으로 몰아넣는다. 그렇게 그대들은 여자를 꾀는 것이다(여자를 꾀고 돈을 지불한다. 뻔한 일이다).

그대들은 사들이고 자신을 판다. 그런 그대들을 생각하면 나는 웃음과 놀라움을 금할 수 없다. 한스, 한스, 가난한 학생이며 착실한 노동자인 그대들을 생각하면, 그대들은 도움을 얻기 위해 아내를 맞아들인다. 그리하여 둘이 함께 일을 해서, 제가끔 다른 전문 분야에서 노련해지고, 다른 공장에서 발전을 보이며 기를 쓰고 노력한다. 그리고 앞날을 바라보며 긴장해서 돈을 쌓는다. 그렇다. 그대들이 아내를 맞아들이는 것은 미래를 굳게 다지고 어린애를 가지기 위해서일 것이다. 그리하여 아내가 아이를 잉태하여 행복과 불안 사이를 서성거릴 때면 그대들은 유례없이 상냥스러워진다. 그렇지 않으면, 그대들은 아내로 하여금 아이를 가지는 것을 금하고, 거리낌없이 세상을 살기를 원하며, 청춘을 아끼면서 노경(老境)으로 달음질친다. 아아, 이것이야말로 위대한 각성의 가치가 있지 않은가! 그대들 기만자여, 그대들 기만당한 자여. 내게는 그것을 시도하지 말아라. 나를 시험하는 일은 집어치워라!

　뮤즈와 짐 나르는 짐승, 그리고 유식하고 이해심 많은 동반자를 거느린 그대들, 그대들은 동반자로 하여금 큰소리를 치지 않을 수 없게 하는 것이다…… 나의 웃음은 오랫동안 물을 뒤흔들어왔다. 목줄기를 그르렁거리며 울리는 웃음. 밤의 공포 속에서 때때로 그대들은 그 웃음을 흉내냈다. 그것은 실상 그대들도 그것이 웃을 만한 일, 무서워할 만한 일임을 항상 깨닫고 있었기 때문이었다. 그대들 서로가 싫증이 나버렸고, 도저히 의견이 일치한 적이 없다는 것을 항상 의식했기 때문이었다. 그러니, 밤중에 일어나서 계단을 내려가지 않는 편이 한결 좋다. 뜰에서, 정원에서 귀를 기울이지 않는 편이 한결 좋다. 그렇게 한다면, 그것은 인간이 다른 어느 것에서보다 고통의 소리, 음향, 유혹에 쉽사리 빠져버린다는 사실을, 인간은 다름아닌 커다란 배반을 그리워한다는 사실을 인정해버리는 결과가 되어버릴 것이기 때문이다. 그대들은 결코 서로의 의견에 완전히 동의해본 적이 없었다. 그대들의 집과도, 모든 규정된 사실과도.

바람에 날리는 하나하나의 기왓장, 파멸의 예고를, 그대들은 은근히 기뻐하지 않았는가. 또 좌절과, 도피, 수치와 고독을 유희로 즐겨오지 않았는가. 실제로 그것들은 일체의 현존으로부터 그대들을 해방시켰을지도 모르는 것이다. 그대들은 머릿속에서 그것들과의 유희를 얼마나 즐겼던가. 바람의 입김이 나의 접근을 알릴 때면, 그대들은 튀듯이 일어나 시기가 가까이 온 것을 깨달았다. 곧, 수치와 제외와 타락과 불가사의의 순간이. 끝을 향한 절규가. 끝을 향한. 그대들 괴물이여. 이 절규의 정체를 깨닫게 해주기 위해서, 그대들이 그 절규에 이끌려, 그대들 스스로와의 완벽한 동의에 이르지 않게 하기 위해서, 나는 그대들을 사랑했다. 그렇다면 나는, 언제 화합을 했던 것일까? 그대들이 혼자일 때, 그야말로 단 혼자일 때, 그대들의 머릿속에는 유효한 것, 유용한 것이 전혀 자리잡고 있지 않을 때, 등불이 방을 보살피고 있을 때, 그곳에 숲의 빈터가 열리고 공간에는 축축한 아지랑이가 서릴 때, 그대들이 버림받은 채, 영원히 버림받은 채, 통찰을 상실하고 있을 때, 그때마다 나의 시기는 온 것이다. "생각하라! 존재하라! 말하라!"고 촉구하는 시선을 던지며 나는 밀고 들어설 수 있었다.

"나는 그대들을 도저히 이해할 수 없었다. 그러는 동안에도 그대들은 모든 제삼자에게 이해를 받고 있다고 착각하고 있었다."

나는 이렇게 말했다.

"저는 당신을 알지 못해요. 이해하지 못할뿐더러 이해할 능력도 없어요!"

그렇게 그대들이 이해받지 못하는 상태가 계속되는 동안은 빛나고 위대한 시기였다. 그대들 자신까지 이런 것 저런 것이 왜 존재하는가, 국경과 정치, 신문과 은행과 거래처와 흥정이 왜 존재하며 끝없이 지속되는가, 그 이유를 이해하지 못하던 그 시기 동안은.

　사실 나는 미묘한 책략을 이해하게 되었다. 그대들의 이념, 그대들의 사고 방식, 견해, 그 모든 것을 충분히 이해하고, 그 이상으로 알게 되었다. 바로 그런 이유로 해서 나는 알 수 없이 되었다. 나는 회의(會議)라는 것을 완벽하게 이해하게 되었고, 그대들의 협박과 논증을, 그대들이 쌓은 보루를 너무나 완벽하게 이해하게 되어서 결국 알 수 없이 되어버렸다. 그것들이야말로, 그 모든 불가사의한 것들이야말로 그대들을 움직이게 하는 원동력이었다. 그것이야말로 그대들 안에 감추어진 참되고 위대한, 세계에 대한 이념이었기 때문이었다. 그런데 내가 그대들로부터 그 위대한 이념을 요술처럼 이끌어내었다. 그대들의 비실용적인 이념, 그 안에서 시간과 죽음이 등장하여 불붙어, 모든 것이 범죄에 의해 위장된 질서와 수면으로 오용된 밤을. 불태워버렸던 이념을. 그대들의 현재로 인해 상처입은 아내, 그대들로부터 미래라는 형벌을 받은 어린아이, 그들은 그대들에게 죽음을 가르치지는 않았지만 조금씩 조금씩 죽음을 옮겨다주었다. 하지만 나는 단 한눈으로 그대들에게 가르쳐주었다. 모든 것이 완전무결하며 밝게 용솟음치고 있을 때 ― 그 안에는 죽음이 감추어져 있다고 나는 그대들에게 말했다. 그리고 지금이야말로 시기가 다가왔다고. 그와 동시에 죽음이여, 사라져라! 그리고 시간이여, 멈추라! 그렇게 나는 그대들에게 말했다. 그러자, 나의 사랑하는 자여, 그대도 느릿느릿한 음성으로 입을 열었다. 그대는 참되고 완전하게 그 사이의 모든 것으로부터 자유롭게 구제되어, 슬픈 정신을 되찾아 가지고 있었다. 무릇 모든 사내들의 정신이 그렇듯이 아무런 쓸모도 없는 형태의 위대하고 슬픈 정신을. 나는 아무런 목적에 쓰일 존재도 아니고, 그대들 역시 스스로를 어디에 써야 할지 몰랐기 때문에, 우리 사이에는 모든 것이 순조로웠다. 우리는 서로 사랑했다. 우리는 똑같은 정신의 소유자였다.

나는 한스라는 이름의 한 사내를 알고 있었다. 그는 다른 모든 사람과는 달랐다. 나는 또 한 사내를 알고 있었고, 그 역시 다른 모든 사람과는 달랐다. 그리고 또 한 사람을. 그는 다른 모든 사람과는 현저하게 구별되는 인물이었다. 그리고 그의 이름은 한스였다. 나는 그를 사랑했다. 숲 속의 빈터에서 나는 그를 만났고, 우리는 곧 정처 없이 떠났다. 우리는 도나우 강변 지대에 갔다. 그리고 그는 나와 함께 거대한 유람차를 함께 탔다. 또 우리는 슈바르츠발트에도 갔다. 그곳 넓은 가로수 길의 플라타너스 그늘 밑에서 그는 나와 함께 페르노드를 마셨다. 나는 그를 사랑했다. 우리는 어느 시골 역에 서 있었다. 자정이 가까운 시간, 열차는 떠나가버렸다. 나는 눈짓을 보내지 않았다. 다만 한 손으로 마지막이라는 신호를 보냈다. 끝날 수 없는 마지막의 신호를. 끝나는 일이란 결코 없었다. 모름지기 소리 없이 작별의 신호를 보내야 한다. 그것은 슬픔의 신호는 아니었다. 정거장과 대륙 횡단 보도를 몽롱하게 가리는 슬픔의 신호가 아니라, 오히려 숱한 것을 종말로 이끄는 기만의 신호이다. 가라, 죽음이여.

멈추어라, 시간이여. 마술을 쓰지 말라. 눈물도, 몸부림도, 맹세도, 간구(懇求)도 하지 말라. 계명은― 신뢰에 몸을 맡기는 것이다. 눈과 눈을 마주치는 것으로 만족하며, 한 점의 초록빛으로 만족하며, 아무리 가벼운 것에라도 만족하는 것이다. 이렇듯 계명에 따르고 감정에 굴하지 말 것이다. 이렇듯 고독에 따를 것이다. 아무도 나를 따라오지 않는 고독에.

이로써 그대는 알았을까? 그대의 고독을 나는 결코 같이하지 않으리라. 이미 먼 옛날부터, 그리고 앞으로도 영원히 나의 고독이 존재하기 때문이다. 나는 그대들의 걱정거리를 함께하도록 되어 있지 않다. 그러한 걱정거리는 질색이다! 나의 계율을 배반하지 않고서는 어떻게 그것을 인정할 수 있겠는가? 그대들의 갈등이 중대한 것이라고 어떻게 내가 믿겠는가? 나는 그대들을 진정으로 믿고, 표면에 드러난 그대들의 약하고 허황된 발언, 초라한 행동과 어리석은 의혹보다는 한결 큰 존재라고 철두철미하게 믿고 있는데, 어떻게 그대들의 갈등을 중대하다고 믿겠는가. 그대들은 한결 큰 존재라고 나는 항상 믿어 왔다. 기사(騎士)며 우상 신이며, 명실공히 가장 제왕다운 존재라고 믿어 왔다. 목숨에 해당하는 일이 전혀 떠오르지 않을 때에야, 비록 일시적이라고 하더라도 그대는 진실을 말할 수 있었다. 그때에는 모든 물이 언덕으로 넘쳤고, 강의 수면이 높아졌고, 수련은 백 송이의 꽃을 피웠다가 어느덧 물속에 잠겼다. 바다는 한 줄기 거센 탄식으로 변했고, 파도를 굴리며 달리더니, 육지를 치고 또 쳐서 그 입으로 흰 거품을 뚝뚝 흘렸다.

배반자여! 어찌해야 할지 속수무책일 때, 그대들에게 수치감이 원군으로 찾아온 것이다. 그러자 문득 그대들은 깨닫게 되었다. 나에 대한 의혹을. 나는 물이요, 베일이요, 확인할 수 없는 존재였다. 그러자 나는 문득 하나의 위험한 존재로 변했다. 때맞추어 그대들은 그 점을 깨닫고, 나를 꺼리게 되고, 눈 깜짝할 사이에 모든 것을 후회하게 되었다. 그대들은 교회의 고해석에 앉아 참회했고, 그대들의 아내와 아이들 앞에서, 그대들의 사회의 면전에서 참회했다. 위대하고 위대한 법정 앞에 나아가, 그대들은 용감하게도 나의 존재를 참회하며 그대들 안에 자리잡게 된 불확실한 것을 남김없이 확인하려 했다. 그렇게 그대들은 안전하게 되었다. 그대들은 서둘러 제단을 쌓고 나를 제물로 바쳤다. 아, 나의 피가 맛이 있던가? 암사슴의 피맛, 흰고래의 피맛이 어렴풋이 나는 것 같지는 않던가? 그와 같은 짐승의 무언(無言)의 맛이 나지 않던가?

그대들에게 행운이 있기를! 그대들은 충분히 사랑을 받았고 충분히 용서를 받았다. 하지만 잊지를 말라. 나를 이 세상에 불러낸 것은 바로 그대들이었다는 사실을. 그대들이 나를 꿈꾸었다는 사실을. 다른 여자, 다른 존재, 그대들의 정신을 가졌지만 모습은 다른 나를. 그대들의 결혼식에서 비가(悲歌)를 부르기 시작하며, 물 묻은 맨발로 그대들에게 입맞추어 죽음의 공포를 안겨주는 미지의 여인인 나를. 한편 그대들은 그렇게 입맞춤에 죽기를 원하면서도, 죽는 일은 영원히 없다 — 어지럽게 매혹된 채, 그러면서도 더없이 명료한 이성을 지니고.

왜 나는 입을 열어 그대들을 향해 경멸의 말을 던지지 않고는 떠날 수가 없는가.

이제 나는 진정으로 떠난다.

왜냐하면 나는 그대들을 또 한 번 거듭 만났고, 나와의 대화에는 써서 안 될 언어로 이야기하는 것을 들었기 때문이다. 나의 기억력은 초인간적이다. 나는 모든 것을, 모든 배신을, 모든 저열함을 상기하지 않을 수 없었다. 항상 똑같은 장소에서 나는 그대들을 거듭 만났다. 한때는 투명했던 그 장소들이 이제는 오욕의 장소로 여겨진다. 그대들은 어떤 일을 했던가! 나는 침묵했다. 한마디 말도 하지 않았다. 모름지기 그 점을 그대들은 시인해야만 한다. 나는 한 움큼의 물을 손에 담아 그 장소에 뿌렸다. 그곳이 묘지처럼 푸르게 되기를 바라며. 마침내 그곳이 처음처럼 투명해지기를 바라며.

어쨌든 간에 그대들의 언변, 방황, 열중은 좋은 것이었다. 또한, 반쪽의 진실을 말하기 위하여, 또 그대들이 열중해야만 겨우 지각할 수 있는 세계의 반면(半面)에 조명을 비추기 위하여, 전체의 진실을 단념하는 그대들의 태도는 좋은 것이었다. 그대들은 참으로 용기가 있었고 타인에 대해 용감했다 — 물론 그들은 겁쟁이기도 하며, 겁쟁이로 보이지 않기 위해 이따금 용감했던 것이다. 불행이란 투쟁으로부터 온다는 것을 알고 있으면서도, 그대들은 투쟁을 계속했고, 아무런 이득도 없는데도 그대들의 한마디 말을 고집했다. 재산을 빼앗기 위해서, 재산을 지키기 위해서 그대들은 싸웠다. 비폭력을 위해서인가 하면, 무력을 위해, 하천과 치수(治水)를 위해, 서약을 고수하기 위해, 그런가 하면 서약을 위반하기 위해, 그대들은 싸워왔다. 그것이 그대들의 침묵에 모순되는 것임을 알면서도 그대들은 열중해서 싸움을 계속했다. 아마도 그것은 찬양을 받을 만한 점이리라.

육중한 육체 안에 감추어진 그대들의 상냥함은 찬양할 만한 것이다. 그대들이 문득 호의를 베풀고 부드럽게 행동할 때, 새삼스럽게 상냥스러운 점이 두드러져 보인다. 그대들이 말을 건네거나 상대의 말에 귀기울이고 이해할 때에 짓는 상냥한 태도는, 그대들의 아내의 상냥함을 훨씬 넘어선다. 앉아 있는 그대들의 육체는 그렇듯 육중한데도 그대들에게서는 전혀 무거움이 느껴지지 않는다. 그리고 그대들이 보이는 한 가닥의 슬픔이나 미소 앞에서는, 친구들이 품은 끝없는 의혹까지도 한순간 불길을 끄게 된다.

깨지기 쉬운 물건을 들고 아끼며 보존할 줄 아는 그대들의 두 손은 찬양할 만하다. 그리고 무거운 짐을 나르며, 길가의 무거운 방해물을 치우는 두 손, 또한 인간이나 짐승의 육체를 다루며 하나의 고통을 이 세상에서 조심스럽게 덜어버릴 때 그대들의 두 손 역시 찬양할 만하다. 이렇듯 그대들의 두 손으로 이루어지는 것은 지극히 한정되어 있지만, 그것은 그대들의 장점을 여러모로 보증해준다.

그대들이 모터나 기계 위에 몸을 구부리고, 그런 것을 만들고 이해하며, 그 설명이 너무나 순수해서 또 하나의 비밀이 생길 때까지 설명을 해줄 때, 그것 역시 찬양할 만한 일이다. 그것은 이러한 원리이고 저러한 힘이라고 그대들은 말하지 않았던가? 그것은 참으로 멋들어진 화술이 아니었던가? 흐름이나 힘, 자석이나 역학, 또는 만물의 핵에 대해 그처럼 유창하게 말할 수 있는 사람은 다시 없을 것이다.

원소에 대해, 우주와 모든 천체에 대해, 그처럼 말할 수 있는 사람은 다시는 없으리라.

지구에 대해, 지구의 형태나 연륜에 대해, 그처럼 말한 사람은 일찍이 없었다. 그대의 화술 안에서는 모든 것이 정말로 명쾌했다 — 결정체, 화산과 재, 얼음과 내핵(內核)의 열에 관해서.

인간에 대해, 인간이 사는 조건에 대해, 그 예속과 재산, 이념에 대해, 현재의 지상의 인간, 과거의 또는 미래의 지상의 인간에 대해 그처럼 이야기한 사람은 일찍이 없었다. 그렇게 충분히 사유하며 언어를 구사하는 것은 옳은 일이었다.

그대가 이야기할 때처럼, 이야기의 대상물에 매력이 넘친 일은 일찍이 없었고, 그것도 그처럼 월등한 언어로 이루어진 적은 결코 없었다. 언어는 그대를 통하여 용솟음치기도 했고, 엉클어지기도 하며 힘차게 되기도 했다. 그대는 단어와 문장으로 모든 것을 제조해내었고, 그것들과 타협하거나 그것들을 변모시켜 어떤 새로운 이름을 붙여왔다. 아무리 언어가 통하지 않는 대상물이라도 그대들의 언어를 통하면 사뭇 생동하게 되었다.

아아, 이처럼 능란하게 유희를 할 줄 아는 자는 일찍이 아무도 없었다. 그대들 괴물이여! 그대들은 유희라는 유희는 모조리 끄집어내었다. 숫자놀이. 단어놀이. 꿈놀이, 그리고 사랑의 유희를.

이처럼 자기 자신에 대해 이야기한 자는 일찍이 없었다. 그토록 진실에 가깝게. 그토록 치명적으로 진실에 가깝게. 물위에 몸을 굽히고 거의 물에 몸을 맡긴 채. 세계는 이미 어둡다. 나는 조개 목걸이를 걸 수도 없다. 이제 숲의 빈터는 존재하지 않으리라. 다른 이들과 구별되는 그대. 나는 물밑에 있다. 물밑에 있는 것이다.

그리고 지금, 저 위 물가를 걸어가는 자, 그는 물을 미워하고, 초록빛을 미워하며, 이미 이해하지 못한다. 앞으로도 결코 이해하지 못하리라. 이제껏 도저히 이해하지 못했던 나처럼.

거의 묵묵히
아직까지도
부르는 절규를
들으면서.

오세요. 꼭 한 번만.
오세요.

작품 해설

제아무리 논리와 철학을 외면하고 살아가는 사람일지라도, 자신도 어느덧 서른 살의 문턱을 넘어섰음을 깨닫게 되는 날, 목구멍으로 무턱대고 차오르는 언어의 발효를 막을 수 없는 기분에 곧잘 빠져들게 된다. 그것이 후회이든, 변명이든, 아니면 새로운 형태의 관조이든 개안(開眼)이든 간에, 서른 살이라는 에폭(epoch)에 매달려 무작정 호소하고 싶은 충동의 순간이 누구에게나 찾아오는 것이다.

서른 살이 되던 해 여름, 나는 시인으로만 알고 있던 바흐만의 산문집《삼십세》를 대하게 되었다. 그리고 막연하고 두서 없이 끓어오르던 회의와 불만의 거품이, 약오를 만큼 명확하게 언어로 형상화된 것을 발견한 감동에 며칠 밤을 들떠서 지새웠다. 그것은 단순한 공감이라기보다 차라리 치부를 들킨 것 같은 당혹이었다. 그러면서도 이 책을 읽고 난 후의 느낌은 서른 살의 병증을 미루거나 피함이 없이 같이 앓고 난 것 같은 후련함이었다. 따라서 성과는 치유의 편인 셈이다.

그런 의미에서 이 책을 번역하는 일은 나로서는 더없이 보람스럽고 즐거운 작업이 아닐 수 없었다.

잉게보르크 바흐만(Ingeborg Bachmann)은 1926년 6월 25일 오스트리아 남부 클라겐푸르트에서 태어나 원래 음악 공부를 하려다가, 법률을, 그리고 마침내는 철학을 공부하여 1960년 하이데거의 실존철학 연구로 박사 학위를 받은 현대의 대표적인 여류 지성이다. 1953년 첫 시집《유예된 시간(Die gestundete Zeit)》으로 47그룹 회원이 된 바흐만은 전후 독일 문학의 황무지 위에 새로운 시어(詩語)를 심는 서정시인으로서 세상의 평가와 사랑을 받게 되었고, 1956년 두 번째 시집《큰곰자리의 부름(Die Anrufurg des grossen Bären)》을 발표하여 가장 촉망받는 대시인으로서의 위치를 굳혔다. 그 두 권의 시집에 대해서는 독일 산업문화협회상(1955), 브레멘 시 문학상(1957), 게오르크 뷔히너 상(1964) 등의 숱한 보상이 주어졌다.

1950년대에 발표된 그녀의 작품으로는 이 두 권의 시집 외에 방송시〈매미들(Die zikaden)〉(1955), 방송극〈만하탄의 선신(Der gute Gott von Manhattan)〉(1958), 1959년 프랑크푸르트대학교의 초대 시학 강사로서의 산문록, 로마 견문록 등이 유명하다.

1950년대 이후는 시인 바흐만이 산문 작가 바흐만으로 전향한 시기라고 볼 수 있다. 1961년에는 여기 번역한 첫 산문집《삼십세》, 1965년에는 제2의 산문집《우연을 위한 장소(Ein Ort für Zufälle)》그리고 1971년에는 3부작《죽음의 방식(Todesarten)》의 1부《말리나

《Malina)》, 그리고 1972년에 나온 산문집《동시에(Simultan)》가 그녀
의 최후 작품으로 알려져 있다.

　이 책은 독일 비평가협회상을 받은 바흐만의 처녀 산문집《삼십
세》의 완역판이다. 이 산문집은 일곱 개의 단편 중에 〈삼십세〉라
는 단편의 제목을 표제로 하고 있는데, 다른 모든 단편의 주인공들
이 서른 살이라는 연령과 깊은 연관이 있다는 점에서 전체의 제목
으로서도 어긋남이 없다고 본다. 또한 두 번째 시집《큰곰자리의 부
름》이 나온 것이 작가가 꼭 30세 되던 해였다는 것, 그리고 그 이후
그녀의 시는 침체되고 침묵기로 접어들고 말았다는 점을 감안해볼
때, '삼십세'라는 표제 안에는 시인으로서 바흐만의 위기감이 절박
하게 내포되어 있음을 추론할 수 있다. 따라서 이 소설들에서는 시
인이며 철인(哲人)이 쓴 산문이 지니는 결함, 곧 형식을 무시한 시어
의 연장으로서의 난해성이 쉽게 지적될 수 있을 것이다. 그렇지만
바로 그런 이유로 해서 느껴지는 신선감, 시어의 한계 안에서 다하
지 못한 이념을 철저하게 구현하려는 노력, 파탄을 겁내지 않고, 독
자적인 서사의 세계로 과감하게 내디딘 작가의 결단을 높게 평가할
수 있다.

　바로 작가 자신의 자전적 요소를 지닌 〈오스트리아 어느 도시에
서의 청춘〉은 작가의 고향 클라겐푸르트를 무대로 하며, 전쟁과 폐
허 속에서의 어린이들의 성장 과정을 섬세하게 그린 작품이다. 곤
경과 폐허가 주제이면서도 일곱 개의 작품 중 가장 아름다운 인상
을 남겨주는 이유는 바로 시인이 지닌 서정성이 유감없이 돋보이고

있기 때문이다.

〈삼십세〉는 29세 생일이 되는 날부터 30세에 이르는 1년간 의식의 갈등과 모험을 그린 작품이다. 작품의 주인공은 이름 없는 '그'이며, 그의 친구 '몰'은 히드라처럼 증식하는 타인의 대명사이다. 그리고 연인인 엘레나, 레니, 헬레네 역시 그리스 신화의 헬레나를 전신으로 하는 여성의 변용으로 등장한다. 작가는 이 작품에서 인생이 지니는 함정에 온몸으로 도전하여, 그림자처럼 중복되는 인생, 괴물같이 거대한 병증을 지닌 인생을 철저하게 추구하고 있다. 이 작품을 이루는 언어는 산문의 안정성을 벗어나 때로는 장시처럼 격앙되어 흘러, 독자를 숨차게 끌어간다.

이와는 반대로 억제된 언어 속에서 안타깝게 인식을 모색하는 작품이 〈모든 것〉이다. 존재의 '모든 것'에 도전하고 싶어 하는 작가의 궁극적인 주제가 부각되었다는 점에서 가장 성공적인 작품이 아닐까 싶다. 아이로 인해 결혼했고, 남편이 사소한 바람을 피운 후 아이를 잃는다는 평범한 사건을 그려가면서, 작가는 부모와 자식 간의 관계, 부부 사이의 감정의 흐름, 나아가서는 육체의 존재의 근원을 밝혀내려고 샅샅이 더듬고 있다. 〈삼십세〉의 '그'와 마찬가지로 주인공이 때로는 여성 같은 느낌이 드는 것은 여류 작가가 지닌 한계일 것이다(남성 작가가 여성을 묘사하는 경우도 이런 차질은 불가피하리라). 그렇지만 그 점은 곧 진실을 은폐할 수 없는 작가의, 철저한 결벽의 자연스러운 노출로 해석될 수도 있을 것이다.

〈살인자와 광인의 틈바구니에서〉와 〈고모라를 향한 한걸음〉은 1인칭적인 요소, 즉 주관적 체취가 덜 풍긴다는 점에서, 단편 소설의 형식에 비교적 잘 부응하는 작품이라고 볼 수 있다. 그렇지만 가장 서정성이 짙은 〈오스트리아 어느 도시에서의 청춘〉과 함께 이두 편이, 바흐만 자신이 공동 편집한 선집(1964년판)에 빠져 있는 것을 보면, 형식에 구애됨이 없이 독자적인 서사의 세계로 나아가려 했던 작가의 의도를 우리는 쉽게 간파할 수 있다. 〈살인자와 광인의 틈바구니에서〉는 전쟁 중에도 결코 살인한 적이 없으면서도 살인자를 자칭하는 어떤 사나이가 종전 10년 후, 어느 엉뚱한 회고의 술좌석에서 살해당하는 과정을 그리고 있다. 바흐만은 여기서 절망과 복수욕과 분노를 인간이 지닌 어쩔 수 없는 속성으로 체념적인 결론을 짓는다.

소녀로부터 구애를 받는 여류 피아니스트의 하룻밤 체험을 그린 〈고모라를 향한 한걸음〉은 관능적인 사랑이 남녀간에만 존재하도록 되어 있는 세상의 기존 통념에 대한 도전이다. 그렇지만 불가능을 굳이 추적하는 작가의 소망이 여기서도 한낱 과정에 그칠 뿐, 미해결로 끝나고 있다.

공교롭게도 자기와 똑같은 이름을 가진 부친 살해자를 심리하는 과정에서 발광하게 되는 재판관의 내면을 그린 〈빌더무트라는 이름의 사나이〉는 철두철미한 '진실' 추구의 도정이다. 어느 누구도 꿈에도 생각지 않고, 염원하지도 않는 무형의 '진실'을 향해서 그것에 이르고자 하는 주인공의 집념은, 곧 바흐만 자신의 문학 이념이기도 하다.

마지막 작품 〈운디네 가다〉는 곧 시인이며 여성인 바흐만의 육성이다. 한 구절, 한 획마다 여성을 빼놓고는 그녀의 작품을 생각할 수 없을 만큼, 바흐만 문학은 '여성'이라는 통절한 의식을 전제하고 있다. '운디네'는 바로 바흐만이 여자임을 알몸으로 과시하며 마음속 깊은 곳으로부터 절규하는 저주의 노래이다. 라틴어 '운다(파도)'에서 유래한 '운디네'는 물의 정령을 말하며, '한스'는 남성에 대한 조소적인 대명사로 〈삼십세〉의 '몰'의 변형이다. 사랑에서 벗어나면 물로 환원해버리면서도, 사랑이라는 과오를 반복해서 범하지 않을 수 없는 운디네의 이 저주의 절규 안에는, 남자에 대한 보복과 애착이 불협화음이 되어 울리고 있다. 그것은 유혹이며, 현대 사회에 대한 부정의 외침이다.

그녀의 모든 작품에는 '모든 것'과 '진실'에 대한 도전이 맥맥이 깔려 있다. 그 같은 거창한 명제에 맞서는 철저한 의식의 규명 과정은, 바로 작가가 철인이기 때문에 가능할 것이다. 그렇지만 바로 그런 투철한 규명의 과정 뒤에 남는 것이 무엇일까? 명확한 해답이나 거창한 결론은 여전히 없다. 이 점은 작가 역시 인간이기 때문에 지니는 유한성이다. 앞서도 말했듯이, 절망과 어둠 속에서의 길고 안타까운 모색 뒤에 식은땀과 함께 찾아오는 한 줄기 희미한 빛 같은 것, 그것이 수확이라고 결론짓고 싶다.

'일어서서 걸으라! 그대의 뼈는 결코 부러지지 않았으니'(69쪽)라는 구절에서 물씬 풍겨오는 용기의 제시, '날개야 다시 돋아라, ……한번만 더 날아보자꾸나'(이상의 〈날개〉)와 같은 생을 향한 긍정의 개안. 독자는 이런 수확으로서 모색의 과정에 참여했다는 공감과 함께 만족하게 된다.

자신의 나이를 새겨보지 않을 수 없는 새해 아침이 되었다. 30세가 된 사람, 30세를 향해 있는 사람, 30세를 회고하는 나이에 있는 사람, 적어도 자신이 걸어가던 생의 발자국을 멈추고 이따금은 자신을 돌아보는 모든 인생을 사랑하는 이들에게, 이 책이 작은 의미가 될 수 있다면 더 바랄 게 없을 것이다.

　이 책의 텍스트로는 Deutscher Taschenbuch Verlag 4 Auflage를 사용했다.

옮긴이

잉게보르크 바흐만 연보

1926년   오스트리아 남부 클라겐푸르트에서 태어났다.

1945년   2차 세계대전 종전 후 대학에서 철학과 심리학, 독문학
을 공부했다. 이후 여러 대학을 옮겨 다니며 학업을 이어
갔다.

1950년   빈대학교에서 하이데거의 실존철학 연구로 철학 박사
학위를 받았다.

1952년   라디오 작가로 일하며 라디오극을 썼다.

1953년   첫 시집《유예된 시간》을 발표해 호평받았다. 이 시집으
로 한스 베르너 리히터가 이끈 독일어권 작가들의 문학
모임인 47그룹의 일원이 되었다. 로마로 이주했고, 이후
생애 대부분을 이곳에서 보냈다.

1956년   첫 시집 발표 후에도 라디오극과 오페라 대본을 쓰다가

두 번째 시집《큰곰자리의 부름》을 발표했다. 이 책 역시 크게 호평받았다.

1958년 프랑크푸르트에서 스위스 작가 막스 프리쉬를 만나 연인이 되었다. 두 사람은 로마와 프랑크푸르트를 오가며 교제했다.

1961년 대표작인 단편집《삼십세》를 출간했다. 문체와 언어의 실험성과 철학적 깊이를 고루 갖추었다고 평가받으며 독일어권 문단에 큰 반향을 일으켰다. 하인리히 뵐은 이 책을 두고 '전후 독일어 산문에서 보기 드문 깊이를 지닌 작품'이라 평가했다.

1963년 막스 프리쉬와의 관계가 끝났다. 두 사람의 관계를 정리하는 과정에서 바흐만은 정신적으로 큰 고통을 받았다.

1964년 권위 있는 문학상인 게오르크 뷔히너 상을 받았다.

1971년 유일한 장편《말리나》를 출간했다. 이 작품은 1991년에 영화로 제작되었다.

1973년 자택에서 불이 나 화상을 입었고, 여기에 약물 중독이 더해진 합병증으로 사망했다.

1977년 잉게보르크 바흐만의 이름을 딴 문학상이 제정되었다. 신진 작가에게 주어지는 이 상은 독일어권 문학에서 최고 권위를 지닌 신인상 중 하나로 손꼽히며 지금까지 이어지고 있다.

옮긴이 **차경아**

서울대학교 문리대 독문과와 같은 학교 대학원을 졸업하고, 독일 본대학교에서 수학했다. 서강대학교에서 문학박사 학위를 받고 경기대학교 유럽어문학부 독어 독문학과 교수로 재직했다. 주요 번역서로 안톤 슈낙의 《우리를 슬프게 하는 것들》, 미카엘 엔데의 《모모》, 《뮈렌왕자》, 《끝없는 이야기》, 헤르만 헤세의 《싯다르타》, 잉게보르크 바흐만의 《말리나》, 《삼십세》, 《만하탄의 선신》 등이 있다.

잉게보르크 바흐만 단편선

삼십세

1판 1쇄 발행 2000년 6월 20일
4판 1쇄 발행 2025년 5월 23일

지은이 잉게보르크 바흐만 | 옮긴이 차경아
펴낸곳 (주)문예출판사 | 펴낸이 전준배
출판등록 2004. 02. 11. 제 2013-000357호 (1966. 12. 2. 제 1-134호)
주소 04001 서울시 마포구 월드컵북로 21
전화 02-393-5681 | 팩스 02-393-5685
홈페이지 www.moonye.com | 블로그 blog.naver.com/imoonye
페이스북 www.facebook.com/moonyepublishing | 이메일 info@moonye.com

ISBN 978-89-310-2500-2 04800
ISBN 978-89-310-2365-7 (세트)

♣문예출판사® 상표등록 제 40-0833187호, 제 41-0200044호

■ 문예세계문학선

(뒷면 계속)